AF186642

10K

# 10K

Ein Roman von Nils Hünerfürst

Bibliografische Information der Deutschen Nationalbibliothek:
Die Deutsche Nationalbibliothek verzeichnet diese Publikation in
der Deutschen Nationalbibliografie; detaillierte bibliografische
Daten sind im Internet über http://dnb.dnb.de abrufbar.

© 2019 Nils Hünerfürst / Neuauflage 2020

Lektorat: Lara Andrea Habegger

Buchcover: Jan Schulz

Herstellung und Verlag: BoD – Books on Demand, Norderstedt

ISBN: 978-3-7494-5250-7

Für meine Frau und Kinder.

# PROLOG

80 € hat der Fitness-Tracker gekostet. Die Verkäuferin hatte mich ganz genau gemustert, als sie die Packung scannte, als wäre meine Figur nicht ganz passend für ein Gadget dieser Art, dabei bin ich 1,78 cm groß und wiege nach dem Kacken auch mal 71 kg. Das ergibt einen BMI von 22,4. Zum Glück hat meine Krankenkasse eine App und zum Glück hat diese einen BMI-Rechner direkt mit an Bord. Unendliche Tastaturbefehle von der Kassiererin später frage ich mich, wo eigentlich die guten alten Kassen mit den Plastiküberzügen geblieben sind, die sahen alle gleich stark abgenutzt aus und waren bestimmt meist älter als man selbst, aber sie waren irgendwie cool. Eigentlich hatte ich mir, durch meine Online-Bestellung mit Abholservice, einen zeitlichen Vorteil erhofft, aber die etwas schlecht gealterte Verkäuferin in den nicht so teuren, aber bequem sitzenden Sportschuhen hat ja schon mehr als 130 Sekunden gebraucht, um den GPS-fähigen Schrittzähler aus der Abteilung Abholware zu holen. Das hätte ich auch selber weitaus schneller im Laden geschafft, aber hey, warum meckern. Jetzt hab ich das Teil

wenigstens sofort und muss keinem Postboten mit einer weiteren halb sinnlosen Bestellung den Arbeitstag unnötig in die Länge ziehen. Haben Postboten früher Feierabend, wenn sie keine Briefe oder Pakete mehr zum Ausstellen haben? Und warum sind 130 Sekunden eine ewig lange Wartezeit? Ist ein BMI von 22,4 jetzt okay oder schon an der Grenze von Alarmstufe Gelb?

„So, dann brauche ich hier unten noch eine Unterschrift, dass Sie die Ware entgegengenommen haben, und dann sind wir hier fertig", sagt die Verkäuferin in auswendig gelerntem monotonem Ton.

Ich unterschreibe wie immer. Einfach mit meinem Vornamen *Mark*, in klaren, leicht geschwungenen Druckbuchstaben. Ich wollte mir mal vornehmen, mir eine neue Unterschrift anzueigen, so eine mit großem Kringel und mit ganzem Nachnamen, aber dazu wäre es für mich persönlich notwendig gewesen, die Gewissheit zu haben, ob man jetzt bald heiraten wird oder nicht. Ich weiß auch nicht, was Aileen noch für Gründe braucht, mich zu ihrem Mann zu nehmen. Sind zwei Kinder nicht genug, um sich endlich verheiraten zu lassen? Außerdem habe ich ihr schon vor vier Jahren einen Antrag gemacht. Mir war eine große Feier nie wirklich wichtig gewesen. Ihr ist es auch gleich, aber leider auch das gesamte Thema Heiraten. Emotionslos und kühl wären zwei ganz tolle Adjektive, die ich ihr gerne an den Kopf knallen würde, wenn sie wieder versucht, das Thema frühzeitig zu beenden. Aber alles ist gut, der Tag im Büro war stickig und anstrengend genug. Heut war wieder einer dieser Tage, wo ich nur Wasser getrunken und Salat gegessen hatte. Da ist es völlig normal, wenn man halt ein bisschen wütend und vielleicht auch kurz vor der Ausfahrt Angepisst steht.

„Das ist ja eine süße Unterschrift", höre ich von der Kassentippse in leicht frechem Ton.

„Ja - danke!", antworte ich und muss gezwungermaßen noch „Klein, aber woho" ergänzen und packe völlig unkoordiniert endlich das Fitness-Armband ein und lehne die angebotene Plastiktüte mit einer umweltbewussten Haltung ab. Mit fast 30 Jahren kann man eigentlich noch unfreundlicher zu solch einem Personal werden, aber so bin ich halt. Harmonie geht, glaube ich, über Konflikte. Und die Umwelt auf jeden Fall über Plastiktüten.

Jetzt endlich ab nach Hause und hoffentlich ein bisschen Ruhe genießen. Die Chancen, dass es mit der Ruhe klappt, liegen bei, ich würde sagen, 20 Prozent. Nach 9 Stunden aus der Wohnung kann viel passiert sein. Die Kinder könnten einen richtig schlechten Tag gehabt haben und einen akustischen Weltuntergang nachahmen. Es kann aber auch sein, dass ich heute nochmal die Waschmaschine inspizieren muss, die letzten Tage lief das Verlobungsgeschenk meiner Eltern nicht mehr ganz rund. Sinnbildlich gesehen passt das sehr gut zu der Beziehung von Aileen und mir. Seit meinem Heiratsantrag bröckelt etwas an unserer Beziehung und nagt wie ein Alien-Ungeziefer an uns. Ich denke oft darüber nach, ob es nicht besser gewesen wäre, ihr einfach keinen Antrag zu machen. Viele Freunde aus unserem Umkreis haben auch Kinder und sind nicht verheiratet und leben seit fast einem Jahrzehnt in ihren Familienhäusern. Ob das eine neue Art von Beziehung ist, so unverheiratet?

Das Elektronikfachgeschäft verlasse ich mit zügigen Schritten und draußen bemerke ich, dass Einkaufspassagen immer gleich aussehen. Egal, welche Stadt oder welches Land. Sie sind nicht gerade laut, aber das würde man auch gar nicht wirklich mitbekommen. Wenn man durch eine Einkaufsmeile läuft, hat man, direkt von Beginn an, einen höheren Puls und steht unter Strom. Man wird überflutet von preiswerten Angeboten und an jeder Ecke darf man zum wiederholten Male einer hilfsbedürftigen Organisation mit nur einer einzigen Unterschrift helfen.

Mit stummen Lippenbewegungen und einem verneinenden Winken kann ich gerade so der auf mich zukommenden Volontärin, mit blau strahlender Jacke und übertrieben freundlichem Lächeln, ausweichen und die Flucht ergreifen.

Ich glaube, es gibt auch nur zwei Arten von Menschen. Der erste Typ wäre eine Version von meiner Handlungsweise von eben und der zweite ist ein Typ von der redseligen Sorte. Ich bin zwar schon ein paar Meter weiter voraus, aber blicke mit einem mutigen Schulterblick zurück zu den Leuten mit den blauen Jacken und sehe sofort eine Person vom zweiten Typ. Steht wahrscheinlich schon seit Ewigkeiten bei denen, möchte aber einfach nicht seine Unterschrift setzen, sondern einfach nur mit den netten Damen, die gerade ihren Führerschein gemacht haben, reden. Eigentlich traurig, denn diese Art von Mensch möchte einfach nur mit jemandem reden. Wahrscheinlich ist sie alleine und hat niemanden mehr. Oh ja - stimmt, ganz vergessen. Der zweite Typ Mensch ist meist im fortgeschrittenen Alter. Also werden wir alle irgendwann zu Typ Nummer 2.

Es wird kälter in den Straßen, dunkelblau ist die Primärfarbe, die von Sekunde zu Sekunde dunkler wird, und das Ende der Einkaufspassage wird mit einer Handvoll

Straßenpennern angekündigt. Ich seh schon von Weitem, dass einer von der Gruppe gerade sehr aktiv am Einsammeln von möglichen Spenden ist. Weggucken oder einen großen Bogen laufen, das ist hier die Frage. Wie schlimm muss das für einen Straßenpenner sein, in der Nähe einer Einkaufspassage zu sitzen und zu betteln? Alle anderen haben ihre Sachen gekauft, Geld aus dem Fenster geworfen, sich mit sinnlosem Müll vollbepackt und gehen jetzt zurück nach Hause, wo das Essen in einem Kühlschrank einfach nur auf einen wartet, um verspeist zu werden. Strategisch schlecht ist eine solche Position ja wirklich nicht, aber wäre ich ein Straßenpenner, könnte ich die vielen Menschen mit ihren schweren Tüten aller Farben und Größen nicht anschauen. Und jetzt war ich so in Gedanken versunken, dass ich beim Laufen weder das Ausweichmanöver auf die andere Straßenseite starten noch Blickkontakt vermeiden konnte. Die Gedanken und meine Vorstellungskraft waren plötzlich, als wären sie vom Blitz getroffen, in mir gestorben. Es war der Anblick von der jungen Pennerin, der mich dann doch sehr unerwartet emotional getroffen hat. Sie ist vielleicht keine 25 Jahre alt und wirkt nicht ganz bei sich. Entweder betrunken oder zugedröhnt mit Drogen, macht sie einen holprigen Gang und kommt Schritt für Schritt auf mich zu. Sie ist klein und ihr lockiges langes Haar hängt an ihrer Kapuze raus, es hat noch drei verschiedene Farbtöne versteckt. Wahrscheinlich hat sie schon alle möglichen Lebensphasen hinter sich gebracht.

„'ne kleine Spende für mich?", sagt sie nuschelnd zwischen total zerfallenen Zähnen hindurch. Sie hat ein zierliches Gesicht, ihre Statur verrät, dass sie mal sportlich aktiv gewesen ist, die Jacke sieht teuer aus, und auch wenn sie stark abgenutzt ist, kann man immer noch sehr gut erkennen, dass sie mal mehrere hundert Euro gekostet hat. Vielleicht kommt sie aus einer ehemals wohlhabenden Familie, die ihr viel Aufmerksamkeit und Liebe geschenkt hat. Alles nur eine reine Vermutung.

„Ich hab noch eine Banane", antworte ich ihr und versuch ihr damit aufzuhelfen, als wäre sie gestolpert, und ich ergänze in hoffnungsvollem freundlichen Ton: „Die ist schon ganz schön braun, aber man kann sie noch essen." Dabei fällt mir auf, dass dies meine bisher längste Unterhaltung mit einem Penner ist. Und wenn man es nicht erwartet, dann trifft es einen am härtesten, so oder so ähnlich geht doch irgend so ein Spruch.

Ihre Augen vergrößern sich und vor Wut werden sie tränenreich. Sie hebt die rechte Hand und ich sehe einen alten, dreckigen Verband um die Handfläche gewickelt, der dazu noch leicht blutig ist. Sie schlägt mir die Banane aus der Hand und schreit laut und kräftig mit heiserer Stimme: „Ich habe gesagt Spende! Was soll ich mit deiner kack Banane?! Soll ich mir die in die Fotze stecken, oder was?!" Und auf einmal bin ich in einer echt unangenehmen Situation eingesperrt. Es gibt jetzt kein Zurück mehr. Die Leute um uns ungleiches Paar stoppen ihren zügigen Einkaufs-Schritt mit einer Vollbremsung und fangen sofort an zu gaffen. Eigentlich fehlt nur noch ein Lichtspot auf uns und diese kleine Bühnenshow wäre eingerichtet und startbereit für Akt II.

„Hey! Ist ja gut. Meine Fresse, dann halt nicht", schreie ich in einem Drittel von ihrer Lautstärke in defensivem Ton zurück. Ich beginne mein Schritttempo wieder aufzunehmen und sie rudert wütend mit ihren Armen durch die Luft und Sekunden später hockt sie auf dem Boden und wippt wie ein Vogel auf einer Stromleitung.

Mann ey, Scheiße, denke ich mir. Ich wollte ihr doch nur was zu essen geben. Einfach helfen. Nett sein. Ihr eine schöne Geste machen. Sie hat mir einfach so leidgetan. Sie ist noch so jung, da kann ich mir noch richtig gut vorstellen, wie sie vor 10 Jahren als vielleicht glückliches Kind ausgesehen und gelacht hat. Zum Glück ist sie nicht noch mehr ausgerastet und hat eine Waffe aus der Tasche gezogen. Ich wollte auch mal zu einem Selbstverteidigungskurs. Ich schaff es gerade echt nicht, viel für mich zu unternehmen. Die Arbeit ist anstrengend, aber macht wenigstens Spaß, dennoch wäre es auch mal wieder schön, ein aktuelles Fußball-Spiel einfach direkt in die Konsole einzulegen und ein ganzes Wochenende lang nur darin zu versinken. Das wären einfach mal 48 Stunden der kompletten Sinnlosigkeit, aber sie würden mich unterhalten und Spaß machen. Andere haben Spaß dabei, ein ganzes Wochenende ihre Spielfiguren bunt anzumalen oder sich bei einer Tüte Chips das eine und ewig gleichbleibende Lieblingsbuch zum sechsten Mal durchzulesen. Ich möchte einfach nur ein Spiel zum ersten Mal spielen.

Und jetzt nur noch diese rote Ampel überwinden und dann hab ich es endlich geschafft. Vielleicht hilft mir die Wut von eben, um morgen die 10 Kilometer beim Joggen erfolgreich zu knacken. Aber warum sollte sie das? Man hat doch relativ viele Situationen, die einen tagtäglich fast zur Weißglut bringen, und nach einer schönen Mütze Schlaf ist vieles davon vergessen oder abgeebbt.

Der Lautsprecher der Ampel ertönt mit seinen besinnlichen Klängen und der Marsch über die letzte Hürde zum trauten Heim kann beginnen. Ich werde mal das Lauftempo erhöhen und vor dem Bürgersteig auf der anderen Seite noch ein paar Passanten überholen. Da kommt mir ein händchenhaltendes Pärchen entgegen. So wie es von hier aussieht, tragen sie Partner-Rucksäcke. Ich weiß aus eigener Erfahrung, dass viele Pärchen bereit sind, für einen fix entgegenkommenden Passanten ihre liebliche Haltung zu lösen. Ich riskier es und halte mit entschlossenem Blick voll auf ihre Mitte zu. Die beiden Augenpaare vom Pärchen treffen meinen Blick und ohne einen weiteren Blickkontakt zwischen den beiden lösen sie ihre zusammengepressten Hände und lassen mich zwischen sich durch. Es ist faszinierend, in einem kurzen Augenblick wie diesem handelt ein liebendes Paar fast simultan und lässt den anderen los, als wäre auch ihre eigene Beziehung und all das, was dahinter steckt, wie zum Beispiel die eigene Wohnung, aber auch die komplette Abhängigkeit voneinander, so schlicht, einfach und blitzschnell zu trennen wie ein Händchenhalten.

Angekommen an unserer Wohnung erfreut mich der Teppich auf unseren Hausflurtreppen, wie auch an jedem anderen vergangenen Tag. Der Teppich in unserem Mietshaus, was wir mit fünf weiteren Familien teilen, ist dunkelbraun. Eine leichte zackige Schraffur prägt seinen borstigen Stoff. Würde die Welt einem Meteoriten zum Opfer fallen und dieser gerade so fast die gesamte Menschheit ausrotten, aber diesen Teppich verschonen, dann wäre dessen Stoff überhaupt nicht gut für einen Pullover geeignet und man würde ihn bei der gewaltvollen, neu entstandenen Zivilisation als Folterwaffe einsetzen können. Aber ich mag diesen Teppich sehr. Er strahlt etwas von Wohlstand aus, und auch wenn ich diesen Teppich nie gekauft habe, sorge ich mit meiner Miete jeden Monat dafür, dass dieser Teppich gepflegt wird und das erfreut mich sehr.

Vor der Tür die erste Entwarnung. Es schreit kein Kind. Pia, meine zwei Jahre alte Tochter, die vielleicht baldig eine Brille braucht, müsste schon seit einer halben Stunde schlafen, und Lea, die dreijährige Rennmaus mit den pechschwarzen Haaren, sollte gerade eine Gutenachtgeschichte vorgelesen bekommen. Es ist 20:05 Uhr, eine normale Zeit, um nach Hause zu kommen, wenn man 40 Stunden die Woche arbeitet und um halb 9 Uhr morgens das Haus verlässt. Erschreckend ist der Gedanke, wenn ich mir die Stundenanzahl einer gesamten Woche grafisch vorstelle und mit meiner Arbeitszeit sowie meiner Schlafzeit auf ein Excel-Kuchendiagramm aufteile und vergleiche. Das Wort Personalausweis kriegt dabei eine ganz andere und vor allem neue Gewichtung. Ich öffne die Altbau-Holztür mit einem, mir unliebsamen, verräterischen Knarren und sehe die hohen Absatzschuhe meiner Schwiegeroma im Flur stehen. Ein zweites Mal vom Blitz getroffen und das in nur einer Stunde. Na ja - sie wird ja gleich gehen, denk ich mir. Es ist schon sehr spät und sie wird sicherlich bald ihr Schauspiel starten, in dem sie alle fünf Sekunden erwähnen muss, dass sie die ganze Woche so unglaublich viel zu erledigen hatte und jetzt völlig fertig in ihr Wochenende starten müsse. Die arme Frau, denke ich in größtmöglich ironischem Ton, dabei ist sie Vollzeit-Rentnerin und ständig auf Reisen. Vielleicht ist es aber wirklich sehr anstrengend für eine fast 70-jährige alte Dame, alle Nase muss sie zu verschiedenen Ärzten. Dazu kommt noch einkaufen gehen und sich mal mit den letzten lebenden Freunden treffen. Ich bin gespannt, was für ein Rentner-Typ ich sein werde.

In unserer Wohnzimmer- und Küchenkombo sitzen die beiden am Ende des Raumes an unserem riesigen Esstisch, mit teuren Antipasti, Brot und Wein. Lea macht, bei all den ganzen Gelatine-Süßigkeiten, die sie gerade mit einem Lächeln verputzt, nicht den Eindruck, als wäre sie in den nächsten Stunden nur ansatzweise dazu in der Lage, zu schlafen. Die erste Frage, die mir in den Kopf kommt, kann ich mir sofort selber beantworten. Daraus resultiert eine zweite Frage und diese brauch ich den beiden Damen gar nicht stellen, da sie ja gerade eh keine Person brauchen, die ihre fröhliche Stimmung unterbricht. Ich geh als erstes zu Lea. Hocke mich zu ihr runter und unterbreche ihr fröhliches, fantasiereiches Schlemmen mit einem: „Naa, Lea? Guten Abend, du kleine Feinschmeckerin. Solltest du nicht schon, wie deine kleine Schwester, längst im Bettchen sein und schlafen?"

„Hallo Papa. Eigentlich schon, aber Oma hat gesagt, solange sie noch da ist, brauch ich auch nicht ins Bettchen gehen", spricht sie im niedlichen Kindstempo.

„Aha, und wo hast du die ganzen Süßigkeiten her?", frage ich sie.

„Na, von Oma Edith natürlich! Die war nämlich in Rondon."

„Du meinst wohl London?"

„Ja, ich glaube schon. Papa, bist du jetzt sauer, dass ich noch nicht im Bettchen bin?"

„Nein, natürlich nicht! Du kannst dafür ja nichts. Ich geh jetzt mal zu Mama und Oma und du räumst schon mal hier auf, ja?"

Lea reibt sich die Augen vor Müdigkeit und sagt: „Okay. Mach ich."

Das wird jetzt lustig. Ohne groß Aufmerksamkeit zu erregen, setz ich mich an den Tisch und warte auf eine Reaktion. Nach 5 Minuten stiller Teilnahme wäre ein begrüßendes *Hallo* von den beiden so langsam angebracht. Aileen hört immer noch den langweiligen Geschichten aus London von Oma Edith zu, hat mir aber schon einen Blick und ein Lächeln geschenkt. Fühlt sich aber sofort wieder gezwungen, ihren Blick zurück zu Edith zu lenken, um ihr weiter zuzuhören.

Ich mag Edith nicht. Sie ist die Oma, die zwar von Kindesaugen immer gern gesehen wird. Freundlich, immer gut drauf und bringt immer was zum Naschen oder Spielzeug mit. Aus den Augen eines Erwachsenen jedoch zieht sie sich für ihr Alter einfach unpassend an. Sie ist laut und hat aus ihrer verschobenen Sicht immer recht. Sie spricht nur gerne über Dinge, die was mit ihr zu tun haben. Bringt den Kindern immer irgendetwas mit, meist ungesunde Süßigkeiten, und bricht dabei immer unsere auferlegten Erziehungsregeln. Dennoch ist sie das letzte lebende Stück Familie von Aileen. Die Vorstellung, dass Aileen bei dieser Frau aufgewachsen ist, bringt mir grausige Albträume bei Tageslicht hervor.

„Einen schönen guten Abend, die Damen", sag ich mit meiner freundlich-warmen Radiostimme und unterbreche den Monolog von Edith.

„Ja hallöchen Mark, mein Lieber. Hast du schon gesehen, was ich den Kindern mitgebracht habe?", sagt sie und erwartet einen Schulterklopfer.

„Habe ich gesehen, danke dir, meine Liebe." Ich beende mein falsches Lächeln und spreche im genervten Ton weiter: „Was ist das für eine wohltuende Süßigkeit? Und warum isst sie es so spät abends noch?"

„Das sind Rowntrees Fruit Pastilles. Ein Relikt aus vergangenen Jahren. Kinder aus dem Jahre 1881 durften schon diese Leckerei verköstigen", singt sie uns schon fast vor. Und das Schlimme dabei, sie bemerkt meinen aggressiven, genervten Ton überhaupt nicht und ist sich immer noch keiner Schuld oder eines Fehlverhaltens bewusst. Ich stehe auf und um den Blickkontakt zu meiden, gehe ich in Richtung Küche.

„Ja, ganz toll! Und warum habt ihr beide euch dazu entschieden, dass Lea das ach so tolle Relikt der Vergangenheit heute Abend in sich reinstopfen muss? Sie hat schon fast die ganze Packung verdrückt", schreie ich schon fast und durchsuche die Küchenschränke nach etwas Essbarem.

Aileen, die jetzt schräg mit dem Rücken zu mir sitzt, dreht sich um, schaut mich an und rollt leicht mit den Augen, als wäre doch alles halb so schlimm. Vielleicht reagier ich auch gerade über. Die schönsten Tage als Kind sind die, wo man Süßigkeiten ohne Ende hat oder lange wach bleiben darf. Lea hatte heute beides. Edith richtet entspannt ihr goldenes, pompöses Kettchen um den Hals und sagt: „Ach Mark, hör doch auf! Lass deinen Kindern doch auch mal die langen Nächte mit ihrer Oma."

„Ach, lass mich einfach in Ruhe", haue ich ihr mit einem entnervten Ton und abwinkender Hand verbal zurück. Ich hab Hunger. Ich will einfach nur einen Toast mit Marmelade oder Schinken, vielleicht auch zwei, und dann ab ins Bett. Meine entnervte Antwort wird von beiden gar nicht wirklich beachtet und ich kann in Ruhe mein Abendbrot zubereiten und sogar essen.

Aileen steht auf, als Edith anfängt, von ihrer vollgepackten kommenden Woche zu sprechen. Sie geht los und holt ihre Jacke, hilft ihr beim Anziehen und gibt ihr zum Abschied einen freundschaftlichen Händedruck. Oma Edith ist zu all ihrer Lautstärke nicht wirklich emotional oder bindungsfähig. Über ihre vergangene Männerwelt weiß ich so gut wie gar nichts. Der Stammbaum von Aileen hatte in all den Jahren nur zwei Personen zu verzeichnen, viele sind gestorben oder schon lange ausgewandert. Zu den Gestorbenen zählen leider auch die Eltern von Aileen. Sie starben, als sie 14 Jahre alt war. Kurz bevor wir zusammengekommen sind. Als die Wohnungstür mit dazugehörigem Knarren endlich im Türrahmen gelandet ist, beginne ich, meinen angestauten Frust loszuwerden.

„Was war denn hier heute los, Aileen?!"

„Oma war da. Wollte nur schnell die Geschenke für die Kinder abgeben und ich hatte Lust, mit ihr noch zu Abend zu essen, hast du doch gesehen", sagt sie mit einem halben Lächeln im Gesicht.

„Ja, das hab ich gesehen, aber warum sind immer alle Regeln aufgehoben, wenn Edith hier ist?", und mit ganzem Körpereinsatz fließt es weiter aus mir raus: „Und warum setzt du dich, ihr gegenüber, nicht mal durch und sagst Nein! Warum muss ich immer den bösen Cop spielen?"

Aileen weicht mir aus und räumt den Küchentisch auf.

„Ich weiß auch nicht, aber die Kinder freuen sich über ihre Oma und das soll auch so bleiben, finde ich", dabei knallt sie das dreckige Besteck auf die benutzten Teller. Während sie auf dem Weg in Richtung Spülmaschine ist, laufe ich ihr hinterher.

„Ja. Das darf es ja auch, aber nicht auf Kosten unserer Kindererziehung, das hab ich dir schon hundertmal gesagt." Mehr und mehr kocht es innerlich in mir. Diese Art von Aileen, über solche Probleme einfach hinwegzusehen, kotzt mich einfach richtig an und das schon viel zu lange. Aileen bleibt entspannt und räumt weiter das Geschirr in den Spüler ein, wischt den Küchentisch ab, schmeißt die Essensreste in den Müll und ignoriert mich weiter. Lea räumt fleißig ihre Spielsachen auf.

„Aileen, magst du mir bitte mal erklären, warum dieses Problem nicht behoben wird und warum wir jedes Mal streiten, wenn Edith hier bei uns zu Besuch war?"

„Mark, jetzt lass doch mal gut sein. Ich will einfach nicht, dass ich da etwas anspreche, was sie mit Sicherheit verletzen könnte", sagt sie und wirkt entkräftet.

„Ah okay, und was ist mit unseren Streitereien? Hast du die in deine Kalkulation auch schon mit einberechnet und stören sie dich dabei überhaupt nicht? Und auch nicht, wie ich mich jedes Mal dabei aufrege?" Ich kann nicht aufhören und die Raserei packt mich.

„Ignorierst du auf dieselbe Art auch unser Hochzeitsthema?" Es tritt eine urplötzliche Stille ein. Man hört das Atmen der Wasserleitung und den Strom durch die Leitung zurren.

„Woher kommt das denn jetzt?" Sie dreht sich um, blickt mir schmerzhaft enttäuscht in die Augen und sagt: „Nein, natürlich nicht."

„Nein? Okay. Dann sag mir doch mal bitte: Wann wollen wir zum Standesamt gehen? Morgen? Nächste Woche? 2052? Ich glaub nämlich, das ist auch ein Schaltjahr. Dann können wir am 29. Februar 2052 heiraten und du müsstest nur alle 4 Jahre an unsere Hochzeit denken." Mir ist es so egal, wie scheiße ich mich gerade aufführe. Es muss einfach raus. Aileen steht da und weicht nun meinen angepissten Blicken aus und ich entdecke dabei Lea, wie sie uns still und fasziniert von der Türschwelle aus beobachtet, als wären wir ein Gorilla-Pärchen im Affengehege, das um die letzte reingeworfene Futterration streitet. Wir beiden haben uns in unserer Beziehung selten gestritten und wenn einmal, dann nicht vor den Kindern. Lea hat die ganze Zeit aufmerksam zugehört, ich denke, das passiert in anderen Familien auch und ist hoffentlich ganz normal für das Kind. Man fühlt sich trotzdem unwohl dabei, von den eigenen Kindern ertappt worden zu sein. Aileen schnappt sich Lea unter den Arm, knabbert ihr am Ohr und kitzelt ihr den Bauch und durchwühlt ihr die Haare. Das Lachen von Lea färbt die schwarze, düstere Luft vom Streit in einen helleren Grauton. Bei einem Streit reagiert meine menschliche Psyche immer sehr ähnlich. Eine Art von Fatigue-Syndrom breitet sich in meinem Körper aus. Ich werde müde, hab keinen Appetit oder gar keinen Hunger mehr. Lea wird mindestens 30 Minuten brauchen, bis sie eingeschlafen ist. Ich könnte die Konsole schon warm spielen oder einfach den Mail-Eingang abarbeiten, um somit am Montag ein bisschen entspannter auf der Arbeit zu starten. Irgendwie habe ich aber auf gar nichts mehr Lust. Das ist ein weiteres Symptom bei ungelösten aktiven Streitereien, man hat einfach keine Lust auf gar nichts mehr. Ich bleib einfach am Smartphone und beantworte ein paar Quiz-Fragen. 15 Minuten später hör ich Aileen in unser großes Wohnzimmer kommen. Sie kommt an unseren Tisch. Ignoriert jeglichen Blickkontakt mit mir und setzt sich mir gegenüber. Sie nimmt ihr schulterlanges Haar in die Hände und baut sich einen, nach Stress aussehenden, Zopf. Sie schaut ein paar kräftige Atemzüge lang auf die Maserung des Tisches und beginnt mit ruhiger und ernster Stimme zu sprechen: „Ich möchte einfach keinen Streit mit dem letzten mir verbleibenden Familienmitglied, okay?" Kann ich ja verstehen, aber warum muss das auf Kosten unserer Beziehung sein und warum können wir nicht einfach heiraten?

„Sie bringt unseren Kindern ja keine Drogen mit oder tut ihnen weh." Dabei spielt sie mit den Fingern an dem Verlobungsring, den ich ihr vor fast fünf Jahren an den Finger gesteckt habe.

„Sie ist vielleicht einfach zu gut und ehrgeizig in ihrer Oma-Rolle", sagt sie mit einer aufwärmenden Stimme.

Ich habe keine Lust mehr, über Edith zu sprechen. Mir ist sie so egal und sie hat ja auch Recht mit dem, was sie sagt. Etwas anderes, was viel zu lange aufgeschoben wurde, muss meines Erachtens heut Abend geklärt werden. Ich nehme meinen silbernen Verlobungsring mit dünner Goldlinie ab und leg ihn auf den Tisch. Dann schaue ich Aileen an und mit leiser, aber ernster Stimme sag ich zu ihr: „Aileen, lass mal kurz Oma Edith, wo sie ist, sie stört mich auch nicht wirklich, aber beantworte mir jetzt eine Frage. Wolltest und wirst du mich jemals heiraten? Hattest du damals auch Angst davor, mir einfach die Wahrheit zu sagen?"

„Ich … Ich … also …"

„Was ist los, Aileen? Tu mir den Gefallen und sag mir, was in dir vorgeht? Ich hab mich heute von einer abgefuckten Pennerin anschreien lassen, deine Oma blickt jedes Mal auf mich herab, als wäre ich ein kleiner, dummer

Junge und du versetzt mich wie einen von deinen ehemaligen nervigen Verehrern aus der Grundschule." Die Sätze sprudeln in einer Geschwindigkeit aus mir heraus, so als wären sie schon vor Monaten zurecht geschrieben worden. Meine Beine müssen für die nächsten Sätze in Bewegung sein, also laufe ich mit einer wilden Manier um den Tisch.

„Warum können wir unsere Hochzeit seit so vielen Jahren nicht planen? Warum darf ich dich nicht einfach alleine zum Traualtar führen, ohne Familie, ohne Oma Edith, ohne Trauzeugen? Was ist los mit dir und warum muss ich meine Familie seit einer viel zu langen Zeit anlügen, dass wir keine Hochzeitslocation finden oder wir dann doch gerade kein Geld dafür haben?" Ich lehne mich zu ihr an den Tisch und schreie sie weiter an. „Mir ist bei einigen Verwandten schon nicht mehr eingefallen, was ich sagen sollte, und ich hab ihnen erzählt, dass an dem Tag ein wichtiges Endspiel ist und wir die Gäste nicht davon abhalten möchten, das Spiel zu schauen. Weißt du, wie dumm man bei solch einer Ausrede angeguckt wird? Ich habe da echt keinen Bock mehr drauf. Ich sehe da für uns dann auch keine Zukunft mehr." Ich stehe wieder auf und schließe die Augen, um einmal tief durchzuatmen.

„Bitte sag mir einfach, warum diese Zurückhaltung deinerseits? Wieso bist du so eigenartig bei diesem Thema? Weshalb können wir nicht offen und ehrlich über dieses von dir kreierte Tabuthema reden?"

Sie fängt an zu zittern, nimmt ihre Arme und legt sie um ihren Bauch, als wäre sie in Gefahr. Die Tränen laufen ihr ohne große Ankündigung über die Wangen. Ein ängstliches und schuldiges Gefühl braut sich in mir zusammen. Was hat sie nur, dass sie jetzt so einbricht? Was hab ich ihr nur angetan? Sie weint und zittert, als stünde ihr schlimmster Albtraum hier im Raum. Unter ihren, voll Tränen benetzten, Lippen rappelt sie sich auf, schiebt ihren Stuhl hastig beiseite und läuft Richtung Schlafzimmer.

„Schlaf heute auf der Couch, ich bitte dich. Ich muss jetzt alleine sein. Du kannst morgen früh gerne deine 10 Kilometer laufen, aber lass mich jetzt bitte, bitte in Ruhe."

„Aber Aileen, was soll das denn jetzt? Was?" Mit zügigem, aber schwachem Schritt und meines Blickes ausweichend, läuft sie an mir vorbei.

„Aileen! Ich … Warum bist du jetzt so?"

Das Schlafzimmer grenzt direkt an unser Wohnzimmer. Die schwere Holzschiebetür, die sie jetzt schon zuschiebt, kommt selten zum Einsatz. Eine totale Erschöpfung ist ihr abzulesen. Sie wirkt, als hätte sie sich fünf Tage lang nur mit mir gestritten. Ich sehe mich selber in unserem Wohnzimmer wie angewurzelt stehen und schaue ihr nur zu, wie sie mich alleine stehen lässt. Die Tür geschlossen, höre ich sie noch weiter weinen und schniefen. Eigentlich müsste ich jetzt sofort hinter ihr her, um sie zu trösten oder wenigstens mit ihr zu reden, aber so wie eben kommt sie mir völlig zerstört vor und ich will einfach nicht noch mehr Schaden anrichten.

Zähneputzen und dann einfach die, wahrscheinlich seit einer Ewigkeit, schlimmste Nacht schnell hinter mich bringen, das ist jetzt Priorität. Auf einem üblichen 3-Sitzer-Sofa zu schlafen, ist eigentlich nicht schwer. Man hat keine große Auswahl an Schlafpositionen und die wenigen, die einem zur Verfügung stehen, sind allesamt gleich ungemütlich. Ich versuch es mit der Bauchlage, seitlich klappt es sowieso nicht. Auf dem Rücken ist der Oberkörper viel zu hoch. Die

Sofakissen werden auch immer aufdringlicher und nehmen den ganzen Platz weg. Ein Schluck warme Milch oder doch ein Glas starken Alkohols? Nein, kein Alkohol, nie wieder! Ich frag mich, ob Aileen schon schläft. Hoffentlich hat heute keines der Kinder eine solch schlechte Nacht wie wir beide. Du musst dich nur beruhigen. Der ganze Streit hängt dir noch am ganzen Körper. Ruhig atmen und dann schläfst du hoffentlich ganz schnell ein. Jetzt kling ich schon wie ein Yoga-Lehrer, der zu wenig Tricks draufhat und zum Ende der Stunde der ganzen Gruppe ein paar Atmungsübungen zeigt, damit alle einfach einschlafen. Hoffentlich heilt auch schlechter Schlaf ein paar seelische Wunden.

# 1 K

6:21 Uhr. Die Sonnenstrahlen wecken mich. Die Wohnung ist total vom Sonnenlicht überflutet und im Wohnzimmer hängen keine richtigen Vorhänge, um diese beschissene Sonne auszusperren. Manchmal hasse ich die Sonne. Mir tut der Nacken weh. Mein Rücken fühlt sich alt und verklebt an. Bloß schnell los. Die Joggingsachen liegen noch hier irgendwo, da bin ich mir fast ganz sicher. Jetzt fällt mir erst wieder ein, was gestern passiert ist und dass ich eigentlich richtig schlechte Laune haben müsste. Der Streit zwischen Aileen und mir war nicht intensiv und auch nicht so kinoreif, aber er war, in meinen Augen, essenziell für unsere Beziehung. Ich sollte mich jetzt einfach umziehen und loslaufen. Die körperliche Anstrengung wird bestimmt ein klares Bild auf diesen Streit geben. Hose, Schuhe, Shirt und einen Pullover. Irgendetwas fehlt doch noch? Ist Aileen die Richtige? Ich sollte noch etwas Winziges essen oder wenigstens einen guten Schluck trinken. Jetzt fällt es mir wieder ein: der Fitness-Tracker. Ich habe das teure Stück Technik noch gar nicht aus seiner Verpackung befreit. Hoffentlich wurde das Teil mit der üblichen halb vollen Batterieladung aus der Fabrik entlassen, wenn nicht, dann muss ich das Ding erst aufladen, und ohne Tracker am Handgelenk hätte das Joggen für mich ein wenig den Reiz verloren. Ohne Statistiken und visualisierter Strecke im Nachgang würde mir da ein wenig die virtuelle Bestätigung aus Bestzeiten kombiniert mit Kalorienverbrauch fehlen. Ich pell das Ding aus der Plastikpackung und versuch die Kurzanleitung so gut es geht und erfolgreich zu studieren. Alles geschafft. Das Teil hat noch genug Akkuleistung für Sportübungen von einer Gesamtdauer von drei Stunden. Das sollte eigentlich ausreichen. Dennis, mein Kumpel, schafft die 10.000 Meter in 54 Minuten und ungefähr 45 Sekunden, vielleicht waren es auch 45 Minuten und 54 Sekunden, so genau hab ich mir das nicht gemerkt. Ich weiß auch gar nicht mehr, wie er mich zum Joggen manipuliert hat. Ich glaub, ich hatte ihm von meinen schlaflosen Nächten erzählt und er fragte dann mehr und mehr über meinen aktuellen Gemütszustand und kam schlussendlich auf die, für mich doch eigenartige, Erkenntnis, dass ich einfach unausgelastet wäre. Ich hatte noch nie von jemandem gehört, der nicht schlafen konnte, weil er den ganzen Tag einen niedrigen Blutdruck hatte. Wir waren gerade beim Online-Zocken und per Headset miteinander verbunden. Wir spielen immer gern zu zweit gegen andere Spieler und wir mussten ewig auf neue Gegner warten, da erklärte es Dennis mir mehr und mehr und hatte dabei seinen übertriebenen höflichen Ton drauf.

„Mark, hey hey Mark, warte mal, also. Guck doch mal. Du bist jetzt irgendwas um die 30 Jahre alt. Machst keinen Sport, bist aber auch nicht dick, nicht einmal leicht unförmig oder schlaff. Hast keinen Stress auf der Arbeit und deine Frau und Kinder sind nicht wirklich aufbrausend, weil ihr als überglückliches, nicht verheiratetes Paar einfach total harmonisch seid und ihr eure Gefühlswelt im buddhistisch gesehenen Mittelpunkt liegen habt."

Ein, zwei Bier müsste er damals schon getrunken haben, aber ich kannte dieses Geschwafel von ihm nicht anders und es war dann doch eine plausible oder vielmehr logische Erklärung, die er mit relativ viel Alkohol intus von sich gab.

„Ja okay - hab es kapiert. Du warst mal in Indien. Woah."

„Ne, erst in 2 Wochen." Und jetzt wandelte sich dieser überaus höfliche Ton von ihm in eine selbstzufriedene Dauergewinner-Tonalität.

„Tammi hat nur schon mal ganz viel Lektüre für unseren jährlichen Hochzeitstag-Urlaub gekauft und da hab ich mir schon ein bisschen was durchgelesen. Jedenfalls lenkst du vom Thema ab."

Genervt unterbrach ich ihn: „Musstest du es noch extra stark betonen, dass du verheiratet bist?"

„Du - das war keine Absicht. Bleib easy, das wird schon. Aber hey, ich war noch nicht fertig", sagte er und kramte in einer Chipstüte nach Nachschub. „Dein eigener Körper ist quasi müde von deinem entspannten Leben. Also ich würde dir einfach mal raten, loszulaufen und dahin zu laufen, wo du schon immer hinwolltest. Einfach mal heraus aus der Bude und für kurze Zeit frei von stressigen Zielen, die du nicht hast. Wenn du eine Weile gelaufen bist, immer weiter und weiter, drehst du dich irgendwann wie bei Forrest Gump um und gehst, gezwungen durch Müdigkeit, einfach nach Hause und völlig kaputt ins Bettchen."

Wenn enge Freunde einfach mal recht hatten, tat ich mich immer etwas schwer, es direkt zuzugeben.

„Na gut, ich probier es mal", sagte ich ganz beiläufig.

„JAWOHL, geht doch!", schrie Dennis durch das Headset, sodass ich ruckartig die Lautstärke leiser stellte. „Wirst schon sehen, das wirkt Wunder. Und hol dir einen Fitness-Tracker, das motiviert unheimlich!"

Jetzt kann es endlich losgehen. Ich zieh mir die Laufschuhe an, binde die teuren Marken-Dinger zu und denke mir: Jetzt renn schnell runter vor die Tür für einen Frischluft-Cocktail. Mit leisen Schritten schleich ich mich aus dem Wohnzimmer und seh die verunstaltete Couch hinter mir, rein in den breiten Flur und vorbei an den Kinderzimmern. Die doofe laute Tür werde ich auch diesmal nicht leise öffnen können, aber ist ja auch egal, wenn jemand davon geweckt wird, dann ist das jetzt so. Wenn ich joggen bin, dann bin ich joggen und kurz für niemanden erreichbar. Die Tür schließ ich zügig mit dem mir zu vertrauten Knarren. Das Treppenhaus wird zur Aufwärmung missbraucht und die Haustür wird aufgerissen wie eine Rasthof-Toiletten-Tür nach einer fünfstündigen Busfahrt unter einer Gruppe Fußballfans, die nach dem Sieg ihrer Mannschaft unendlich viel Bier im Bus hatte und dazu eine defekte Toilette. Endlich kann es losgehen. Die jetzt angenehm kühlen Sonnenstrahlen lassen mich meine Augen kurz schließen. Autos hört man noch keine, nur hier und da die Blätter der Bäume rascheln und ein paar Vögel zwitschern. Augen auf! Zurück im Hier und Jetzt. Aufgewärmt bin ich, denk ich. Wo pack ich den Haustürschlüssel hin? Hat Aileen jemand anderen kennengelernt? Ich probier es einfach mal, ihn unter den Fußabtreter zu legen. Den Fitness-Tracker starten, wo war das jetzt? Training - ja. Und jetzt die Pixel auf den Schriftzug Laufen-Outdoor verschieben und drauf tappen. Ziel ist eine Distanz von 10 Kilometern. Ich glaub schon, dass ich das beim ersten Mal schaffen kann. Oh, der Countdown auf der Uhr läuft schon. 3 … 2 … 1 … und los!

Bloß nicht zu schnell am Anfang laufen. Dennis meinte, dass der Trick bei Langstreckenläufern sei, sich die Kräfte einteilen zu können. Die ersten Laufschritte fühlen sich verdammt gut an. Und doch ist es ein wenig bescheuert und lächerlich, ein erwachsener, fast 30-jähriger Mann rennt mit seiner schwarz-grauen Marken-Jogginghose und seinem Hoodie durch die Straßen. Irgendwie hat das etwas Verzweifeltes, jetzt denken bestimmt die Menschen, die mich just in dieser Situation ertappen, dass ich unzufrieden mit meinem Gewicht bin oder dass ich jemand bin, der im Beruf verzweifelt ist und keine weitere Diskussion mit der Ehefrau ertragen kann und deshalb joggen gegangen ist, das werden sie denken, da bin ich mir ganz sicher. Falsch wäre das gewissermaßen nicht, wenn ich ehrlich mit mir bin, aber dass andere immer nur das Negative ihres eigenen Abbildes in einem sehen, das nervt. Das Joggen ist, wenn man es auf das Wesentliche herunterbrechen würde, die älteste sportliche Aktivität vom Homo sapiens. Ich fühl mich trotz des Alters dieser Sportart ein wenig komisch in unserer jetzigen Gesellschaft auf den Straßen, irgendwie mehr beobachtet als vor einigen wenigen Metern. An einem so ruhigen Morgen, wo die meisten noch schlafen, ist man fast gleich laut wie die gurrende Taube vor dem Fenster. Aber wenigstens gebe ich meiner Jogginghose endlich genau das, wozu man ihr diesen Namen gab, und nicht das, was die meisten aus ihr gemacht haben, einen ständigen Begleiter an faulen Wochenenden, das einzig mögliche Outfit an kranken Tagen, beim Essen wird auf dich drauf gekleckert und lange wirst du getragen, dass du schon von alleine stehen kannst. Nein! Du, Jogginghose, und ich, wir joggen heute. Ich sollte aber als erstes zu ruhigeren Ecken laufen. Die Uhr zählt schon 380 Schritte, fehlen also noch grob 9000 für die 10 Kilometer.

Puh. Das macht schon ein wenig Spaß. Es fühlt sich gut an – nein, wohl eher sehr gut! Ein bisschen Laufen könnte doch auch chronische Depression heilen, wenn ich denn welche hätte. Vielleicht hat man aber dann auch keine Lust auf joggen gehen. Den Körper wieder in Schwung zu bringen, die Pumpe wieder aufzuwecken, den Blutdruck ansteigen zu lassen, das sind alles wirklich wohltuende Taten und das merke ich jetzt schon, nach nicht einmal 500 Metern. Die Atmung auf die Laufschritte anpassen und alle zwei Schritte tief einatmen, bis ganz weit nach unten, bis hin zum letzten Lungenbläschen. Man muss sich das mal bildlich vorstellen. In unserem Brustkorb ist eine Art Baum eingepflanzt. Er ist zwar auf den Kopf gedreht und hat keine Blätter, trotzdem dreht sich bei unserem einzigartigen Lungenbaum, wie bei einem echten Baum, alles um Sauerstoffgewinnung und Transportation, und zwar jede Sekunde. Jeder Mensch besitzt mehr als 300 Millionen winzig kleine Bläschen im Körper und das Interessanteste ist, man kann die Lunge trainieren, so simpel wie das Vergrößern der Armmuskeln, kann die Lunge zu einem leistungsfähigen Organ werden. Es tut unheimlich gut, mit viel Kraft die eingeatmete Luft bis in die letzte Ecke zum letzten Lungenbläschen zu pressen. Woher hab ich eigentlich meine Laufschuhe? Ob teure Laufschuhe wirklich zu einer besseren Laufleistung führen? Was soll ich nur mit Aileen machen? Was soll nur aus unserer Beziehung werden? Wir haben zwei wundervolle Töchter und keine für mich standhafte Beziehung. Ich sollte mich vielleicht von diesem altmodischen Gedanken der Vermählung trennen. Aber warum eigentlich? Aileen hat ein Problem, mich zu heiraten, ewig an mich gebunden zu sein und meinen Nachnamen anzunehmen. Ihr Nachname ist zu gewöhnlich, das hat sie selbst schon vor Jahren gesagt, zwar aus Jux, aber ich glaube, das war ein ernster Spaß. Unsere zwei Töchter binden uns doch eigentlich schon auf eine dauerhafte Laufzeit ohne wirkliche Kündigungsfrist. Worin sieht sie das Problem, mich noch zu heiraten? Hasst sie die Farbe Weiß?

In den letzten Wochen - nein, fast schon Monaten – frag ich mich sehr oft, wo ich jetzt als Single stehen würde. Habe ich in meinen fast 30 Jahren Lebenszeit immer eine gute Entscheidung getroffen? Ich glaub, das sind alltägliche Tagträume von jeder verheirateten Person, die ihr Buch oder Tablet zu Hause vergessen hat und nun ein wenig Zeit im Zug überbrücken muss. Wenn ich Montag Morgen an dem Zuggleis stehen würde, vielleicht ein Stück zu nah an der Bahnsteigkante, und ein Passant, oder der unbekannte Verrückte, ausgebrochen aus dem Pflegeheim, mich unbeabsichtigt anrempeln würde und dadurch meine Haltung ins Schwanken geraten würde, und unglücklicherweise der Zug nur noch wenige Meter entfernt wäre, noch nicht einmal den Bremsvorgang gestartet hat, und mein Oberkörper die längste Strecke zu den Schienen schon hinter sich hat, meine letzten oberflächlichen Bahnbekanntschaften um mich herum schon völlig außer sich sind und einige hilfsbereite Fahrgäste wild nach mir zu greifen versuchen, würde ich, dort, gefangen in dieser mir unausweichlichen Todessituation, auf mein Leben zurückblicken und, abgesehen von meiner verpassten Zukunft, zufrieden und mit einem Lächeln im Gesicht die Augen schließen können? War mein Leben … nein, falscher Ausdruck, aber richtige Frage, also nochmal anders gefragt. Hatte ich ein spannendes, aufregendes und erfülltes Leben? Ich bin fast 30 Jahre alt, demnach bin ich schon sehr weit gekommen, verglichen mit den Menschen aus dem Mittelalter wäre ich bei 90 % Lebenszeit angekommen. Ich habe zwei gesunde Kinder und habe eine Bleibe, wo ich eine Bettdecke und sogar ein Bett habe. Eigentlich habe ich keinen Grund, mich überhaupt zu beschweren. Gar keinen! Nein! Ich verstehe auch gar nicht, wie ich jetzt in diese ernsten Gedanken gerutscht bin, ohne mich überhaupt mal durch meine Vergangenheit zu wurschteln. Vielleicht, und davon bin ich eigentlich überzeugt, habe ich doch schon so einige Geschichten erlebt. Komische Geschichten. Traurige Geschichten. Lustige Geschichten. Bestimmt auch … Oh, der Fitness-Tracker vibriert. Es ist geschafft. Der erste Kilometer ist beendet.

# 2 K

1,01 Kilometer geschafft. 10 % sind nicht viel, aber die Menge an Pflastersteinen, die unter meinen Füßen vorbeizieht, ist schon beträchtlich. Die etwas ruhigere Gegend bekommt mir doch etwas besser zu Gemüte. Die Sonne strahlt mir ins Gesicht, aber blendet mich nicht, sodass ich noch genug vom Weg vor mir sehen kann, und ich spüre förmlich die photochemische Reaktion zur Produktion von Vitamin D. Die kühle Morgenluft ist erfrischend und belebend. Die Schritte gehen zügig - Körperfließbandarbeit. Ein neues Wort. Laufen ist auch eine der wenigen Sportarten, die jeder ohne jegliche Anleitung sofort starten könnte, wenn er denn möchte. Ich kann aktuell keine Anzeichen der Anstrengung bei mir erkennen. Es ist schon irgendwie sonderbar. Manchmal habe ich das Gefühl, ich hätte ein besonderes Energielevel und das schon, seit ich denken kann.

Als Kind hatte ich sehr oft mein ausgeprägtes, fast schon unendliches Energielevel gezeigt, zum Leid meiner Eltern und meiner großen Schwester. Das Zubettgehen war meine große Abendshow. Nachdem das Abendbrot aufgegessen wurde und die Gespräche am Tisch so langsam, aber kontinuierlich verstummten, hatte ich erst dann angefangen, von meinem Tag zu erzählen, und das ohne Punkt und Komma. Dazu muss man aber sagen, dass die Erinnerungen an diese Zeit mehr als nur schwammig sind. Infantile Amnesie ist bei Jungen meist ausgeprägter als bei Mädchen und die meisten Erinnerungen aus den jungen Jahren basieren auf den Erzählungen der Eltern, oder in meinem Fall der großen Schwester. Es ist logisch, dass meine Schwester mir nur ihre nervigen Erinnerungen über mich mitgeteilt hat. Ich muss aber auch zugeben, dass ich eine echte Nervbacke war. Das Abendessen war eigentlich schon durch, der Tisch schon abgeräumt und das Geschirr schon abgewaschen, aber ich erzählte und brabbelte völlig überdreht alles, was mir noch in den Sinn kam. Ich glaube, ich wollte nicht, dass der Tag einfach aufhörte und das jeden Abend aufs Neue. Meine Schwester ist drei Jahre älter als ich und solang wie wir die gleichen Bettgehzeiten hatten, musste sie das Badezimmer mit mir teilen. Es artete immer auf eine ähnliche Weise aus. Beim Zähneputzen wurde um das Waschbecken gerauft, fast schon geprügelt. Es war regelrecht ein unausgesprochenes Spiel, den anderen so lange wie möglich vom Zahnpasta ausspucken abzuhalten, indem man ihn vom Waschbecken wegschubst und die Füße nach ihm tritt. Ich hatte immer Spaß an so einem Gekabbel. Ich glaube, meine Schwester auch, wenn auch nicht so viel wie ich es hatte. Wenn dann noch gebadet werden musste, dann war natürlich die Aufgabe, nein, die Pflicht, keine trockene Badezimmerfliese zu verfehlen. Extrem viel Schaum, Handtücher mit in die Badewanne werfen, die Badewanne zum Wellenbad umfunktionieren, das waren nur die unkreativsten Beispiele für den ultimativen Badewannenspaß.

Ich kann mich gar nicht dran erinnern, mal meine Eltern darüber schimpfen gehört zu haben. Das klingt alles so, als hätte ich den ganzen Tag nur in der Wohnung verbracht und reichlich Energie angestaut, das war nur bei schlechtem Wetter der Fall, sonst gab es immer Freunde und coole Möglichkeiten, sich nach der Schule die Zeit draußen zu vertreiben. Zu Zeiten der 1. Klasse war es nur in der Straße, wo man gewohnt hat, ein paar Jahre und einige Zeugnisse später durfte ich dann endlich mit dem ersten eigenen Fahrrad einige Blocks weiter raus. Egal, ob nur eine Straße oder das ganze Viertel, was fünfmal so groß war, es wirkte einfach alles so riesig. Jeder neue Baum, an dem man mit der unglaublichen Geschwindigkeit, die ein junges Kind, wie ich damals, in die Pedale treten konnte, war es wert, entdeckt zu werden.

Ich weiß gar nicht, warum ich gerade kein Fahrrad fahre, statt zu laufen. Die Fahrräder, die mich in meiner Kindheit begleiteten, waren mein wichtigstes Gut, mein undiskutables Druckmittel meiner Eltern. Sie wussten diese offensichtliche Schwachstelle ziemlich gut auszunutzen. Sie müssen sich damals sehr gefreut haben, immer und immer wieder macht der Bengel seine Hausaufgaben, wenn man ihm mit dem Wegschließen seines Fahrrads droht. Hofft man als Elternteil auf so eine Gelegenheit? Erst die Geburt, dann die ersten Schritte, dann die vollständig ausgesprochenen Sätze, und dann die Geburt einer Schwachstelle, quasi einer Achillesferse. Jedes Mal aufs Neue kann man diese nützlich ausnutzen, um das Kind zum Gehorsam zu bewegen.

Zu dieser Zeit der Fahrräder und dem größeren Freiraum kam auch mein langjähriger Freund Dennis in mein Leben. Er und ich hatten dasselbe Fahrrad. Das klingt jetzt nicht weiter besonders, aber bei dem speziellen Design unserer Fahrräder war es das doch. Sein und mein Fahrrad hatten beide einen schwarzen Rahmen und überall waren türkisfarbene Highlights gesetzt. Die Felgen waren, wie hätte es auch anders sein können, türkis, so auch der elektrifizierende Schriftzug *Monster Bike* auf dem Rahmen. Wie es für Jungs in unserem Alter üblich war, gab es keinen Gepäckträger, wozu auch, völlig unnötig und uncool. Das hintere Rad hatte einen hoch abstehenden Spritzschutz, wie man ihn von Motocross-Bikes kennt. Ich hatte damals, zur Freude meiner Eltern, eine wohl eigenartige Vorliebe. Ich fuhr nämlich wahnsinnig gerne im Sommerregen Fahrrad. Es mussten erst die richtig dicken Regentropfen fallen und die Straßen schon halbüberflutet sein, dann war ich keine Minute mehr zu halten. Schnappte meinen Helm, das Fahrrad aus dem Keller und radelte wie ein Irrer durch die leeren Straßen. Es war reiner Zufall, dass der rothaarige, sommersprossige Dennis mir bei einem lauten und stürmischen Sommergewitter mit demselben Fahrrad entgegenkam und er seinen Arm raushielt, wir uns einfach abklatschten, als wären wir schon lang vertraute Kumpels gewesen. Wir bremsten unsere Fahrräder, dass das Wasser hinter unseren Hinterrädern durch die Gegend spritzte. Er brüllte durch seine Zahnlücke: „Da hinten ist eine riesige Pfütze. Soll ich sie dir mal zeigen?"

„Boah, wirklich? Ist die noch voll?", fragte ich mit unfassbar riesigen Augen.

„Auslaufen geht glaube ich nicht so leicht", sagte er. Schon als kleiner Stöpsel hatte er seinen übertriebenen freundlichen Ton drauf.

Die schnell gefundene Riesenpfütze und das hunderte Male Durchradeln, sodass kein Fahrradteil vom Pfützendreck trocken blieb, waren der Beginn unserer Freundschaft. Dennis wohnte nur ein paar Straßen von mir entfernt, war aber auf einer privaten Schule. Wir trafen uns so oft es ging. Solang die Sonne nicht untergegangen ist, haben wir Fußball gespielt, waren mit dem Anzünden von Sprengkörpern beschäftigt und haben Holzbretter auf Bäume genagelt und großkotzig die Vorstellung gehabt, hier auf jenem Baum ein Baumhaus bauen zu wollen. Der Grundstein war ohne große Probleme gelegt worden, aber der Übermut nahm schnell ein Ende, als ein von mir unglücklich platzierter linker Fuß nicht den nötigen Halt bot und ich rückwärts eine gefühlte Ewigkeit auf den Boden fiel. Ich kann mich heute noch an das schockierte Gesicht von Dennis erinnern, als er auf meinen linken Arm blickte. Ein leichter Knick nach links machte meinen Unterarm ziemlich einzigartig. Ein wenig Stolz breitet sich in mir aus, wenn ich an diese Verletzung zurückdenke, so was hat nicht jeder gehabt. Ich spürte zwar keinen Schmerz, viel mehr erschreckte mich das taube Gefühl in den Fingern, als wäre meine Hand nicht mehr an meinem Körper festgewachsen. Mein Geschrei und das von Dennis lockte sehr schnell die nötigen Erwachsenen an, die uns dann helfen konnten. Die sechs Wochen Sommerferien waren gerade einmal eine Woche alt und ich war nun mit einem Gips bis zum neuen Schuljahr gestraft, aber das sollte mich nicht aufhalten.

Nach wenigen Tagen im Krankenhaus wurde ich mit einem neuen, viel leichteren Gips entlassen und konnte, ohne meinen Arm zu tragen, wieder normal gehen. Die nächsten Wochen war ich die meiste Zeit bei Dennis. Bei ihm mussten wir, gezwungen durch meinen Gipsarm, den ganzen Tag drinnen verbringen, aber die Sommerferien brachten auch noch andere Vorteile. Der Bruder von Dennis war volle sechs Wochen nicht da und in seinem Zimmer waren alle möglichen Videospiele, die wir eigentlich nicht einmal anschauen durften. Wir hatten Glück, dass er ein unheimlich schlechter Schulgänger war und in diesem Sommer in einem Ferienlager sein versäumtes Schulwissen nachholen musste. Es war die absolute Ironie des Lebens, der Bruder von Dennis hatte uns seine Videospiele mit all seiner Macht vorenthalten und ebendiese hatten dafür gesorgt, dass seine Schulnoten miserabel waren und er nun in den Sommerferien diverse Gleichungen nach X auflösen musste und wir jetzt seine, uns auf ewig und immer verbotenen, Videospiele spielen konnten. Wir hatten jedenfalls die Zeit unseres Lebens, eine Zeit, in der ich Videospiele überhaupt erst kennen und dann relativ schnell lieben lernte. Eine Zeit, in der man alle möglichen Süßigkeiten aß und sobald der Mund von dem ganzen Zucker total aufgeraut war, kippte man einfach ein bisschen schwarzfarbigen, flüssigen Zucker hinterher. Dennis musste zwei Mal die Woche zum Fußballtraining, er hatte ja zum Glück keine gebrochenen Knochen, und ich blieb dann einfach alleine bei ihm, meist war seine Mutter noch zu Hause und versorgte mich mit richtigem Essen. Das fühlte sich irgendwie sehr befremdlich an und es hatte bei Weitem nicht so viel Spaß gemacht, die Videospiele alleine zu spielen. Zwei Wochen verstrichen, mein Gips war kunterbunt bemalt und an den Enden schon etwas schmutzig und abgenutzt, es war ein doofer Zufall, dass unsere Fußballmannschaft zu einem

Freundschaftsspiel herausgefordert wurde. Dennis machte sich allein auf den Weg zum Spiel und gab mir zu verstehen, dass wir zwar verlieren würden, sie aber auch durch mich einen Spieler weniger auf dem Feld haben würden und das doch ungerecht sei. Ich glaube, er wollte sagen, dass das ganze Spiel total überflüssig und unfair war. Ich platzte an diesen einsamen Nachmittagen vor Energie und verfluchte diesen dämlichen Gips am Arm, da er in meinen Augen nur eine Fessel war. Am liebsten hätte ich ihn einfach aufgeschnitten. Die angestaute Energie packte mich, ich war hibbelig, musste raus und rennen.

Ich verabschiedete mich von Dennis' Mama und wollte zum Fußballfeld laufen, um die Mannschaft anzufeuern, da sah ich mein Fahrrad, angeschlossen und in die Ecke gestellt. Dennis hatte es wohl nach meinem Unfall einfach zu sich mitgenommen. Kindlicher Leichtsinn und Dummheit, eigentlich zwei identische Wörter, das eine für Jung, das andere für Alt, brachten mich auf die glorreiche Idee, mich mit Gips am Arm auf das Fahrrad zu setzen und loszufahren. Klappte erstaunlich gut, nur die Linkskurven musste ich wegen der fehlenden Stabilität etwas langsam fahren. Endlich wieder in die Pedale treten, dachte ich mir. Nach nur wenigen Minuten auf dem Fahrrad war ich wieder auf meinen üblichen, mir bekannten Höchstgeschwindigkeiten und wollte gleich alles. Ich fuhr mit Rekordzeit zum Fußballplatz und sah, dass das Spiel im vollen Gange war. Es waren ungleiche Teams, also ging ich zur Spielerbank, schnappte mir ein Trikot und ging auf das Spielfeld. Die gegnerische Mannschaft und meine eigene, einschließlich Dennis und den beiden Trainern, schauten mich verdutzt an und das Spiel wurde erst einmal unterbrochen. Ich hörte die Gegnermannschaft schon rummaulen, der Torwärter schrie sogar, was ich *Krüppel* hier zu suchen hätte. Ich wollte Fußball spielen und zwar jetzt und nicht, wenn der Sommer vorbei war. Einige Eltern am Rand des Spielfeldes schüttelten nur den Kopf, andere dagegen waren sichtlich gerührt. Die beiden Trainer kamen auf mich zu und es bildete sich ein Kreis um mich herum. Alle wollten es mir ausreden, sie redeten auf mich ein und ließen mich nicht zu Wort kommen. Dennis versuchte, alle zu beruhigen und stand als neutraler Konfliktlöser zwischen alledem. Ich sagte ihnen, dass es mir gut ginge und ich alleine mit dem Fahrrad hierhergefahren sei und dass ein bisschen rennen schon nicht schaden würde. Dabei blickte ich gezielt einfach an allen vorbei. Im Nachhinein war es, gerade von unseren Trainern, sehr leichtsinnig gewesen, mich einfach mitspielen zu lassen, aber meinem Arm geht es heute noch sehr gut, also Glück gehabt. Ich ging langsam auf meine Stürmerposition, der Punktezähler zeigte 3 zu 1 für die Gegnermannschaft, alle Blicke waren auf mich gerichtet. Anstoß, der Ball wurde auf den Anstoßpunkt gelegt, die Aufregung strömte durch meinen Körper. Ich wusste ja gar nicht, ob ich wirklich zum Fußball spielen in Form war, aber die Unsicherheit wurde von meinem Ehrgeiz verdrängt, kaltblütig erdrosselt und anschließend über Bord geworfen. Mein Blickfeld reduzierte sich auf das Fußballfeld und das Wesentliche, den Ball, meine Mitspieler und das gegnerische Tor. Anpfiff! Ich rannte und rannte noch schneller, wie ich es nie wieder erlebte. Den Gipsverband hielt ich einfach in die Höhe, nicht wirklich hinderlich, er war eher von Vorteil. Keiner wollte mir zu nahe kommen, hatten wahrscheinlich Angst vor mir und meinem Gipsarm. Der erste Lauf endete in einem unspektakulären, aber wirksamen Tor. Meine Mannschaft jubelte und die Gegner beschwerten sich schon jetzt, dass es doch unfair sei, dass ich mitspiele. Der mit Kunstrasen bepflanzte Fußballplatz lag nicht weit von einer immer gut besuchten Fußgängerzone, einige Passanten mehr an dem Spielfeld und es gäbe bald eine zweite Reihe. Erneut Anpfiff, die Gegner waren aufgewacht und schon für eine längere Zeit im Ballbesitz. Ich löste, zum Ärger meines Trainers, meine angelernte Abwehrposition und stürmte wieder auf den Ball zu. Es war ein unglaubliches Gefühl, der Gips brachte mir ungewohnte Stärke und ohne große Probleme war ich wieder im Ballbesitz. Ich stürmte mit Gips am Arm und dribbelte den Ball vor meinen Füßen in Richtung Gegnertor. Mit einem kräftigen flachen Schuss auf das Tor brachte ich den Punktestand auf ein Unentschieden und das Spiel hatte nur noch wenige Sekunden auf der Uhr. Es war alles so überaus dramatisch spannend. Der letzte Anpfiff ertönte und ich begann all die angestaute Energie der letzten Wochen zu aktivieren und rannte los, schnappte den Ball direkt vom Anstoß weg und setzte sofort zum Torschuss an. Der Ball flog in einer Kurve auf das Tor zu, prallte leicht vom Torpfeiler ab und landete dennoch im Tor, zum Glück. Das Spiel, welches zwar nur ein Freundschaftsspiel war gegen eine Mannschaft, gegen die wir immer nur schlechte Ergebnisse erzielten, hatten wir dieses Mal gewonnen. Die Zuschauer pfiffen und klatschten, als wären wir Stars der Nation, das gegnerische Team war verständlicherweise gekränkt und meine Mannschaft kam mit Jubelschreien und völlig außer sich auf mich zu gerannt und hob mich hoch in die Lüfte. Es war ein phänomenales, heroisches Gefühl, das ich so nie wieder erlebte, aber gleichzeitig ein sehr beängstigendes. Von den dünnen Ärmchen hochgehalten zu werden, und das mit einem Gipsarm, brachte mir schnell Vorstellungen, vielleicht baldig einen zweiten Gips zu bekommen. Es sind Momente wie diese, die von außen betrachtet viel schöner aussehen, als sie eigentlich sind. Die beiden Trainer hatten auch ihren Spaß bei der Sache gehabt und es vergingen keine zwei Minuten, da kam einer von den beiden mit einem Fotografen auf uns zu. Bei der Kamera um seine Schulter hängend, nahm ich an, es sei ein Fotograf, aber es war ein Reporter der Lokalzeitung. Er war beim Vorbeilaufen von der Maße der Zuschauer neugierig geworden und wollte jetzt unbedingt eine Story aus dem ganzen Ereignis machen.

„Hallo Jungs, wollt ihr mir mal verraten, wie der große, gehandicapte Meisterschütze heißt, den ihr da auf den Schultern tragt?", fragte er mit lauter Stimme und gehockter Haltung zu uns Jubelnden. Schon damals habe ich bemerkt, dass Leute, die in gehockter Haltung mit Kindern sprechen, meist selber keine Kinder haben und diese Aktion *Ich-Komm-Auf-Dein-Niveau-Herunter* auch überhaupt nichts bringt, sie verstimmt einen doch nur mehr. Ich weiß noch ziemlich genau, dass ich von den letzten Minuten, wo ich im absoluten Mittelpunkt stand, sehr verstrahlt war und ich dem Reporter nur eine einzige Frage selbst beantwortet hatte. Den Rest der Fragen übernahm mein spontan selbsternannter Pressesprecher Dennis. Er vermarktete mich für sein junges Alter sehr gut und gab der Geschichte, zur Freude des Reporters und Mittels ausgeschmückter Tatsachen, die entsprechende Würze. Fünfzehn Jahre in die Zukunft geblickt, war Dennis stets gezwungen, die Wahrheit zu sagen, wenn er mit der Presse sprach. Seine Arbeit bei der Polizei setzte das voraus und ich musste, als ich das erste Mal eine öffentliche Polizeiaussage von ihm in den Nachrichten las, schmunzeln, denn der große Geschichtenerzähler von damals liest jetzt nur noch die für die Öffentlichkeit bestimmten harten Fakten vor. Zeit verändert eben alles und jeden.

Ich wartete vor den Umkleiden; da ich nicht ohne Plastiktüte duschen konnte, musste das bis zuhause warten. Und irgendwie musste ich noch den Gips vom grünen Rasendreck befreien. Die ganze Mannschaft kam gesammelt aus der Umkleide und der Trainer half mir beim Säubern des Gipses. Ich glaube, er war sich auch nicht so sicher, ob ihm Ärger blühte, wenn die ganze Aktion ans Tageslicht kommen sollte. Meine Eltern waren immer sehr locker gewesen, aber manchmal auch knallhart, wenn meine Schwester oder ich vermeidbaren Gefahren ausgesetzt wurden, aber vielleicht packte sie ja der Stolz, wenn ihr Sohn in der Lokalzeitung auftauchte, und sie übersahen diese kindliche Dummheit einfach.

Diesmal lief ich zusammen mit Dennis nach Hause. Er schob zwei Fahrräder und wir liefen auf der geteerten Straße. Links und rechts stand ein schnödes Haus nach dem anderen, sie ähnelten sich nur, weil sie gerade von dem orangen Laternenlicht angestrahlt wurden.

„Hast du gesehen, wie viele Fotos dieser Reporter gemacht hat? Und auch noch ein paar nur von dir! Richtig krass. Ich wette, die Story schafft es auf die Titelseite, da bin ich mir ziemlich sicher." Dennis sprach in einer immensen Geschwindigkeit und Aufregung. „Jeder wird dich dann kennen, wie du einen Zwei-Punkte-Rückstand, im Alleingang, mit einem Gips am Arm, geklärt und das Spiel für uns entschieden hast. Schade nur, dass das ein Freundschafts-spiel war, aber das ist ja eigentlich nicht so wichtig."

„Meinst du wirklich? Auf der Titelseite?", sagte ich. Die Unsicherheit und Angst vor der Reaktion meiner Eltern brodelte damals in mir hoch.

„Na, wäre doch cool, oder, Mark?"

„Ach Dennis, ich weiß nicht. Das war heute schon ein krasser Tag, aber irgendwie bin ich jetzt so kaputt wie noch nie. Ich hoffe, die ganze Sache ist schnell wieder vergessen. Das war doch irgendwie eine blöde Idee von mir." Ich glaub, Dennis hörte mir gar nicht mehr so richtig zu. Er stand immer noch unter Strom und das sollte sich auch in den nächsten Wochen nicht ändern.

Es gibt nichts Schöneres als perfekt eingeweichte Corn-flakes am Morgen, nicht zu weich und nicht zu trocken. Ich konnte mich gar nicht wirklich auf das Lesen von der Milch- oder Cornflakes Verpackung konzentrieren, denn ich war dermaßen aufgeregt, die neue Ausgabe der Lokalzeitung zu sehen. Keiner in meiner Familie hatte das Ding jemals ernst-haft gelesen, es war meist nur als Grillanzünder verwendet worden. Jetzt zu fragen, ob die Lokalzeitung schon ausge-teilt worden war, wäre total auffällig gewesen. Ich war immer noch erstaunt, wie mühelos und ohne großes Aufse-hen ich gestern Abend nach Hause gekommen war.

„Mama! Papa! Kommt mal schnell. Schaut euch das mal an!" Oliana stand im Flur und ich sah sie von der Küche aus, wie sie mich mit einer hochgezogenen Augenbraue und einem schadenfrohen Lächeln durch ihren halben, be-schissenen Kack-Pony anschaute.

„Oliana, was ist? Ich muss gleich zur Arbeit. Was soll ich mir anschauen?", schrie meine Mutter zurück und dabei veränderte sich ihre Lautstärke, da sie, während sie schrie, durch die ganze Wohnung wuselte. Ich wusste gar nicht, warum mein Gesicht auf einmal knallrot wurde. Mein Kopf glühte und meine Hände wurden schwitzig nass. Ich hatte eigentlich nichts Böses getan, nur dass ich die ärztlich angeordnete Auszeit von sportlichen Aktivitäten etwas ignoriert hatte. Aber wer sich fit fühlte, der konnte auch Sport mit einem Gips am Arm machen. Meine Mutter kam endlich angestürmt und nahm meiner Schwester die Zeitung aus der Hand. Sie sollte das jetzt auch endlich sehen, dachte ich mir, ich wollte, dass die Aufregung endlich vorbei war. Letzte Nacht hätte auch der 23. Dezember sein können, so schlecht hatte ich vor Anspannung geschlafen. Meine Mutter setzte sich an den Küchentisch und Oliana brabbelte schon über unseren sehr stummen Vater hinweg und schnitt ihm seine wenigen Worte ab.

„Und ich war doch diejenige, die immer berühmt werden wollte. Warum bist du kleiner Wicht denn jetzt schon in der Zeitung?", sagte Oliana und stemmte ärgerlich ihre Arme in die Hüfte.

Die Luft war voller Spannung, es lagen mehrere ungewisse Sekunden in der Luft. Es sind diese Sekunden, die sich weitaus länger anfühlen. Die Theorie der visualisierten Zwischensekunde. Schaut man auf eine Uhr mit einem Sekundenzeiger, gibt es einen kurzen Moment, wo das eigene Gehirn ein wenig nachhinkt, die Augen sind schneller als der Kopf und dieser packt einfach ein paar zusätzliche Bilder dazwischen, obwohl es sie gar nicht gibt. Mein Gehirn war voll mit diesen Zwischenbildern, fast schon wie eine Zeitlupe. Ich wusste immer noch nicht so wirklich, wovor ich mich überhaupt so fürchtete.

„Du Spinner, ey!" Es war pure Erleichterung gewesen, als meine Mutter endlich zum ersten Mal was sagte, als sie den Zeitungsausschnitt zu Ende gelesen hatte.

„Schaut euch mal das Bild von Mark an! Er sieht irgendwie nicht ganz so glücklich auf dem Foto aus, obwohl er es doch eigentlich sein müsste, nachdem er den Sieg für seine Mannschaft ganz alleine geholt hat", sagte meine Mama, stand auf und zeigte das Foto von mir mit einer belächelnden Art meinem Vater und meiner Schwester.

„Na, er hat bestimmt gewusst, dass er das nicht hätte tun sollen. Fußball spielen mit einem Gipsarm. Dumm bleibt dumm, was?" Oliana hatte schon immer versucht, mich wieder in das sinkende Schiff zu setzen.

„Dem Bengel geht es doch gut. Er wird schon wissen, was er tut", das war der einzige Kommentar von meinem Vater zu dieser Angelegenheit und damit verabschiedete er sich auch von dieser, aus seiner Sicht banalen, Situation.

Meine Mutter war an diesem Morgen prächtig amüsiert und hatte schon ganz feuchte Augen. Meine Schwester schüttelte immer noch den Kopf und als ich die Zeitung endlich selber in den Händen hielt, wusste ich, das Thema würde mich noch eine Weile verfolgen. Mein Einzelbild war auf der Titelseite, links daneben der Bericht und darunter noch unser Mannschaftsbild, wo ich gerade in die Luft gehalten wurde. Es war ein ausführlicher Artikel über ein spannendes Spiel, ich behielt ihn. Meine Mama rahmte mir den Artikel in einen großen, flachen, rahmenlosen Bilderrahmen, und er hing sehr, sehr lange in meinem Kinderzimmer.

Dieser Zeitungsartikel und diese ganze Geschichte verfolgten mich noch das ganze restliche Jahr. Es war irgendwann nur noch lästig. Ich war zwar sehr stolz, sogar unheimlich stolz, in einer Zeitung abgedruckt worden zu sein und dann auch noch so prominent, und das Gefühl, als ich für meine Leistung nach dem Fußballspiel so gefeiert worden war, hatte ich so nie wieder erlebt. Alles fing mit einem Horrorerlebnis, dem Armbruch, an und entwickelte sich in etwas, was wohl nicht viele Menschen in ihrem ganzen Leben jemals erfahren dürfen. Wie viele Menschen auf der Welt haben sich bewusst einen Knochen gebrochen? Wie viele wurden jemals von der eigenen Mannschaft in die Lüfte gehoben? Wie viele wurden jemals auf der Titelseite abgedruckt? Es bringt mir ein Lächeln ins Gesicht, wenn ich an diese Zeit zurückdenke.

# 3 K

Ich hätte hauptberuflicher Läufer werden sollen. Warum ich schon seit meiner Ausbildung für ein und denselben Riesenkonzern arbeite, weiß ich auch nicht. Drei Kilometer schon und ich habe weder Seitenstiche noch tun mir die Nippel weh. Das Problem von schmerzenden Brustwarzen habe ich bis heute nicht verstanden. Sind da die Nippel zu groß und knicken bei der Laufbewegung immer um? Liegt es an der Reibung von Kleidung und Nippel und Haut? Ich sollte hier noch kurz die Straßenseite wechseln, sonst habe ich weiter vorne zu viele Fußgänger auf meiner Seite.

Es gibt wahrscheinlich noch mehr Unterkategorien, in die man Menschen einsortieren kann. Von vor Hilfsorganisationen Ausweicher-Typen und redseligen nicht Ausweichern und jetzt neu eingetroffen: beim Joggen Brustwarzen-Schmerz-Leidende und Nicht-Brustwarzen-Schmerz-Leidende.

Mein großer Auftritt in der Lokalzeitung war eine, bis heute mich mit Stolz erfüllende, Publikation. Meine letzte Veröffentlichung, die mit mir zu tun hatte, war verglichen mit dem Zeitungsartikel aus den Kindertagen nicht für meine Eltern geeignet. Aileen und ich sind in dieser Zeit ernsten Problem gegenübergetreten und wir haben diese gemeinsam bewältigt. Das hätte auch ganz anders verlaufen können.

Aileen und ich waren gerade aus dem Schlussverkauf einer alten Videothek gekommen. Da Aileen erst so spät loswollte und wir dann auch mit hunderten angetrunkenen Fußballfans die Bahn teilen mussten, gab es nur noch ein paar ausländische Filme zum Verkauf. Zu ihrer Freude natürlich. Sie mag diesen künstlerischen, unverständlichen und unvorhersehbaren Quatsch aus den reichhaltigen Köpfen anderer Länder. Mir reichen Filme, die leicht zu verdauen sind und mich ohne große Nachwirkung für knapp zwei Stunden unterhalten. Es war ein strahlend heller Winternachmittag. Der Schnee war pappig und wirkte schon etwas schwer beim Durchlaufen, transformierte sich aber zum Glück noch nicht zu einer ekelhaften Dreckgrütze, die keiner leiden kann. Es war unsere erste Weihnachtszeit in unserer ersten gemeinsamen Zweizimmerwohnung. Wir wussten aber auch, dass, wenn wir mal Kinder bekommen sollten, wir relativ schnell eine neue Wohnung suchen müssten. Für unsere damalige kinderlose Situation gab es keine Verbesserungen, die man hätte vornehmen können, wir waren gerade einfach glücklich und sorgenfrei, vielleicht ein bisschen gelangweilt, aber glücklich.

„So, Mark, welchen Film wollen wir zuerst angucken?" Aileen setzte sich neben mich auf die Couch und packte sich aufgeregt in eine Decke. Das Wohnzimmer war zu einer Privatvorführung eingerichtet worden. Die Snacks lagen bereit, darunter Popcorn, Chips und Mini-Brezeln. Das

Kerzenlicht flimmerte wahllos vor sich hin und her. Ich griff eine große Ladung Popcorn aus der Schüssel und begann, wie ein Hamster, mit dem Befüllen meiner Backen.

„Du, ehrlich gesagt ist mir das egal. Etwas Leichtes wäre schön. Hast du etwas aus Spanien? Was Romantisches vielleicht? Irgendwie bin ich im Winter immer etwas Softie", nuschelte ich gekonnt durch zirka acht Popcornstücke. Aileen lehnte sich vor und kramte über ihre Ausbeute an DVDs.

„Liebesdrama aus Portugal?", antwortete sie und warf mir einen, mit einer Augenbraue hochgezogenen, Blick über ihre Schulter zu. Was sollen denn eigentlich immer diese Blicke mit einer hochgezogenen Augenbraue? Ist das eine Art Ironie oder Ansage?

„Portugal?! Ich bin gespannt, ob ein portugiesischer Film mein Leben nachhaltig verändern wird", sagte ich voller Ironie und bemerkte gar nicht, dass Aileen mir gar nicht mehr zuhörte.

Die zahlreichen unbekannten Filmlogos liefen durch und es war natürlich auch keine Synchronisation mit dabei. Untertitel lesen und gleichzeitig versuchen, alles vom Film zu sehen, allein der Gedanke daran lässt einem doch schon ein bisschen die Lust am entspannten Filmegucken schwinden. Egal, ob Filmbegeisterter oder nicht. Ich hatte keine Lust mehr. Dazu kam noch, dass die Story des Pärchens im Film irgendwie unrealistisch war.

„Du Aileen, versteh ich das richtig? Die beiden sind sich ihrer Beziehung nicht sicher und wohnen gerade getrennt voneinander, der eine studiert in Lissabon, der andere in Porto und jetzt wollen sie einen Dreier mit einem anderen Mädel ausprobieren, um zu schauen ...", ich atmete tief ein, um meine perplexe Rede über diesen ausländischen Film fortzusetzen, „… ob sie dadurch ihre Flamme der Liebe, so wie sie es nennen, neu entflammen können?"

Mit einer Stimme, wo man das Grinsen hören konnte, antwortete Aileen: „Ja, das hast du alles richtig verstanden, mein kleiner Ausländische-Filme-Hasser." Dabei griff sie mir in die Popcornschale und nahm sich eine übergroße Anzahl an Popcorn in die Hand und stopfte sie sich in den Mund.

„Ich versteh das alles nicht. Warum? Warum dieses Verlängern vom Unausweichlichen? Warum haben sie überhaupt eine Fernbeziehung, das ist doch auch nichts Richtiges?", sagte ich zu der Hamsterbacke neben mir und eine Sache hatte ich noch auf dem Herzen, hätte ich es damals gewusst, was ich damit anstoße, hätte ich es nicht gesagt.

„Die einzige Sache, die ich verstehe, ist die ganze Dreier-Nummer", sagte ich kleinlaut und Aileen spuckte vor Schock etwas Popcorn aus und hustete den Rest raus. Wenn man ein gewisses Alter erreicht hat, weiß man, dass auch ein kleiner ausgesprochener Satz oder eine Frage, die vielleicht gar nicht so gemeint war, alles verändern kann. Die Beziehung zu der Freundin, Freund, Mutter, Vater, Schwester, Bruder, so ziemlich jede Art von Beziehung ist geformt durch die eigene Hingabe von Dialogen. Ob am Schluss positiv oder negativ, das kann man in wenigen Fällen vorher wissen.

„Was meinst du mit *die ganze Dreier-Nummer*?", sagte sie, noch während sie unter feuchten Augen das Popcorn raushustete, und blitzschnell war der Film von Aileen pausiert worden. Ich fühlte mich wie ein entlarvter Perversling. Aileen schien ich damit richtig aus dem Konzept gebracht zu haben, ihre Reaktion brachte mich aber noch viel mehr aus dem Konzept.

„Ich meine, dass ich schon verstehen kann, dass man im Leben mal einen Dreier ausprobieren möchte." Das war eine verdammt gute und ehrliche Antwort, dachte ich mir mit einem inneren Lächeln, mal schauen, was Aileen darauf antwortet. Aileen setzte sich aufrecht hin und zog ein Knie an sich heran.

„Mark, willst du mir etwa sagen, dass du einen Dreier ausprobieren möchtest?"

Ich wusste, dass sie mit mir spielte, so wie sie mich anlächelte, aber ich wusste nicht darauf zu reagieren.

„Äh, wenn du so fragst, ja, warum eigentlich nicht. Wir sind jetzt schon vier Jahre zusammen, und um deinen kulturellen Filmabend auf eine Ebene höher zu bringen, lass uns doch unser viertes Beziehungsjahr wie ein verflixtes siebentes Jahr angehen und es ganz besonders zelebrieren", antwortete ich mit vollem Einsatz und stolzer Haltung. *„Das verflixte siebte Jahr* ist übrigens der Film mit dieser berühmten Marilyn-Monroe-Szene, mit dem weißen Kleid und dem Wind und …"

„Jaja, ich weiß", unterbrach mich Aileen und schmiss ihre Decke von ihren Beinen. „Sieben oder vier Jahre, vollkommen egal. Du hättest auch schon nach zwei Jahren nach einem Dreier fragen können. Also für mich kommt nur eine weitere Frau in Frage, Deal?" Sie stellte diese Frage und wich keine Sekunde von meinen Augen ab, als würde sie die Antwort darin schon vorab zu lesen versuchen.

„Deal! Ich wüsste auch nicht, was ich mit einem Kerl machen soll, und außerdem bist du ja mit mir schon ab und zu überfordert", platzte es ehrlich aus mir mit einem frechen Lächeln heraus.

„Was soll das denn heißen?", kam von Aileen im schrillen Ton mit einem kräftigen Schlag auf meinen Oberarm. Ich wollte ja nur testen, wie locker und lustig das Thema war, aber Aileen war da doch etwas ernster an der Sache dran.

„Also wir können meinetwegen gerne eine Frau suchen und wenn wir dann überhaupt jemand Willigen gefunden haben, können wir uns mit ihr ausprobieren. Quasi ein Dreier-One-Night-Stand in einer Beziehung", sagte ich ihr in einem diplomatischen Ton, während ich mir den Oberarm festhielt.

„Das find ich gut, Mark. Ich glaube, ich frag mal Hannah, wo wir überhaupt anfangen sollten zu suchen, sie kennt sich in dem Thema glaube ich ganz gut aus."

„Warum sollte sie das wissen?", fragte ich mit einer voreingenommenen und abwertenden Haltung. Ich mochte Hannah schon damals nicht. Gefärbte Blondinen haben sehr oft etwas stark Aufgesetztes und Unechtes. Brot bleibt Brot, egal, wie dunkel oder hell, und dazu kommt noch ihr muskulöser Freund Lewin, der auch nicht mein bester Kumpel werden wird, aber Hannah und Lewin sind glücklich miteinander und das freut mich für sie.

„Ich glaube, dass Hannah, mit ihrem Freund Lewin, das schon ein paarmal gemacht hat. Neulich habe ich mit ihr geschrieben und dann spontan ganz kurz telefoniert und da sind wir irgendwie auf das Thema gekommen. Übrigens haben Hannah und ich beschlossen, dass wir vier unbedingt mal zusammen Urlaub machen sollten!"

Um Gottes willen, dachte ich nur. Warum glaubte Aileen, dass das eine tolle Idee wäre?

„Ich glaube, wir sollten jetzt erst einmal ein Projekt in Angriff nehmen, oder, Aileen?"

Aileen sprang von der Couch und zückte ihr Telefon, um direkt bei Hannah anzurufen.

Wenn man vor Aufregung, gemischt mit ein wenig Bammel, auf einen Termin wartet, der das ganze Leben und eine Beziehung für immer verändern kann, vergehen zwei Wochen wie im Flug. Die 40-Stunden-Arbeitswoche verschleppte sich von selber, die Nächte waren schnell überschlafen, Aileen und ich hatten in der letzten Zeit viel über den heutigen Abend geredet und nun waren wir nur noch eine Bahnstation entfernt. Die Anzeigebildschirme in der Bahn waren übersät mit Nachrichten über *Sex* und *Liebe*. Uns gegenüber saßen zwei Teenies aufeinander und befummelten sich mit Hilfe ihrer zarten, babyweichen Hände an Stellen, die sie selbst noch nicht einmal für sich entdeckt hatten. Selbst der, diesmal einfach neutral riechende, Straßensänger sang von Liebe und körperlicher Zuneigung. Die ganze Welt um uns herum war gerade dermaßen versext, dass wir wie zwei kleine, schüchterne Kinder nebeneinandersaßen, die nicht wussten, was sie am Ende ihrer ersten Verabredung tun sollten und stattdessen nur in sich rein schmunzelten.

Hannah hatte uns eine Bar namens *Isaac Lounge* empfohlen. Dort sollten wir, so machte sie es mit Lewin ab und zu, uns einfach an die Bar setzen, ein paar Drinks bestellen, Augenkontakt zu Potenziellen aufnehmen und der Rest würde von ganz alleine laufen. Bei ihr klang das wie ein ganz normaler Gang zum Frisör.

„Hallo Frisör", würde ich auswendig gelernt wie aus einem schlechten Porno sagen.

„Schönen guten Tag, was kann ich, Ihr Frisör, heute für Sie tun?", würde der Frisör mit seiner stets schmierigen Art, nur mit dem Hintergedanken auf ein ordentliches Trinkgeld, sagen.

„Wir wünschen einen Dreier mit einer halbwegs schönen Dame aus Ihrem Repertoire, bitte. Danach können Sie uns dann die Spitzen schneiden."

Wenn es doch nur so normal gewesen wäre, irgendwann vielleicht, da leben wir in einer Gesellschaft, wo Sex wie Durst gestillt wird.

„Also nochmal: Alles, was heute passieren könnte, ist für uns beide bestimmt. Die Person, die dann vielleicht mit uns in einem Bett landet, dient in erster Linie für unseren Spaß. Klingt ganz schön egoistisch, aber na ja, du weißt schon, was ich meine, oder?", sagte Aileen und ließ sich vom Gedränge der ganzen Leute nicht aus dem Konzept bringen. Sie war ganz hibbelig vor Aufregung, als wir über die verschneite Straße gingen, um zur Bar zu gelangen.

„Ich glaub zwar nicht, dass wir heute Erfolg haben werden, aber ja, ich weiß, was du meinst. Wir werden die dritte Person, wenn wir denn eine finden werden, in unser Schlafzimmer lassen, aber nicht in unsere Fotoalben, so richtig?", sagte ich zu Aileen.

„Jap! Genau so."

Wir betraten die Bar und fühlten uns von den neugierigen Blicken ausgezogen und nackt. Die Bar war voll, randvoll, gemixt aus jungen, alten, schönen, schicken, dicken und lauten Menschen aller Art. Ich führte Aileen mit einer wegweisenden, Gentleman gleichen Handbewegung zur Bar und wir legten unsere Jacken mit voller Unsicherheit und Aufregung auf unsere Barhocker und setzten uns. Die *Isaac Lounge* bestand aus nur einem viereckigen, großen Raum, die Eingangsfront war komplett aus Glas und an den Wänden und Decken ragte ein Fischgrätenparkett entlang. Der Tresen, wie auch bei jeder anderen Bar, war für den Stoff verantwortlich, aber hier war sie auch gleichzeitig die Hauptlichtquelle. Über den zahlreichen Flaschen hinter dem Tresen hingen große, weiße Lampenblöcke von den Decken, diese brachten weiches Licht in den Raum. Es herrschte eine hochnäsige Clubatmosphäre, die einen zum aufrechten Sitzen zwang. Die vielfältigen Gäste rauchten Zigaretten oder Zigarren und tranken Bier, Wein und Cocktails, um sich möglichst schnell ihren Trieben hinzugeben. Alles sah sehr schick und edel aus. Wir fühlten uns mehr in ein nostalgisches Rollenspiel versetzt, als einfach nur in eine Bar gegangen zu sein. Mehrere Minuten vergingen, bis wir erst bemerkten, dass unsere Blicke nur damit beschäftigt waren, unsere Faszination von diesem Ort zu verarbeiten. Wir waren beide keine nachtaktiven Personen. Wir waren zwar ein paarmal in Clubs oder anderen Bars, die zu jener Zeit unheimlich angesagt waren, unterwegs gewesen, aber eine richtige Begeisterung spürten wir beide nicht dabei. Ich für meinen Teil bin keiner, der sich dieser Gruppe Menschen jemals verbunden fühlen wird. Überteuerte Getränke, die genervt mit einer Art serviert werden, dass man das Gefühl bekommt, man würde die Bedienung damit demütigen, bei ihr sein Getränk zu bestellen. Und wenn ich nur an die endlosen Gespräche denke, die man gezwungenermaßen durch die Musiklautstärke nur mit Mund zu Ohr führen kann, bin ich ganz froh, nicht mehr das

Bedürfnis zu haben, mich der nächtlichen Partyszene anschließen zu wollen.

Hier in der *Isaac Lounge* liefen besinnliche Jazzklänge, wo ab und zu mal ein House-Beat auftauchte. Es war eine angenehme Lautstärke, man hörte die Musik, den oft so belanglosen Smalltalk der anderen Gäste und sogar noch das sanfte Klirren der Gläser hinter der Theke.

„Aileen, wir sitzen schon fast zwanzig Minuten hier. Es ist wundervoll hier, aber hatten wir nicht eine, ich will mal sagen, Mission zu erledigen?"

„Ja total. Ich bin am Augenkontakt aufbauen, aber ich glaube, ich gucke zu streng."

Aileen saß mit dem Rücken zu mir auf ihrem Barhocker und ich sah ihr an ihrem Buckel an, dass ihr Blick sehr komisch ausgesehen haben muss.

„Vielleicht solltest du dich einfach entspannen und locker werden und wenn wir niemanden für unseren Dreier finden ..." Wo ich *Dreier* sagte, bemerkte ich im Augenwinkel eine Bardame zu uns rüber schauen, ein kurzer Augenkontakt war hergestellt, aber sie löste als erstes die Verbindung und ich sprach wieder mit voller Geschwindigkeit weiter: „... werden, ist es auch nicht so schlimm. Wir sollten uns erstmal was zu trinken bestellen. Warum wurden wir eigentlich noch gar nicht gefragt? Was willst du trinken, Quasimodo?"

„Ey - ja okay, ähm", stotterte Aileen und drehte ihren Kopf einmal durch ihren Nacken und machte ein Hohlkreuz zum Auflockern.

„So, fertig aufgelockert. Einen Gin Tonic, oder nein! Moscow Mule, der Ort sieht hier aus, als könne der Drink hier etwas taugen. Was nimmst du?", fragte Aileen und streichelte mir zum Schluss ganz verliebt durch meine lockigen Haare.

„Cola-Rum werde ich nehmen. Was wird das?", fragte ich sie in einem sexy Tonfall.

„Wie lang hast du schon deine schulterlangen Locken und habe ich dir jemals gesagt, dass du mich ab und zu an den Jungen aus *Free Willy* erinnerst?"

„Das hast du noch nie gesagt, aber andere sagen das relativ häufig zu mir", antwortete ich und verschränkte leicht gekränkt meine Arme vor dem Bauch. Es war nervig, immer wieder mit einer Figur aus einem Film, der schon mehr als zwanzig Jahre alt war, verglichen zu werden.

„Hast du die Filme mal gesehen? Die sind eigentlich ganz süß, ich habe die früher oft mit Oma Edith geguckt, sie war jedes Mal mit Feuer und Flamme dabei, bis der letzte Orca gerettet war", sagte sie und wickelte meine Haare mit ihren Fingern auf.

Ich lehnte mich leicht zu ihr nach vorne und sagte: „Hast du gewusst, dass drei Wale für den ersten Film gestorben sind?"

„Nein! Oh echt? Scheiße", sagte sie bestürzt und machte einen ertappten Eindruck, als wäre sie dafür verantwortlich gewesen.

„Kannst du ja nicht wissen. Aber deswegen wollte ich mir die Filme nie anschauen."

Es kam leider nicht die Bedienung, mit der ich eben Augenkontakt hatte, wir bestellten trotzdem und bekamen nach wenigen Augenblicken unsere Drinks. Ich nahm einen angewiderten Schluck von diesem Teufelszeug, wusste aber, dass der Alkohol mir heute guttun würde. Rum schoss mir mit der Schwerkraft in den Magen und die Dämpfe stiegen mir wieder zurück durch den Hals und brachten meinen Kehlkopf zum Husten.

„So, Aileen! Puh, das war ganz schön alkoholig."

„Meiner auch", sagte sie und pustete die Alkoholfahne aus ihrem Mund aus.

„Jetzt aber zurück zu unserer Mission! Was genau hat Hannah noch erzählt? Sollen wir auch auf Leute zugehen und sie einfach ansprechen?" Die Unsicherheit in meiner Stimme war unüberhörbar.

„Hannah und Lewin sind da, glaube ich, schon Profis. Die haben schon einen Blick dafür, wer ein Kandidat sein könnte. Die gehen natürlich direkt auf Leute zu. Sie meinte aber, dass wir mit einem netten Blick und freundlichem, sexy Lächeln auch mit Leuten ins Gespräch kommen könnten."

Das hatte sich jetzt nicht mehr nach einem simplen Frisörbesuch angehört. Ziemlich viele Variablen, die man nicht einberechnen konnte, würde der wiederbelebte, leicht alkoholisierte Mathematiker in mir sagen. Aileen schlurfte ihren ersten Moscow Mule schon leer und verschluckte sich am Eis und versuchte dabei weiterzusprechen: „Aber ... ich ... ah ... echt kalte Eiswürfel ... Es kann auch sein, dass wir nach ein paar Stunden einfach angesprochen werden, meinte Hannah. Die Bar ist dafür bekannt, ein Knotenpunkt für Dreier zu sein."

Nach der dritten Runde waren wir beide gut angetrunken und auch mehr als müde. Ich hasste Alkohol jedes Mal mehr für das, was er mit einem machte. Wir hatten aber schon einige mehr als komische Smalltalks. Die eine ältere Dame hätte unsere Oma sein können und war ganz schön schwer loszuwerden. Sie redete uns fast eine halbe Stunde voll und paffte dabei fleißig an ihrer Zigarette, ohne wirklich zu inhalieren. Dann hatten wir noch zwei Jungs, die gerade auf dem Weg zu einem 18. Geburtstag waren und hier ein wenig vorheizen wollten, aber selber auch gerade achtzehn geworden sind. Ich wollte mich mit einem zum Onlinespielen verabreden, er hatte mir seinen Onlinenamen verraten, aber ich habe ihn bis heute nie angeschrieben. Viel zu oft sagt man Dinge, die man nie so gemeint hat und viel zu oft, wenn man angetrunken ist.

„Ich will ins Bett. Wollen wir bezahlen und ab nach Hause?", seufzte Aileen und legte ihren Kopf auf den Tresen.

„Du wirkst ja ganz niedergeschlagen, dass wir niemanden für unseren Dreier gefunden haben. Alles gut bei dir?", fragte ich neugierig.

„Ja, nur all dieser Aufwand für nichts. Ich habe extra das Bett frisch bezogen und die Wohnung geputzt. Hast du den Wein gesehen, der im Kühlschrank steht? Den habe ich auch noch schnell vorhin geholt."

„Ich habe mich schon gewundert, aber nun können wir den Wein einfach noch selber köpfen und nackt Twister spielen! Zwar können wir nur die unterschiedlichen Maserungen des Holzbodens als Farbpunkte benutzen, aber das hat doch schon mal geklappt", antwortete ich voller Begeisterung, um Aileen aufzumuntern.

„Ach ja, mal schauen, ich glaub da jetzt nicht dran, aber okay. Na dann los."

Ich ging um die Bar herum und bezahlte an der Ecke unsere Rechnung, da fiel mir die Bardame von vor ein paar Stunden ins Auge, die mich vorhin mit ihren Blicken gelöchert hatte, sie schien jetzt ihre Schicht zu beenden, sie trug normale Sachen, hatte keine Arbeitskleidung mehr, fast erkannte ich sie gar nicht wieder. Ich ging aufgeregt zurück zu Aileen, gab ihr ihre Jacke, half ihr beim Anziehen und bemerkte, wie sich jemand von hinten an uns ranschlich. Es fing eine weiche, aber rustikale Frauenstimme an zu reden: „Also ich bin startklar, wenn ihr noch Bock auf einen Dreier habt?"

Rafaela war der Name der Bardame, mit der wir unseren unangenehmsten Smalltalk in einer Dreiviertelstunde Bahnfahrt führten. Man merkte von Anfang an, dass sie mit uns spielte, sie war ein paar Jahre älter und sie hatte eine wesentlich stärkere Ausstrahlung als Aileen und ich. Irgendwie machte sie den Eindruck, dauerhaft einen körpergroßen Spiegel vor sich zu tragen, ihre Bewegungen wirkten so ausgewählt und bedacht, dass man denken könnte, sie wäre jahrelang auf einer Schaubühne aktiv gewesen. Sie erzählte auf dem Weg zu unserer Wohnung zwar einiges über sich, aber nichts gab einen Hinweis darauf, dass sie sich mit der Schauspielerei beschäftigen würde, was mich bis heute verwundert. Sie erzählte vieles aus ihrem Leben. Ihre Wurzeln stammten aus Istanbul, ihre Kindheit verbrachte sie nur fünf von eigentlich dafür vorgesehenen zwölf Jahren dort. In ihrer Familie war man mit dem Erreichen des zwölften Lebensjahrs kein Kind mehr und musste Verantwortung für sein Leben übernehmen. Sie erzählte stolz von ihren zahlreichen Reisen durch Länder, die ich nicht einmal vom Namen kannte. *Mayotte* oder *Vanuata* waren nur zwei Namen, die ich mir im Kopf behalten konnte. Später googelte ich auch mal nach und fand heraus, dass Rafaela eindeutig ein Faible für Inseln gehabt haben muss. Dort hatte sie wahrscheinlich auch ihren braungebrannten, kakaoartigen Hautton bekommen. Ihre ausgeblichenen Haarspitzen verzauberten Aileen und mich am meisten. Die restliche Zugfahrt über hingen wir eh nur an ihren Lippen.

Nachdem sie uns in der Bar von hinten überfallen hatte, waren wir noch für einen letzten Drink geblieben. Sie hatte das vorgeschlagen, um uns beide auch erstmal kennenzulernen. Aileen war, nach der direkten Frage von Rafaela, ob wir noch Lust auf einen Dreier hätten, ganz plötzlich wieder hellwach gewesen und ich bestellte uns drei Bier. Wir schwafelten viel über unsere naiven Bemühungen, einen Dreier zu finden, und Rafaela musste darüber einfach nur laut lachen. Sie meinte, wir wären viel zu verbissen an die Sache herangegangen, wir hätten einfach lockerer und offensiver Leute, die uns gefallen, ansprechen und nach einigen Sätzen des wieder einmal belanglosen Smalltalks zum Punkt kommen sollen. Nachdem wir uns noch eine halbe Stunde unsicher unterhielten, fragte Rafaela, wo wir wohnten. Wir dachten schon gar nicht mehr an unsere Mission und mussten uns kurz besinnen.

„Äh. Nicht weit von hier. Sieben U-Bahn-Stationen und vier Bushaltestellen, dann nur um die Straßenecke und dann sind es nur noch zirka 300 m bis 400 m zu unserer Wohnungstür." Aileen sprach dabei wie ein Schulkind, welches diesen schönen Text die ganze Nacht auswendig gelernt hatte.

„Okay - dann würde ich sagen: auf geht's, oder? Es ist schon fast halb 2", sprach die zukünftige Dame für unseren Dreier.

Als wir endlich an unserer Haustür ankamen, gingen mir einige Fragen durch den Kopf. Wie oft hatte Rafaela das schon gemacht? Hatte sie besonderes Vergnügen bei Anfängern, die Mentor Rolle zu spielen? Wie können sich eigentlich Frauen bei einem Dreier schützen? Bleibt sie zum Frühstück und schlafen wir dann alle in einem Bett? Haben wir genug Eier im Kühlschrank? Sollte ich den Damen das Bett gewähren? Bin ich mehr aktiv bei Aileen und ignoriere Rafaela? Darüber hätten wir in unseren zwei Wochen sprechen sollen und nicht über das Problem: *Wie finden wir einen Dreier?* Das lief ja jetzt ohne große Probleme und löste sich von ganz alleine. In der vierten Etage angekommen und vor unserer Wohnungstür stehend, musste ich daran denken, wie Aileen und ich vielleicht zum letzten Mal als glückliches Paar durch diese Türe gingen. Wer wusste schon, ob wir danach unsere Beziehung, so wie sie war, problemlos fortführen könnten, vielleicht hatte Aileen mehr Spaß an Frauen und ich mehr Freude an Rafaela als an Aileen und wir stritten uns in den nächsten Tagen um dieselbe Frau. Die beiden sprachen derzeit über ihre Erfahrungen zum Thema Schlüssel verlieren. Die beiden waren in lustigen Anekdoten verschwunden und ich begann schon wieder, die schlimmsten Szenerien durchzuspielen. Wer würde eigentlich die Wohnung behalten dürfen? Wir könnten sie uns beide alleine leisten. Wie würden wir unsere Schränke aufteilen? Was passierte mit unserem finanzierten Bett und mit der fast genauso teuren Viscoschaum-7-Zonen-Matratze? Das Bett hatte insgesamt so viel wie eine mittelgroße Einbauküche mit Kochinsel gekostet.

Das Klappern von Aileens Schlüsselbund wurde immer leiser und sie begann, den richtigen Schlüssel in das Schloss zu stecken, keiner sagte mehr was. Ich stand ganz hinten in der Kette. Laut wurde der Schlüsselbund im Schloss gedreht und die Aufregung nahm meinen Körper komplett ein. Ich konnte nicht mehr tief einatmen, wirklich klar denken auch nicht mehr. Ich wartete nur noch darauf, dass jemand zu mir sagte: „Komm rein", oder sowas. Aileen ging vor und zeigte Rafaela die Wohnung, beide verstanden sich auf eine lustige Art sehr gut, was schon ein bisschen sexy wirkte. Dass die beiden bereits im Schlafzimmer waren, brachte meinen Puls auch nicht weiter runter und ich setzte, wie der erste Mensch auf dem Mond, ganz langsam und schwerfällig ein schweres Bein vor das andere, hüpfte durch die geringere Gravitation langsam wie eine Schnecke durch den Flur Richtung Küche, holte den Wein aus dem Kühlschrank, öffnete die Flasche mit meinen dicken Mondhandschuhen, schenkte mir ein großzügiges Glas ein und exte es, wobei ich aus Hast ein wenig mich und den Boden bekleckerte. Locker und leicht fühlte ich mich wieder mit 350 ml von dem 14 % vol. Wein. *Shit,* dachte ich und nahm fix ein Handtuch von der Küchenfläche. Ich schrubbte gerade den doch recht großen Weinfleck vom Boden weg, als auf einmal ein lautes, schrilles Kichern aus dem Schlafzimmer mich total aus meinem verbissenen Reinigungsmodus riss. Völlig aufgelöst sprang ich auf, wie ein Erdmännchen, das einen gefährlichen Jäger entdeckt hatte. Mit schnellen Schritten, das Handtuch in die Spüle geworfen, und mit dem Weinglas in der Hand flitzte ich durch unseren Flur, scharf um die Ecke und links in das Schlafzimmer. Es war ein Moment, der, wenn ich zehn Momente an meinem Sterbebett aufzählen müsste, ganz sicher mit dabei wäre. Aileen hatte ihre Hand an der nackten Brust von Rafaela.

„Ahahaha! Mark, fass mal die Dinger an. Rafaela hat sich die Brüste operieren lassen und die fühlen sich wahnsinnig echt an. Das musst du mal anfassen."

Aileen giggelte und ließ dabei die Brust von Rafaela nicht aus der Hand, dabei lachte Rafaela herzlichst mit dem Kopf im Nacken über die freudige Reaktion von Aileen. Sah etwas geschauspielert von ihr aus, aber wirklich gut. Einige wenige Minuten später waren vier nackte Brüste zu sehen und ich begann zu realisieren, dass mein Weinglas schon wieder ein paar Tropfen auf dem Boden hinterlassen hatte und dass es an Musik fehlte.

Es war schon kurz vor 3 Uhr nachts, also blieb mir, aus Rücksicht auf die schlafenden Nachbarn, nur eine begrenzte Auswahl an Musik. Was ist eigentlich passende Musik für einen Dreier? Es ist ja schon zu zweit verdammt schwer, sich auf ein Musikgenre zu einigen. Mein Musikinstinkt sprach und mit seichten Rockklängen mit einem Tempo von 88 BPM im Rücken kam ich mit einem inszeniert lässigen Gang zurück in das Schlafzimmer. Aileen und Rafaela knieten schon auf dem Bett, es hätte schon etwas völlig Absurdes gebraucht, um meinen Blick von diesen beiden Damen weg zu lenken. Nach kurzen, unsicheren Augenblicken, die ich neben ihnen stand, in denen ich nicht wusste, ob ich nur Zuschauer oder doch Teilnehmer war, streckte Aileen ihren Arm nach hinten und suchte, ohne einem Blick von Rafaela auszuweichen, meine Hand. Es lag eine erregende Ruhe in der Luft, alle Atemzüge waren rauszuhören, tief und warm glichen sie sich und bereiteten unsere Körper auf die nächsten Minuten vor. Aileens Hand fand meine und zog sie, mitsamt meinem Körper, zu sich, in eine Erfahrung, die wir beide als etwas Besonderes und

Unvergleichliches in Erinnerung behielten. Das erste Mal, egal was, das erste Mal an einem Tag, den es nie zuvor in einem Kalender gegeben hatte, das Fenster zu öffnen und die Morgenluft einzuatmen, hatte bei weitem nichts Besonderes. Es ist und bleibt aber *Das erste Mal*. Jeder einzelne Moment ist und war gleichzeitig das erste und letzte Mal. Jeder Moment ist einzigartig, und nur weil er sich mit anderen Momenten ähnelt, wird er ungerechterweise verglichen und bewertet. Diese Nacht, die Aileen, Rafaela und ich miteinander lebten, war schneller vorbei, als wir sie erlebten.

Die Sonne weckte mich mit ihrer unausweichlichen Helligkeit, es war kurz vor 10 Uhr. Aileen war schon wach, hörte ich an dem Rascheln der Bettdecke. Ich öffnete die Augen, um mich zu orientieren. Der Alkohol von gestern begrüßte mich mit Kopfschmerzen und einem trockenen Mund, aber mit der Randnotiz *Du hast vorher gewusst, dass sowas passiert*. Ohne mich als wach zu erkennen zu geben, lag ich noch ein paar Minuten mit offenen Augen im Bett und versuchte, die letzten Stunden in mein Gedächtnis zurückzuholen. Ich wusste nicht, ob das, was geschehen war, mich positiv stimmen sollte, ich brauchte eine zweite Meinung, einen Gesichtsausdruck, eine Wertung, einen Daumen nach oben oder nach unten. Es war wieder eine Aufregung in mir, die mich fast umbrachte, der erste Blick zu Aileen zeigte mir, wie unsere Beziehung nach der vergangenen Nacht weiterverlaufen würde. Mein Körper drehte sich langsam zu ihr rüber, sie saß an der Bettkante und zog sich gerade eine Jogginghose an.

„Na guten Morgen!", sagte sie tiefenentspannt und schüttelte ihre schulterlangen Haare aus.

„Wo ist denn ...?", fragte ich und suchte mit dem Finger nach der Frau, die uns sehr wahrscheinlich heimlich verlassen hatte.

„Rafaela?", knallte es, in ein Lächeln verpackt, aus dem Munde von Aileen. Nach kurzer Pause sprach sie weiter: „Die hat mich heut Morgen um 5 Uhr geweckt und sich von mir verabschiedet." Sie zog sich einen BH und ein schlabbriges Sonntags-T-Shirt an.

„Du hattest es geschafft, dich mit deinem Kopfkissen zuzudecken, meinte sie und deshalb hat sie mich geweckt und sich nur von mir verabschiedet." Da ich die Stimmung von Aileen noch nicht richtig einordnen konnte, versuchte ich es mit einer humorvollen Frage, um etwas zu sticheln.

„Und habt ihr euch zum Abschied geküsst?", fragte ich Aileen mit einer kindischen Art.

„Hahaha. Nein, du Spinner, natürlich nicht. Das glaubst du doch wohl nicht etwa, oder?", sagte sie und fuchtelte dabei mit ihren Händen und Armen rum. „Wenn unsere Freunde nicht die wahnwitzige Idee haben, in den nächsten Jahren eine *Flaschendrehen*-Party zu veranstalten, wird Intimität zu einer anderen Person noch sehr lange auf sich warten müssen, mein Lieber", sprach Aileen, zum Ende hin mit einer ernsten, aber erleichtert klingenden Stimme.

„Für mich ist dieses Kapitel auch beendet", sagte ich und kroch aus dem Bett heraus. „Einmal und nie wieder. Dasselbe habe ich auch über Stripclubs gesagt, weißt du noch? *Kann man alles mal erlebt haben.* Nicht gerade ein äußerst schön formulierter Spruch für eine Grußkarte. Weißt schon, welche ich meine, oder? Wie diese Schwarzweißkarten, links ein Zitat und rechts eine Porträtaufnahme von einer berühmten Person", plapperte ich vor mir her, während Aileen die Bettwäsche abzog.

Das Smartphone von Aileen vibrierte und ich war nicht traurig, dass es die volle Aufmerksamkeit von Aileen bekam. Anhand der einmaligen Wischbewegung musste sie eine gerade erhaltene Nachricht geöffnet haben, dachte ich mir und kniff dabei die Augen zu, da die Sonnenstrahlen blendeten. Die Nachricht zu Ende gelesen, nahm Aileen ihr, schon mit Rissen im Display versehenes, Smartphone und drehte es wild in ihrer Hand umher. So hatte sie ihr Display mehrere Male mit neuen Kratzern versehen. Sie ließ sich zurück auf das Bett fallen und pustete voller Erschöpfung Luft aus ihrem Mund.

„Hannah fragt, ob unsere Mission erfolgreich war. Ganz schön neugierig, unsere Quoten-Blonde, findest du nicht?"

„Na und was antwortest du ihr?", und ich rutschte, während ich sprach, näher an sie heran und legte meinen Kopf auf zwei Kissen.

„Erfolgreich, ganz schön, aber es ist auch das letzte Mal gewesen, oder was meinst du?", fragte Aileen mit einem unsicheren Lächeln.

„Jap, das würde ich auch so sagen. Hat mir total gereicht, schön, dass du darüber auch so denkst."

Wir blieben noch eine ganze Weile im Bett liegen. Es rief niemand nach uns und mit dem beruhigenden Gefühl, was mir Aileen gab, genoss ich die Ruhe, die uns zwei umgab. Es war ein dankbares und glückliches Gefühl, zu wissen, dass wir uns der starken und ernsthaften Beziehung nicht beraubt sahen, sondern nur gestärkt und gereift. Die eigenen Gefühle gestärkt durch den Partner, es ist doch das vielleicht schönste Empfinden, wenn auch zugleich mit

Unsicherheiten und Zweifeln geschmückt, aber diese gehören leider immer dazu.

Oh Kacke. Eine rote Ampel! Wie komm ich jetzt daran vorbei? Darf ich wegen einer blöden roten Ampel den Lauf pausieren und ihn dennoch als einen durchgehenden 10-Kilometer-Lauf betiteln? Wozu die Abermillionen Ampeln auf der Welt? Warum müssen kleine rote und grüne Lampen uns Menschen sagen: „Jetzt warte hier gefälligst, oder es wird krachen und du sehr wahrscheinlich schmerzhaft sterben!"

Auch wenn kein einziger Auto-, LKW-, Motorrad- oder Radfahrer in Sicht ist, als artige und wohlerzogene Menschen warten wir alle auf den grünen Lichtbefehl, der uns stets und mehrmals am Tag versichert, dass wir mit sicheren Schritten loslaufen dürfen, um die Straße zu überqueren. Meine Entscheidung, den Lauf nicht zu unterbrechen und die Straße ohne Halt zu überqueren, selbst bei dieser ruhigen Straße, ist einfach nur dumm und von unnötig starkem Ehrgeiz entschieden worden. Ich brauche einen kurzen Moment, um mich beim Laufen wieder ein wenig zu besinnen. Die Geschichte mit Rafaela nahm nur ein paar Wochen eine Pause, aber kein Ende.

Es vergingen vielleicht zwei Wochen, eine Zeit, in der wir beide etwas ruhiger waren. Wir waren verstärkt mit unseren eigenen Gedanken beschäftigt, gaben uns jeweils die Zeit dafür, aber um die Stille zwischen uns beiden zu brechen, fragten wir uns ab und zu, woran der andere gerade dachte. Als Antwort kamen häufig weitere ulkige Situationen zum Vorschein, die uns gemeinsam in die einmalige Nacht zurückversetzten. Eines Nachmittags, es war eisig kalt draußen und grau war die einzige Farbe, die man, wenn man aus dem Fenster schaute, erkannte. Aileen lag, so wie es ein Sonntagnachmittag vorgab, leicht bekleidet auf dem Bett und tippte sich an unserem Laptop warm. Ich stand gerade nur mit Boxershorts bekleidet am Spiegel und ließ meinen etwas stärker untersetzten Körper ein wenig mit der Erdgravitation spielen.

„Ach du … Diese verlogene Scheißschlampe!" Ich hätte niemals erraten können, was Aileen zu einem solch lauten Ausraster hätte bringen können.

„Wie hat diese blöde Nutte das nur gemacht? Mark! Die hat uns einfach beim Sex gefilmt!" Und schon blieb mir nichts anderes übrig, als von so einer Nachricht mich meiner natürlichen Körperreaktion hinzugeben. Der erhöhte Puls und ein glühend heißer Kopf waren nur die ersten Symptome, die ich noch bemerkte. Alle späteren mischten sich in die Gefühlskolonne auf der Autobahn der Probleme gut unter und brachten ein schnelles Erreichen der Ausfahrt *Rage*. Ich sprang zu ihr auf das Bett.

„Was?! Rede keinen Scheiß! Das hätten wir doch mitbekommen?!" Ich drehte den Laptop zu mir, als wäre er jetzt nur für mich ganz allein bestimmt, und schaute mir das Video an. Es hatte den billigen Titel *Rafaela trifft geiles junges Pärchen #9* und das war in keinster Weise eine Lüge, dachte ich mir. Nicht einmal ihren Namen hatte sie ausgetauscht.

„Ach du Scheiße! Das sind wirklich wir, oder?", fragte ich Aileen und sprach mehr zum Laptop als zu ihr.

„Ja natürlich. Schau dir doch mal die Bettdecke an. Ich erkenn doch meine eigenen aufgenähten Flicken auf meiner Lieblingsbettwäsche. Ach fuck!" Sie drehte sich auf den

Rücken, weg vom Laptop, und massierte voller Stress ihren Kiefer. Vielleicht sollte ich sie erst einmal trösten, aber irgendwie hatte ich gerade keine guten Worte der Aufmunterung parat. Schon immer bewunderte ich diejenigen, die völlig selbstlos andere verzweifelte Seelen aufmuntern können, selbst, wenn sie in der gleichen schwierigen Situation sitzen. Ich war doch mehr ein Realist und hatte diese Art von Lügen nicht so gut erlernt.

„Wie viele Aufrufe haben wir?", fragte Aileen.

„Nur 43.025 und keinen einzigen Kommentar", sagte ich ein wenig enttäuscht, um die missliche Lage etwas aufzulockern.

„Puh, na da haben wir ja Glück gehabt, was?", kam von Aileen im spöttischen Ton und dabei drehte sie sich schnell wie eine Katze wieder auf den Bauch. „Sei froh, du Honk! Zum Glück haben wir nicht schon Millionen von Klicks, und keiner, der uns kennt, hat unseren Namen als Kommentar gepostet. So, und jetzt lass uns rausfinden, wie wir dieses Video löschen können und diese Schlampe finden!"

Der winzig kleine Restsonntag war versaut. Wir recherchierten, wie man mit einem hochgeladenen Sex-Video umgehen konnte. Oft war die ehrliche Wahrheit: einmal online, immer online. Videos können im Internet sehr schlecht komplett verschwinden. Nach einigen Stunden, wir hatten uns längst einige Sachen angezogen, nahm ich mich der schmerzenden Aufgabe an und schaute mir das komplette Video an. Ich versuchte mich in einen normalen Pornoseiten-Besucher hineinzuversetzen und brachte einen unvoreingenommenen Blick mit an den Start. Als erstes fiel mir die, fast schon spürbare, Unsicherheit bei Aileen und mir auf, die ich zugleich wieder spüren konnte, ein Gefühls-Déjà-vu. Die geflickte Bettdecke fiel mir beim genaueren Hinsehen auch auf. Ich schaute kurz über den Laptop zu Aileen und bemerkte, wie sie weiterhin, sehr angestrengt, auf ihrem Smartphone mit den Fingern wischte und tippte.

„Ich glaube, wir sollten uns einen Anwalt nehmen! Einen, der davon Ahnung hat. Bestimmt gibt es Anwälte, die sich mit sowas schon mal auseinandergesetzt haben", faselte Aileen vor sich hin, ohne von ihrem Smartphone zu gucken. Meine Augen wanderten wieder auf den Laptop-bildschirm, schon fast die Hälfte vom Video geschafft.

„Sie hat ihr Smartphone irgendwo auf unseren Nacht-tisch gestellt. Wahrscheinlich hinter die Lampe und mit der Wand dahinter für eine Halterung gesorgt. Hast du gesehen, dass man in ihrem Porno-Account eine Handvoll dieser Videos findet?"

„Gut, Mark. Dann weiß ich jetzt, dass wir mit unserer naiven Dummheit nicht alleine sind. Ahh, diese Schlampe ist gut! Mit ihren sexy operierten Brüsten als Waffe." Wütend ballte Aileen die Fäuste und zeigte vor Wut ihre Zähne. „Wahrscheinlich verdient die Schlampe noch Geld damit, dass sie uns nackt der Welt zeigt!"

Als ich Aileen im Hintergrund vom Laptop schimpfen sah, fiel mir auf, dass ich ihr Gesicht nicht ein einziges Mal im Video gesehen hatte. Es fehlten noch knapp zwei Minu-ten, die ich noch nicht gesehen hatte, und bis dato war mein Gesicht auch nicht zu sehen. Das Video war in seiner ge-samten Länge verdammt dunkel gewesen, es hatte eine schlechte Qualität, man hörte nur dumpfe Musik im Hinter-grund und selbst Rafaela war nicht eindeutig zu erkennen. Nur anhand ihrer anderen Videos konnte man gewisse

Ähnlichkeiten bei ihr feststellen. Warum machte sie so etwas? War das ein Hobby?

„Aileen, ich glaube, wir sind eigentlich relativ sicher vor Leuten, die uns erkennen könnten. Unsere Gesichter sind nicht einmal richtig zu erkennen, es gibt keine guten Hinweise, bis auf die Bettdecke, die zeigen könnte, wer die Personen aus dem Video sind. Also ich glaube, wenn du damit klarkommst und wir die Bettdecke vernichten, so dass keiner unserer Gäste diese Bettdecke wiedererkennt, dann sind wir eigentlich sicher, was meinst du?"

Sie sprang zu mir rüber auf unser Bett und schrie eifrig: „Lass mich das Video nochmal sehen." Sie riss mir den Laptop aus der Hand und schaute sich das Video an. Und nochmal und nochmal, sie lief nun aufgeregt mit dem Laptop in den Händen im Schlafzimmer auf und ab. Ihr ernster, angespannter Blick wurde gelassener. Sie spielte mit Daumen und Zeigefinger an ihrer Unterlippe.

„Okay, ich glaub, du hast recht! Wir sind gar nicht wirklich zu erkennen. Wir könnten uns den Ärger ersparen und das Video echt einfach online lassen. Aber wollen wir das?", sagte sie mit einem fragenden Gesicht und schaute mich dabei mit einem schrägen Blick an, wie ein Hund, der die Welt nicht versteht.

Wir redeten und diskutierten, analysierten jedes einzelne Bild aus unserem Sex-Video. Wir bestellten Pizza und tranken Wein. Waren beide, gestärkt vom Alkohol, davon überzeugt, dass uns nie einer erkennen würde, dass das Video eine viel zu schlechte Qualität hatte und kaum Beachtung finden würde, wir wahrscheinlich auch schon Menschen begegnet waren, vielleicht auch schon länger kannten, die auf solchen Seiten in Aktion zu sehen waren und wir deshalb auch nichts zu befürchten hatten. Lange waren wir in dieser Nacht noch wach. Der Zorn auf Rafaela ebbte nicht ab, aber wir konnten uns eine gewisse Entspannung einreden und beruhigt einschlafen.

Wenn ich jetzt an diese aufregenden Wochen zurückdenke, bin ich überaus froh, dieses Abenteuer mit Aileen erlebt zu haben. Wir hatten zwar unheimlich Glück, dass wir nicht wirklich gut auf dem Video zu erkennen waren, dennoch war es sehr aufregend, wenn auch nervig zugleich. Wir beide sind seit diesem Moment ungewollte Amateur-Pornodarsteller. Nicht gerade ein Eintrag für den eigenen Lebenslauf, dennoch irgendwie amüsant. Aileen und ich wollten nie unser Sexleben ins Internet stellen, haben aber gezwungenermaßen durch Rafaela diese Erfahrung gemacht. Falls wir Rafaela jemals wiedertreffen, wollen wir sie uns zur Seite nehmen und ihr einfach eine Backpfeife geben und sie natürlich zur Rede stellen. Bis dahin haben wir und werden es auch nie jemandem erzählen, es ist und bleibt unser kleines Geheimnis, für immer und ewig.

# 4 K

Unglaublich. Vier Kilometer in 18 Minuten. Ich glaube, wenn ich so weitermache, kann ich den Rekord von Dennis wirklich brechen. Der schattige Gehweg strahlt eine angenehme Kälte aus. Hatte es letzte Nacht geregnet? Die Füße tun ein wenig weh. Ich sollte mal nach weichen Waldwegen Ausschau halten, vielleicht ist ein sandiger Boden etwas angenehmer. Wenn mir die harten Pflastersteine auf den nächsten zehn Kilometern treu unter meinen Füßen erhalten bleiben, werde ich mit ziemlicher Sicherheit ein paar Tage Schmerzen in den Füßen haben und mich über meine Sturheit ärgern. Schon wieder eine Ampel. Sie blinkt aber gelb, zum Glück. Diesmal kann ich, mit weiten Blicken nach links und rechts, das Tempo halten und vorsichtig die Straße überqueren. Da vorne links kommt ein kleiner Park, der sieht wirklich schön, wenn auch heruntergekommen aus. Zwei Trauerweiden hängen neben den parallel gebauten Parkbänken und ein ausgetrockneter, mit Graffiti besprühter Brunnen weist auf die eindeutige Mitte des Parks. Aileen und ich wohnen jetzt schon seit fünf Jahren hier und haben es nicht einmal geschafft, vier Kilometer in eine Richtung zu laufen. Was ist das da vorn? Ein langer Grünstreifen zeigt von Park in Richtung Wald. Perfekt!

Der geteerte Grünstreifen hat rechts nur verwelktes Gestrüpp aus nicht gepflegter Hecke und anderen Pflanzen aller Art und links zeigt sich nach wenigen Metern eine Rechtskurve, eine hohe Mauer und davor ein kleiner Zaun mit Stacheldraht. Wenn ich diesen riesigen Plattenbau sehe, muss ich an einen noch größeren Steinblock denken, in dem sich die Höhlenmenschen von vor tausenden von Jahren ihre kleinen Behausungen rein gegraben haben. Wir Menschen sind übergroße Insekten, die in modernen Nestern wohnen. Weiter vorne steht ein Überwachungsturm. Zu meiner linken Seite liegt also ein Ort, wo viele hunderte Menschen ihrer Freiheit beraubt werden. Sie haben unsere selbst auferlegten Regeln gebrochen und müssen nun mit ihrer Lebenszeit dafür bezahlen. Ein Gefängnis ist ein makabrer Weg für einen Sonntagslauf. Aus den Augen eines Häftlings muss ich, mit meinen grauen Laufschuhen, schwarzer Sporthose und engem Hoodie, eine eigenartige Botschaft ausstrahlen. „Warum muss man an einem Gefängnis vorbei joggen und seine Freiheit auf so eine explizite Art darstellen?", fragt sich, glaube ich, jeder Insasse, der mich zufällig aus seinem Fenster beobachtet. Wäre ich ein Häftling in diesem Gefängnis und ich würde einen Jogger aus meinem, mit silbergrauen Gittern verzierten Fenster erblicken, dann wäre eine mit Hass gesteuerte Tagtraum-Szene eine von mir erschaffene Notwendigkeit, um den Frust über solch einen Anblick zu verarbeiten. Ich würde dem Jogger, ohne Rücksicht auf meine Zukunft, die berechtigte Frage stellen, warum er denn direkt vor einem

Gefängnis joggen und seine Freiheit den anderen Häftlingen unter die Nase reiben muss. Zum Glück sehe ich niemanden an den Fenstern stehen und mich, mit diesen oder ähnlichen Gedanken, beobachten. Die Gitter an den Gefängnisfenstern erinnern mich an eine Zeit, wo ich mich selber gefangen gefühlt habe. Es war eine Zeit, in der Frauen noch Mädchen waren. Jung war man und voller Dummheiten. Im Kopf hingen verträumte Fragen, die man sich meistens selber falsch beantwortet hatte, nur um nicht doof zu wirken. Es gab keine seelischen Probleme und Schmerzen gab es nur, wenn man sich geprügelt oder am Feuerzeug verbrannt hatte. Oder wenn man zu doll auf dem Wasser aufgeschlagen war. Ich war damals 10 Jahre alt und im Bus gefangen. Es war das erste kleine Gefängnis, zwar nur für drei Stunden, aber danach folgte das richtige Gefängnis namens Jugendherberge. Eine Woche auf Klassenfahrt in Rohburg.

Montag. Es war ungefähr 8 Uhr morgens. 27 Schüler, davon hatten drei Mädchen schon relativ große Brüste, zwei Lehrer, ein Busfahrer, der sich mehr denn je nach seinem letzten Arbeitstag sehnte, und ganz hinten saß ich. Frau Meltrichad und Frau Wiesn waren meine damaligen Lehrerinnen. Die letzten vier Jahre verbrachte man von Montag bis Freitag, über sechs Stunden pro Tag, mit diesen beiden Erwachsenen. Man baut kein persönliches Verhältnis zu den Lehrern aus der Schule auf, freut sich aber dennoch, wenn man sie mit den eigenen Leistungen erfreuen kann. Eine Beziehung, die rein auf positiven Ergebnissen basiert, funktioniert und überhaupt erst existiert. Dennis war zum Glück schon damals ein Freund von mir und bei dieser Klassenfahrt ein Begleiter gewesen. Von seiner Privatschule wechselte er, angeblich des Geldes wegen, auf meine Schule und mehr oder weniger zufällig auch in meine Klasse. Der Rest der Klassenkameraden war mir bekannt, damals sogar mit Namen und sogar welche Dummheiten sie in den Unterrichtsstunden begangen hatten. Heute fallen mir noch eine Handvoll Namen ein. Philipp, Maria, Felix und Sandra waren in dem engeren Kreis von Dennis und mir, aber wir beide waren mehr Außenseiter, als wir selber zugeben wollten. Wir waren schon über eine Stunde mit dem Bus in eine Richtung unterwegs, wo es keine Fernseher geben würde, dachte ich mir. Diese eine Woche Klassenfahrt hat mir vieles über das Leben gelehrt.

Orte verändern sich stetig, sieht man einen völlig fremden Ort zum ersten Mal, ist dieser nach einer Woche vollgepackt mit Geschichten und Erinnerungen. Eingefärbt vom persönlichen Blickwinkel. Wir fuhren eine mir völlig fremde, nicht enden wollende Landstraße entlang. Der Bus wurde langsamer und Frau Meltrichad ging Reihe für Reihe durch den Bus und sagte uns, dass wir bald ankommen würden, dabei konnte man das Klappern ihrer klobigen Goldringe an den Handgelenken aus der Lautstärke, die 27 Schüler verursachten, immer noch raushören. Frau Wiesn dagegen hörte gerade gespannt den Geschichten von zwei Mitschülern zu, brachte den beiden sogar ein interessiertes Gesicht und eine fast echt wirkende Begeisterung entgegen. Der Bus bog auf einen sandigen Landweg ab. Diejenigen, die weiter vorne, vorbildlich und nah an den Lehrern, saßen, man nannte sie einfach *Streber*, hatten vor allen anderen eine Burg am Horizont bemerkt und schrien es durch den Bus, als hätten sie gerade ein neues Element entdeckt.

Das umliegende Land war weitaus hügliger als mein Heimatort und bot eine wirklich schöne grüne Natur.

Der Bus hielt mit lautem Quietschen der Bremsen an. Die nächsten Minuten waren von unglaublicher Wichtigkeit. Wer schlief wo und mit wem in einem Zimmer? Diejenigen, die laut und ständig schrien, hatten meist sehr gute Karten, sie bekamen sehr oft das Zimmer, wonach sie brüllten. Wenn man sich nur still mit seinem Koffer in die Ecke stellte, gab es noch nicht einmal eine Garantie, dass man mit dem einzigen besten Freund zusammen auf einem Zimmer wohnen durfte. Blitzschnell musste alles passieren. Koffer aus dem Gepäckberg schnappen. Rausfinden, welches der vielen gleichaussehenden Häuser man nun bewohnte und mit zügigen Schritten eintreten, um schnellstmöglich ein Zimmer zu finden, dann die Gruppe von passenden Leuten zusammensuchen und wenn alles gefunden war, mit lautem Schrei über den Flur des Hauses die Zimmerbuchung abgeben. Wenn der Schrei laut genug war, hatte man meist keine Widerworte zu erwarten. Dennis und ich waren zwar nicht die Coolsten in unserer Klasse, hatten uns aber während der Busfahrt ein ganz nettes Grüppchen für unser Zimmer zusammengesucht. Mit dabei waren noch Philipp, Felix und Manu. Zwei Elfjährige und drei Zehnjährige verteilt auf zwei Hochbetten und einem Schlafsofa. Alle von uns wollten oben in den Hochbetten schlafen, aber ich nahm freiwillig das braune, durchgelegene Schlafsofa. Ich war froh über unsere Zimmergruppe und mir gefiel der Gedanke, während des Schlafes niemanden unter oder über mir zu haben. Wir alle begannen, unser eigenes Reich herzurichten, dabei bemerkte ich, dass vor unseren Zimmerfenstern Gitter zum Schutz befestigt waren.

Außerdem waren Notruftasten in den Gruppenbadezimmern angebracht, falls wir in eine Massenschlägerei mit tödlichen Waffen gerieten. Nachdem das alles entdeckt war, spähten wir das Haus nach den Zimmern der Mädchen aus und planten die ersten nächtlichen Streiche, von denen keiner in die Tat umgesetzt werden würde.

Wie im Erwachsenenleben weiß man nie, was im nächsten Moment passieren wird, auf einer Klassenfahrt sind diese ungeplanten Momente nicht von kolossaler Konsequenz, aber nicht ebenso unwichtig. Wir befanden uns schon in der Kantine zum pünktlichen 18-Uhr-Abendessen. Die identischen und auf den Cent genau kalkulierten Mahlzeiten wurden auf Tabletts ausgegeben. Eine schwierige Stolperfalle für ein Mädchen aus meiner Klasse, es müsste Marie gewesen sein, oder Josefine, ich weiß es nicht mehr ganz genau. Jedenfalls war Marie oder Josefine, ein etwas dickliches Mädchen mit braunem Haar und runden Brillengläsern, gerade auf dem Weg zur Essensausgabe. Die Augen waren durch ihre Figur eh schon immer auf sie gerichtet, mehr als Zielscheibe für Neckereien als für nette Worte. Sie wählte ein Stück Schwein mit Bratkartoffeln und Rotkohl, als Dessert einen Kirschquark. Die halbe Klasse stand noch hinter ihr in der Schlange und die andere saß schon auf den alten, dünnen Metallstühlen der Kantine und aß leicht angeekelt, mit Sehnsucht nach dem Essen der eigenen Mutter, die komisch aussehende Grütze. Ein unglücklicher Zufall auf dem Weg zur Treppe, die zu den Tischen führte, gemischt mit der Ungeschicklichkeit ihrerseits brachte ihr Tablett ins Schwanken und sie kippte erst ihr Dessert, dann Rotkohl und dann das Stück Schwein mit Soße auf ihre sorgfältig ausgewählte Garderobe. Das

Gelächter kam von allen Seiten, den Rest der Woche wurde sie unweigerlich mehrmals täglich an diese Situation erinnert werden, man würde ihr einen lächerlichen Spitznamen geben und sie würde diese Klassenfahrt ewig als ätzend in Erinnerung behalten. Eine Klassenfahrt liegt in einer eigenen Zeitrechnung. Alles, was dort geschieht, liegt gefangen in einer Woche, die aus fünf völlig unterschiedlichen Tagen besteht. Im Nachhinein kann man sagen, dass eine Klassenfahrt die perfekte Vorbereitung für das Erlernen von Konsequenzen im Leben ist. Man hat volle fünf Tage mit Missgeschicken, die einem unweigerlich passieren werden, oder mit Fehlern, die man bewusst gemacht hat, zu leben. Es ist eine lehrreiche Woche in der Schulzeit. Vielleicht sind Klassenfahrten soziale Prüfungen als Vorbereitung für ein standhaftes Auftreten in der Gesellschaft.

Dienstag. Es musste ungefähr 7 Uhr gewesen sein, als der zweite Tag begann. Frisch und munter aufgewacht, hatte ich schon keine Lust mehr auf drei weitere Tage mit denselben Personen in meinem Zimmer. Noch nicht einmal 20 % geschafft und es reichte mir jetzt schon. Mit Dennis machte es auch nicht immer Spaß, zu scherzen. Wir saßen beim Frühstück noch an einem Tisch, redeten aber mit anderen, danach blieben wir etwas auf Abstand. Das war überhaupt nicht schlimm, denn Klassenfahrten dienen auch oft dazu, sich neuen Leuten zu öffnen. Beim Frühstück in der Kantine saßen zwei neue Klassen an den Tischen. Von einer anderen Schule und mit einem leichten Dialekt, der sich sehr südlich anhörte, nahmen sie die ganze Kantine mit ihrer lauten Präsenz ein. Sie waren viel lauter und aufgeweckter, als wären sie zu Hause angekommen. Für heute hatte unsere Lehrerin Frau Wiesn ein Kunstprojekt zur Förderung der eigenen Kreativität geplant. Außerdem sollte es, laut unserer leicht spirituell angehauchten Lehrerin, den Geist beleben und das Gefühl geben, etwas beendet zu haben. Ich fragte mich, was an bauen mit Dreck und Sand am Strand belebend sein sollte. Nachdem ich eine fette, haarige Fliege in meinem Frühstück entdeckt hatte, war es mir lieb, das Frühstück schnell zu beenden und den Tag in Angriff zu nehmen.

Wir gingen, nach einem kurzen Zwischenhalt auf unseren Zimmern und dem Auftrag, sich mit Sonnencreme einzureiben, gesammelt in Richtung Strand. Das große Areal der Jugendherberge, das jetzt schon ganz anders wirkte, konnte man mit der durchschnittlichen Schrittweite der 27 Schüler niemals an einem Tag erkunden. Der Weg zum Strand nahm allein schon über eine halbe Stunde in Anspruch. Es war ein schöner Spaziergang durch die Natur, die langen Steintreppen, die runter zum Strand führten, brachten nur beim ersten Runterlaufen einen Riesenspaß, danach waren sie mühsam und endlos lang. Unten angekommen, wartete eine Überraschung aus über 40 Schülern. Die Lehrer der drei anwesenden Klassen schienen sich zu kennen und planten von nun an, alle Aktivitäten gemeinsam zu veranstalten und die Gruppen kunterbunt zu mischen. Mir war damals bei dieser freudig verpackten Nachricht sehr unwohl. Gezwungenermaßen sich komplett Unbekannten anzuschließen, um gemeinsam an einem Projekt zu arbeiten, war eine Situation, vor der ich gerne einen egoistischen Rückzieher gemacht hätte. Ging leider nicht. Heute bin ich froh, dass ich zu dieser unangenehmen Situation, ich möchte nicht sagen gezwungen, aber gedrängt wurde. Die Mittagssonne stand schon weit oben, war brühend heiß und an diesem Spätfrühlingstag im Mai lernte ich, anderen Menschen gegenüber offen zu sein. Keine Scheu zu haben, und dass ein nettes Lächeln sowie Ehrlichkeit sich im ganzen Leben unbezahlbar machten. Auf mich kam ein Junge zu, die Aufgabenstellung wurde gerade von Frau Wiesn an die insgesamt fast 70 Schüler wiederholt, und er fragte mich freudig, ob ich nicht Lust hätte, eine Burg aus Stöckern und Ästen zu bauen, damit wir hier schnell aus der Aufgabe rauskommen und was anderes machen können. Sein Name war Chris, und völlig überrumpelt von der Frage nickte ich nur. Er nahm die Ansage *Sucht euch ruhig einen Partner aus den anderen Klassen* sehr gelassen und wählte mich direkt, ohne groß durch die Runde zu schauen, aus. Kam mit einem freundschaftlichen Lächeln auf mich zu und machte den Eindruck, ein oder zwei Jahre älter zu sein. Wir machten uns an die Arbeit. Chris hatte den totalen Plan, und als hätte er sowas schon einmal gemacht, befahl er mir, mit seiner coolen Art, Stöcker aufzutreiben. Er sprach in einer ehrlichen Art zu mir, dass ich mich fragte, ob wir uns nicht schon ewig kannten. Seine lockeren Albereien und die freundliche Art mir gegenüber, die mich damals sprachlos gemacht hatten, brachen mich aber auch dazu, mit ihm zu reden und zu diskutieren, als wären wir schon viele Jahre lang gemeinsam in eine Klasse gegangen. Nach einer guten Stunde waren wir mit dem Grundgerüst unserer Burg fertig. Ich war gerade dabei, kleine Auskerbungen in dickere Stöcker zu bohren, um daraus ein Tor zu basteln. Ich verzweifelte fast, die meisten Stöcker brachen beim Bohren immer durch und hielten kaum was aus. Der religiöse Begriff *Nächstenliebe* konnte als Adjektiv für Chris'

Eintrag in seinem Freundschaftsbuch verwendet werden. Er half mir nicht nur bei dem kompletten Bau von unserer Burg, er zeigte mir auch noch, wie ich am besten die Holzstöcker bearbeitete, ohne dass sie durchbrechen würden. Ich war zehn Jahre alt und wusste einfach nicht, wie man mit so einer Großzügigkeit und Hilfsbereitschaft von einer mir immer noch fremden Person umgehen sollte. In meinem Kopf kribbelte es auf eine eigenartige Weise, heute vergleichbar mit dem Gefühl, welches von ASMR-Videos in einem ausgelöst wird. Eigenartig an der Sache war, ich hätte drauf wetten können, dass Chris und ich gute Freunde hätten werden können, aber wir sahen uns nur noch bei den Mahlzeiten in der Kantine und wechselten kein Wort mehr miteinander. Die Aufgabe war erfüllt, unsere detailreiche Burg war fertig und wurde von Frau Wiesn in höchsten Tönen gelobt. Wir waren nicht die Ersten, aber auch nicht die Letzten. Nachdem der Letzte fertig wurde, begann Frau Wiesn, uns eine letzte Aufgabe zu stellen. Ich weiß noch sehr genau, wie übertrieben ernst sie dabei gesprochen hat. Wir sollten uns mit unserem Partner oder unserer Gruppe vor unser gerade fertig gebautes Kunstwerk stellen, uns ein paar Minuten Zeit nehmen, es anschauen und selbstkritisch bewerten. Was gefiel uns? Was mochten wir überhaupt nicht? Was hatte gar nicht funktioniert? Nach einer kurzen Pause sprach Frau Wiesn von ihrer erhöhten Position weiter und schockierte einige von uns, andere dagegen waren plötzlich völlig außer sich vor Freude. Wir sollten unser Kunstwerk zerstören. Ehe sie zu Ende gesprochen hatte, rannten schon die Ersten los, ich blieb auch noch stehen und wollte auf Chris warten. Er war aber schon längst mit seinen Klassenkameraden unterwegs und gab mir von der Ferne zu verstehen, dass ich unser Kunstwerk ruhig alleine zerstören konnte. Sinnbildlich für unsere eigenartige und kurzfristige Freundschaft trampelte ich unsere Burg am Strand in die tieferen Schichten des Sandes. Nichts war für ewig bestimmt.

Mittwoch. Es konnte erst kurz nach 7 Uhr morgens gewesen sein, als es an der Tür hämmerte. Die Lehrer waren abends als letztes im Bett und hämmerten morgens als erstes gegen die Türen. Das war doch nicht menschlich, nur so wenig Schlaf zu benötigen. Heut um die Mittagszeit ist die Hälfte geschafft, musste ich mir in Gedanken sagen, um überhaupt in die Gänge zu kommen. Es war nicht mehr lang und ich konnte wieder in meinem eigenen Bett schlafen. Dieser muffige Geruch von fünf ausgeschlafenen Buben am Morgen vertrieb einem jegliche Art der Sinneswahrnehmung. Die Lektion, die ich heute lernte, hatte was mit Mädchen zu tun, in zehn Jahren dürfen sie dann Frauen genannt werden. Bei dem mittlerweile routinierten Frühstücksritual wusste ich noch nichts von meinem Glück. Wäre ich damals auf meinen ersten richtigen Kontakt mit Mädchen vorbereitet gewesen, hätte ich wahrscheinlich auch keine besseren Karten gehabt. Ich aß, nichts ahnend, mein Kirschmarmeladen-Brötchen mit einer drunterliegenden Schicht Butter auf und startete den Tag schlussendlich mit einem Schluck aus einem abgenutzten Plastikbecher voll Früchtetee.

Es war mittlerweile schon halb elf und der nächste Termin begann erst um die Mittagszeit. Keiner wusste, was auf dem Plan stand. Wir verbrachten die Zeit auf unseren Zimmern. Meine Zimmergruppe und ich überbrückten die Zeit mit Kartenspielen. Aus anderen Zimmern hörte man

Musik spielen oder lautes Gegacker. Bei uns war ein wenig erfreulicher Ton im Raum vorhanden. Dennis meckerte endlos über eine andere Gruppe Jungs, mit der er sich anlegen wollte, aus seiner Sicht hatte einer aus der feindlichen Gruppe ihm mit Absicht einen schlammbeschmierten Ball beim Fußballspielen an den Kopf geworfen, keiner von uns verstand das Problem, denn ein Lehrer hatte dem Jungen schon eine saftige Strafe erteilt. Man hatte ihn schon gestern Abend in der Kantine aushelfen gesehen, er hatte uns den Kartoffelbrei auf den Teller gelöffelt. Die Karten wurden weiter ausgeteilt und ich sah mir die anderen Spielpartner an. Manu hatte immer noch Süßigkeiten ohne Ende vor sich in Reichweite und gab ganz sicher auch nur das ab, was er selbst nicht mochte. Felix war weit weg von seiner Mutter. Das sah man, weil sein Gesicht sowie seine Klamotten dreckig waren, seine Haare fettig und abstehend in alle Richtungen. Philipp baute, seit der Fahrt im Bus, an seinem tragbaren Fernseher rum, in dieses Wunderwerk der mobilen Technik hatten wir fünf all unsere Hoffnung gesteckt. Bis jetzt ohne Erfolg. Ich hatte geputzte Zähne, ein sauberes Gesicht und fühlte mich etwas unterernährt. Mein Schlafsofa blieb, zur *Freude* meiner Mitbewohner, so unordentlich, wie ich es am Morgen verlassen hatte. Die Decke völlig zerknautscht, das Bettlaken nur noch halb auf dem Bett drauf und die Kopfkissen waren, nach nur einer Nacht, so stark von mir zerlegen, dass sie mehr rund als rechteckig auf dem Bett lagen. Das fand nicht überall positive Resonanz. Frau Meltrichad kontrollierte, mit ihrer stets hochnäsigen Art, jeden Morgen alle sechs Zimmer und gab jedem, nach der Sauberkeit, eine mündliche Wertung. Schon zweimal durfte sich unser

Zimmer, wegen meiner Faulheit, etwas anhören. Ein Schlafsofa war kein richtiges Bett, warum musste ich es dann wie
eins behandeln? Keiner sprach mich während unserer
Kartenrunde darauf an, aber alle wollten mir wegen meiner
Sturheit an die Gurgel.

Frau Wiesn schlug, mit ihrem neu erstandenen Zinn-
bronzegong, zum Antritt. Na endlich. Wir sollten unsere
Jacken mitnehmen und durften auch etwas Süßes
einpacken. Draußen, vor unserem Haus, warteten natürlich
schon unsere beiden ungleichen Lehrerinnen. Nur eine von
den beiden hielt noch voller Stolz ihren Gong in der Hand.
Eine unübliche Überraschung wurde von den beiden
gelüftet. Der Plan für die nächsten Stunden war, gemeinsam ins Kino zu gehen. Jubelschreie und fassungslose
Gesichter hatten unsere beiden Lehrer heraufbeschworen.
Da das Kino hier auf dem Gelände war, musste es aber
etwas älter sein, dachte ich mir, vielleicht war es auch nur
ein riesiger, hässlicher Raum, groß und gut bestuhlt für
circa 80 Menschen und am Ende hatte man nur ein simples
Bettlacken an die Wand befestigt und benannte es Kino.

Ein Spaziergang, mit reichlich Albernheiten und altbe-
kannten Witzen später, war meine Klasse an dem Kino angekommen. Von außen sah es wirklich wie ein Kino aus. Es
hatte sogar diese angeleuchteten schwarzen Buchstaben,
die auf weißem Hintergrund lagen. Ob der Film, der am
Schriftzug hing, nun wirklich im Kino lief, war mir egal.
Meine Aufmerksamkeit galt gerade einer Gruppe von
Mädchen, die mich anschauten. Ein Mädchen zeigte sogar
mit dem Finger auf mich. Auch wenn du nicht schreiben
oder gar lesen kannst, weißt du, dass bei solchen Anzeichen
über dich geredet wird. Es waren Mädchen, die ich vorher

nie gesehen hatte, sie waren vielleicht erst heute angereist, dachte ich mir. Entweder mein Hosenstall stand weit offen oder ein Mädel aus der Gruppe fand mich ganz süß, wollte ich mir ehrlich und selbstsicher eingestehen. Im Filmsaal saß dieselbe Gruppe Mädchen ein gutes Stück vor mir, ich behielt sie weiter im Blick. Nicht, weil ich einen Blick erhaschen wollte, nein, ich wurde immer wieder angestarrt und das bemerkte ich und ich war jetzt auch neugierig, wie dieses Spiel verlaufen würde. Dass der Filmsaal sehr modern für seine Zeit ausgestattet war und fast schon wie ein richtiges Kino wirkte, war mir jetzt auch völlig egal. Ich glaubte, einen längeren Blickkontakt mit einem der Mädchen gehabt zu haben. Es hatte was von Magie. Wenn zwei Blicke, von zwei sich anziehenden Personen, aufeinandertreffen und man über mehrere Momente lang diesen hält, in der Realität sind es nur wenige Sekunden, dann weiß man ziemlich genau, irgendetwas liegt unausgesprochen in der Luft und muss ausgesprochen werden. Ob positiv oder negativ spielt keine Rolle. Ihre blauen Augen, dazu ein leichtes Lächeln mit geschlossenen Lippen, was hätte das bloß bedeuten können?

Als der Saal dunkel wurde und sie sich in Richtung Leinwand umdrehte, schwankte ihr endlos wirkendes, braunblondes Haar mit und mir fiel auf, dass sie eine schöne, wohlgeformte, spitze Nase hatte. Der Film, ein mir schon bekannter Jugendfilm, lief schon seit einer guten Stunde. Der dritte Akt hatte schon begonnen, alle Charaktere standen kurz vor der Lösung all ihrer Probleme, und ich saß hier gefesselt in meinem Kinositz und wurde gerade träge, fast schon müde. Der dunkle Raum gepaart mit dem nachlassenden Zuckerschock machten sich bemerkbar. Greller werdendes Licht und wildes Gewühle der fast hundert Leute brachten meinen Motor zum Glück wieder in Gang, aber nicht auf Höchstgeschwindigkeit. Meine Augen waren noch winzig und die Beine müde. Die Mädels ein paar Reihen weiter vorne waren schon draußen. Manu hatte mehr Verpackungspapier von anderen auf sich drauf, als er selbst Süßigkeiten gegessen hatte. Regel Nummer 1 auf Klassenfahrten: Schlaf nirgendwo ein oder du wirst eine Zielscheibe für nette Kritzeleien im Gesicht oder du wirst ein Mülleimer für alle anderen. Felix und Philipp fanden sogar noch ungeöffnete Süßigkeiten auf ihm drauf. Mit ein paar Süßigkeiten weniger ließen wir Manu einfach schlafen und gingen nach draußen. Auf dem Vorplatz vom Kino verkündete ein eigenartig aussehender, bärtiger Lehrer von einer der anderen Klassen, dass die nächste Aktivität Minigolf sein würde. Die Freude war gemischt, einige gingen aufgeregt zu den Lehrern und fragten, ob sie nicht dieses oder jenes statt Minigolf unternehmen dürften. Ich blieb bei der Minigolfgruppe, entfernte mich komplett aus meiner Zimmergruppe und hatte niemanden, den ich wirklich kannte, mit dabei. Ich wollte einfach nah an diesem braunblonden Mädel dranbleiben. Um nicht allzu eigenartig zu wirken, verrannte ich mich, während wir gemeinsam Richtung Minigolfplatz liefen, in ein wirklich langweiliges Gespräch mit einem der Lehrer. Wir unterhielten uns über den Film und waren beide der Meinung, dass es aus pädagogischer Sicht ein wertvolles Werk der späten 90er Jahre war. Damals überließ ich die genaue Analyse dem mir unbekannten Lehrer, er war eindeutig wortgewandter als mein zehnjähriges Selbst und ich stimmte seinen klugen Worten einfach nur zu und verließ mich auf seine Ansichten. Gerade war mir auch ein halbwegs intellektueller Zusatz eingefallen, als ich das Mädchen der Stunde auf mich zukommen sah. Sie lief ein Stück vor mir, drehte sich zu mir um und wartete, bis ich auf sie zukam. Manchmal erzwingen Frauen auch bestimmte Situation. Völlig verdutzt hing mein Blick fest an ihren Augen, die auf gleicher Höhe mit meinen waren. Sie begrüßte mich höflich und selbstsicher. Sie half mir ein wenig und brachte das Gespräch ins Rollen. Ein paar Minuten später redeten wir frei von der Leber weg über unsere Zeit hier in der Jugendherberge, über unsere Lehrer, welche Unterrichtsfächer wir liebten und hassten, was unsere Eltern für Jobs hatten und wie wir unsere Sommerferien verbringen werden.

Sie hieß Anna. Ich fand ihren Namen langweilig, sie selber war der gleichen Meinung. Letztes Jahr wünschte sie sich sogar einen neuen Namen zu Weihnachten, bekam aber leider nur einen neuen Schreibtisch für ihr Zimmer. Wir kamen am Minigolfplatz an, es wartete schon jemand, um uns Zettel, Bälle und Golfschläger zu geben. Der Golfplatz lag unter einem Dach aus hohen Baumkronen von Nussbäumen. Es war zwar ein warmer Spätfrühlingsabend, die Sonne strahle warmes, grelles Licht durch die Bäume, trotzdem lagen schon Blätter auf den kunterbunten und abenteuerlichen Minigolfbahnen. Anna nahm in unseren ersten Minuten der Bekanntschaft das Ruder in die Hand und entschied, dass wir zu zweit Minigolf spielen sollten. Diese diktatorische Entscheidung überließ ich ihr sehr gern. Sie war ein Mädchen, was in ihren jungen Jahren schon wusste, wie sie ihren Willen bekam. Irgendetwas an mir wollte sie haben, ich wusste nicht was, aber das war mir auch nicht wirklich wichtig, und wenn sie nur einen anderen Jungen aus ihrer Klasse eifersüchtig machen wollte, dann war ich sehr gerne ihr Mittel zum Zweck. Die wenigen Grüppchen, die noch auf dem Minigolfplatz zugange waren, hatten entweder schon lange keine Lust mehr auf das gezielte Einschlagen auf Gummibälle oder zweckentfremdeten die Golfschläger und versuchten, sie als Baseballschläger zu benutzen.

Anna und ich wussten jetzt, nach über einer Stunde, ziemlich viel voneinander. Sie wohnte hier in der Jugendherberge in Haus E, nur zwei Häuser von meinem entfernt, sie hatte angeblich keinen Freund, kam von einer sportlich-orientieren Schule und hatte zwei Meerschweinchen namens Flecky und Specky zuhause. Dass sie mich ganz süß fand, war eine Information, bei der mein Gehirn keine Antwort finden konnte. Ob es daran lag, dass ich zum ersten Mal eine echte Zuneigung von einem Mädchen spürte und dadurch einfach nicht mehr klar denken konnte? Sehr wahrscheinlich, ja! Völlig außer Gefecht gesetzt, plapperte ich das Kompliment an sie zurück und ergänzte noch dazu, dass sie sehr witzig sei. So wirklich souverän und selbstbewusst, wie ich mir dachte, habe ich ganz sicher nicht dabei gewirkt.

Der kühle Abendwind brauste ganz seicht durch den Wald über den Minigolfplatz und es war Zeit für unsere erste kleine romantische Verabschiedung. Ihre Klasse traf sich noch am Strand und ich wusste nur, dass ich einen Riesenhunger hatte. Hatte die Kantine noch geöffnet? Und wo war eigentlich meine Klasse? Wir standen uns beide gegenüber, sie gerade leicht eingedreht, um ihren Freundinnen klarzumachen, dass sie nur noch einen kurzen Augenblick benötigte, um sich von mir zu verabschieden.

Wenig Worte verließen meinen Mund in dieser Situation. Sie stand mir so nah. Mir fiel auf, dass sie nervös mit ihren hellrot lackierten, aber stark abgenutzten Fingernägeln spielte. Sie rang mit sich und ehe ich was sagen konnte, küsste sie mich einfach auf den Mund. Es war ein kindlicher Knutscher auf die Lippen. Dennis wollte diesen Moment unendliche Male von mir erzählt bekommen, mir fiel nicht viel mehr dazu ein, außer dass es ein endlos langer Kuss war. Vielleicht war der erste Kuss immer extrem lang? Vielleicht sollte er auch nicht enden? Auf ihre Frage, ob dies mein erster Kuss gewesen sei, log ich sie natürlich an. Anna war für mich noch schwer einzuschätzen, ich wusste nicht, ob sie sich mit meiner Unerfahrenheit bereichern würde, um sich darüber lustig zu machen. Morgen Abend würde es ein großes Lagerfeuer geben, wo alle Klassen sein werden, dort würde sie mich gerne wiedersehen oder ich könnte mich doch heute Abend einfach zu ihr ins Haus E schleichen. Ihr Zimmer spielte meist noch lang bis in die Nacht *Wahrheit oder Pflicht*. Ich versprach ihr vieles, wozu ich überhaupt nicht in der Lage war, und auf meinem Lauf-weg zur Kantine hätte ich am liebsten vor Freude rennen können. Vielleicht rannte ich auch, an alles kann ich mich auch nicht mehr erinnern.

Ungläubig darüber, was in den letzten Minuten passiert war, kam ich aus dem Lächeln nicht mehr heraus. Eine Prüfung mit der Note 1 in Französisch löste ähnliche Glücksgefühle aus, der erste Kuss blieb dann aber doch länger in Erinnerung. Die Kantine sah von weitem dunkel und verlassen aus, ein Stückchen näher sah ich durch die großen, mit schwarzen Vögeln beklebten Fensterscheiben, dass die Stühle schon auf den Tischen standen. Wie spät war es wohl schon? Zeit, um sich eine Ausrede für meine Lehrer auszudenken, warum ich denn jetzt erst zurückkam. Obwohl ich ja eigentlich nur direkt vom Minigolfplatz zurückgelaufen war, glaubte ich, schlechte Karten zu haben, wenn ich einfach alleine auftauchen würde. Unser rechteckiges Haus mit dem Buchstaben C hatte nach den zwei Nächten eine ganz andere Farbe in meinen Gedanken bekommen. Es wirkte einerseits vertrauter, freundlicher, wohlfühlend und man wusste, dass man hier Menschen um sich hatte, auf die man zählen konnte. Erleichtert war ich gewesen, als ich ohne unangenehme Fragen in mein Zimmer gekommen war. Alle waren schon in ihren Schlafanzügen, nur Dennis nicht, der saß an unserem voll mit Kram beladenen, viereckigen Holztisch und hasste alles und jeden. Mehr als schon sonst üblich, stand eine eigenartige Stimmung fest im Raum. Felix fing an, mir zu erzählen, was passiert war, und Dennis unterbrach ihn einfach, indem er mich nur anschaute. Sein rechtes Auge war rot-blau gefärbt. Die Jungs von der anderen Schule hatten ihn bei einer erneuten Runde Fußball auf die Palme gebracht und es war eine Prügelei zwischen ihm und einem zwei Jahre älteren Jungen ausgebrochen. Mit voller Freude daran, wie er dem anderen Jungen so richtig doll gegen den Kopf geschlagen hatte, brach er die bedrückende Stimmung und hatte einen Plan. Er wollte dem Krieg endgültig ein Ende setzen und sich in dieser Nacht aus dem Haus schleichen und den *Vollpfosten*, wie er sie nannte, von dieser Bonzen-Privat-Sportschule auflauern und ihnen, während sie schliefen, ein paar Eimer Dreck ins Gesicht schmeißen. Sie wohnten im Haus mit dem Buchstaben E. Eigentlich wollte ich mit dieser Nummer nichts zu tun haben, erklärte ihm aber schnell, dass ich mitkäme, aber was anderes dort zu tun hätte, ich würde ihm nicht dabei helfen, seine Rache auszuüben. Eine perfekte Möglichkeit bot sich mir, ich konnte mich an Dennis' ehrgeizigen Plan ranklemmen und würde mit ziemlicher Sicherheit in das Haus E kommen und dafür musste ich ihm nur beim Schleppen der Eimer voller Sand helfen.

An diesem endlosen Mittwoch gingen wir, gefolgt vom Halbmond, durch die riesige, flache Grünfläche vor unserem Haus. Aufregung machte sich in uns breit. Ohne große Probleme konnten wir unser Haus C durch den ungesicherten Notausgang verlassen, solch in die Jahre gekommene Gebäude hatten auch Vorteile, unsere Lehrer hatten am Haupteingang gesessen, dort verbrachten sie ihre Abende. Wir waren inmitten absoluter Dunkelheit, zwischen Bäumen und vier Eimern voller Sand. Wir rannten schnell, mussten oft anhalten, entweder weil uns die Puste ausging, die kleinen Tragegriffe aus feinem Metall uns in die Hände schnitten oder wir etwas oder jemanden glaubten zu hören. Es war unheimlich aufregend. Ein Risiko ohne wirkliche Konsequenzen, solch kleine Kinderverbrechen. Das Haus E sah schon sehr dunkel aus, wir nahmen denselben Notausgang wie auch in unserem Haus. Dennis wusste, wo er hinmusste, und verließ mich mit einem breiten Lächeln und den vier Sandeimern im Schlepptau in eine andere Richtung, ungewohnt erschreckend war der Anblick von seinem blauen Auge, als wir wieder unter dem Flurlicht standen. Anna hatte ihr Zimmer in der oberen Etage, erste Tür rechts nach den Treppen. Ich kam oben an und nahm, den Informationen von Anna entsprechend, die erste Tür rechts und fand mich in einem völlig falschen Zimmer wieder. Da ich durch die erste Tür rechts von der Notausgangtreppe gegangen war, stimmte die Wegbeschreibung von Anna nicht mehr und somit stand ich inmitten des Zimmers von ganz anderen Mädchen. Die zum Glück alle schon schliefen. Langsam nahm ich leise Schritte rückwärts, schloss die Tür und trat gegenüber in das Zimmer. Hier war es auch schon dunkel. War ich viel zu spät mit Dennis losgelaufen? Ein Mädchen versuchte, aus ihrem Hochbett meine Aufmerksamkeit mit wildem Händewinken zu gewinnen. Anna, unschwer für mich zu erkennen, sprach in Flüsterlautstärke und gab mir zu verstehen, ich solle mich doch unter ihrer Bettdecke verstecken. Orte verändern sich manchmal binnen weniger Sekunden. Dieses Zimmer war nun für mich ein Ort, wo ich zum ersten Mal mit einem Mädchen unter einer Bettdecke war.

Der dunkle Raum bekam nur Licht vom Flur, das durch den Türspalt ins Zimmer gelangte, für mich war wenig zu erkennen, dennoch sah ich Anna lächeln und wir lagen beide auf dem Rücken nebeneinander, berührten uns ganz leicht an den Hüften und gelegentlich, beim nervösen Rumwühlen, an den Füßen. Wir konnten, nahm ich einfach mal an, noch nicht einmal Geschlechtsverkehr fehlerfrei buchstabieren, aber dafür war in dieser Geschichte auch kein Platz. Wir waren beide noch Kinder, die ihre ersten oder zweiten Erfahrungen mit Mädchen und Jungs machten und dabei einfach Nähe suchten. Nähe, bei der man nicht wusste, was man tun sollte, aus Filmen und dem Fernsehen wusste man, wie man einen Kuss gab, das war es aber dann auch. Ich war ruhig und gelassen, bei Anna fühlte ich mich diesmal sehr wohl, selbst unter ihrer Bettdecke. Wir beide tuschelten und spannen über die Namen unserer Kinder, flüsterten uns alles ins Ohr, wo wir wohnen wollen würden, ob ein Haus auf dem Land mit drei Etagen oder doch lieber in einem Dachgeschoss mit der Großstadt vor den Schlafzimmerfenstern. Wir hatten unheimlich viel Spaß dabei, uns all diesen Blödsinn auszudenken.

Unser Atem stand still, als wir es poltern hörten, es klang eindeutig nach etwas, womit Dennis zu tun hatte. Wirres Geschrei artete im Flur des Erdgeschosses aus, als eine laute, männliche Stimme alle zum Schweigen brachte. Wahrscheinlich wurde schnell auf die berühmte *Zimmerlautstärke* gewechselt. Anna und ich waren immer noch still und versuchten etwas mitzuhören, als wir jemanden die Treppe hochkommen hörten. Wahrscheinlich wollte Dennis nicht alleine der Buhmann sein und plapperte mich mit in seinen Racheplan und erzählte den Lehrern einfach alles. Anna schubste mich mit voller Kraft und mit Hilfe ihrer Füße aus dem Bett. Ein wenig überrascht von ihrem plötzlichen Sinneswandel bekam ich gar nicht mit, wie sie zu mir sprach und mir ihren Kleiderschrank als Versteck empfahl. Wenige Sekunden teilten diesen Moment in eine einstudierte, passgenaue Choreographie. Vom Boden schwang ich mich rüber in Richtung Wandschrank, Anna hielt die Kleiderschranktür von ihrem Bett aus auf, bei den drei Schritten zum Schrank nahm ich meine Schuhe vom Boden auf, der Raum wurde durch das Öffnen der Tür schon heller, der Lehrer stand schon fast im Raum, begann nach meinem Namen zu rufen, während mir die Kleiderschranktür vor der Nase zugeworfen wurde. Es war still. Niemand sagte etwas, ich hörte vereinzelt Schritte sich im Raum bewegen. Ein Spalt, zwischen den Schranktüren, ließ mir eine ganz kleine Lücke, um den Raum zu beobachten.

Ich wollte nicht so nah an die Spalte, um zu vermeiden, entdeckt zu werden. Funkelnde Augen lassen sich im Dunkeln bestimmt leicht entdecken, dachte ich. Einen kleinen Schritt schreckte ich zurück, als mich auf einmal die Augen des Lehrers direkt anschauten. Sie hatten eine gespenstisch hohe Position und kamen völlig unvorbereitet vor den Schrank gesprungen. Erst dachte ich, dass mich diese raubtierartigen Augen nicht sehen würden, aber sie sahen mich sofort und redeten mit mir über einen angespannten Blick. Ich vernahm die Ansage, den Schrank zu verlassen und zurück in mein Haus zu gehen. Kein weiteres gesprochenes Wort brauchte es, mir klarzumachen, was ich tun sollte. Meine weintrinkenden Lehrer begrüßten mich an unserem Hauseingang, mit einem eigenartigen Lächeln versicherten sie mir, dass ich morgen meine Strafarbeit beim Frühstück beginnen würde. Mein Zimmer roch nach einer frischgeduschten Person. Dennis lag selbstzufrieden in seinem Bett und begrüßte mich mit einem stummen Kopfnicken. Seine Handtücher hatte er im Raum verteilt und ich legte mich auf mein Schlafsofa und schlief, nach kurzen Gedanken an Anna, in meiner ersten Position ein.

Donnerstag. Es war kurz vor 7 Uhr. Die Sonne war noch nicht einmal aufgegangen, als man schon nach Dennis und mir verlangte. Wir beide mussten früher als alle andern raus, die Kantine lief heute nicht ohne uns, drohte uns Frau Meltrichad, die sich für uns vor ihren Lehrerkollegen schämte. Sie schob uns erst in unser Badezimmer zum Zähneputzen und danach weiter in Richtung Kantine. Wir wussten nicht, was uns erwarten würde, ahnten aber Schlimmes.

Wir kamen am Hintereingang an und es begrüßten uns drei dickliche Damen, allesamt am Zigarette rauchen und hübsch gemacht mit schwarzen Haarnetzen, so wie es für Großküchen üblich ist. Sie lachten uns nicht aus, aber waren köstlich über unsere gezwungene Anwesenheit amüsiert. Ehe wir unter den strengen Anweisungen der drei dicken Damen unsere Strafe abarbeiten mussten, hatten sie uns vorne im Speisesaal ein kleines Frühstück zubereitet, bis eben fühlte es sich unmenschlich an, aber nun war das für mich alles halb so schlimm. Ein deftiges Frühstück mit gekochten Eiern, frisch aufgebackenen Brötchen und reichlich Früchtequark war weitaus besser als das gesamte *normale* Frühstück der restlichen Woche. Belohnt und zufrieden mit meiner Situation ging die Strafarbeit in den ersten Stunden ganz leicht von der Hand. Wir mussten Bleche mit Brötchen durch die Gegend schleppen und den Buffettisch so eindecken, wie wir ihn die Woche über vorgefunden hatten. Wir waren die zwei Trageboten der drei Küchendamen. Brachten dieses und jenes von hier nach dort. Mir war aber schnell langweilig. Dennis und ich konnten uns nicht frei bewegen, wenn wir uns unterhielten und schnell albern wurden, schaute uns mindestens eine von den drei Küchendamen scharf an, als gäbe es hier ein ungeschriebenes Gesetz, das besagen würde: Diese Küche ist und bleibt eine lachfreie Zone! Einige Lehrer kamen als erstes zum Frühstück, brachten ein paar Frühaufsteher von ihren Schülern mit und ich stand bereit, die Fruchtsäfte auszuschenken, und für neue Brötchen sorgte Dennis. Die öffentliche Zurschaustellung unserer Bestrafung war nur kurz am Anfang demütigend. Jeder wusste mittlerweile, diejenigen, die in der Küche aushalfen, hatten Mist gebaut. Wo die Kantine fast voll war, wurde es richtig harte Arbeit, es musste dafür gesorgt werden, dass Wurst, Käse, Obst und Cornflakes aufgefüllt wurden, aber ich war darüber ganz froh, man hatte was zu tun und vergaß die eigenen Sorgen. Bis zu dem Moment, wo Anna in die Kantine kam. Sie hatte die Doppeltür der Kantine in die falsche Richtung versucht zu öffnen und lachte über sich selber, als sie bemerkte, dass ich sie schon länger beobachtete. Sie winkte mir aufgeregt zu, versuchte es aber heimlich zu halten. Wozu? In der Strafarbeit gefangen blieb ich auf meiner Position. Sie kam auf mich zu, blieb vor mir stehen und fragte nach einem Glas Orangensaft. Mittlerweile hatte ich eine geübte Routine im Einschenken von Saft. Wir quatschten über meine Strafarbeit, redeten über die letzte Nacht und freuten uns auf das abschließende Lagerfeuer am heutigen Abend. Der heutige Abend war auch unser letzter gemeinsamer Abend, das wussten wir, aber sprachen es nicht an. Wir wussten sehr wohl, dass unsere kleine Mini-Beziehung eine Haltbarkeit von einem Eis am Stiel hatte, was in der Sonne schwitzte. Anna nahm ihren Saft in die Hand, drehte sich auf der Stelle und lief in Richtung der besetzten Tische ihrer Klasse. Ich bekam ein *Tschüss* sagendes Winken von ihr über ihre Schulter zugeworfen. Gestraft von dem Gedanken, nicht gemeinsam mit ihr frühstücken zu können, gab ich ihr ein bedrücktes Lächeln mit einem zurückhaltenden Winken zurück. Es war der erste Augenblick, wo eine leichte Wut sich in mir ausbreitete. Das Gefühl, die Bestrafung für das Fehlverhalten von gestern Abend erst jetzt zu erhalten, verfestigte sich in meinen Gedanken wie eine unpassende Erkältung im Sommer.

In den letzten zwei Tagen waren sehr viele Dinge passiert, jetzt von Anna getrennt und nicht in ihrer Nähe zu sein, war eine wahnsinnig große Folter. Dass sie gerade Spaß hatte, der aus Albernheiten von anderen Jungs resultierte, brachte meine innerliche Wut fast auf mein Höchstmaß. Ich wollte jetzt hier raus! Raus aus dieser Kantine, die dämliche Kochschürze in die Ecke schmeißen und gemeinsam mit Anna den Tag verbringen, ehe ich eine vergangene Geschichte geworden war. Als ich eine Weile hinten in der Küche helfen musste und neuen Saft mit nach vorne brachte, war der Großteil schon fertig gesättigt. Anna und ihre Gruppe waren schon weg, ein paar aus meiner Klasse saßen noch und belächelten Dennis und mich, als sie mit Absicht ihre Brotkrümel auf dem Boden verteilten. Sie wussten, dass wir ihren Dreck aufräumen mussten. Kinder sind nicht grausame oder böse Menschen, sie sind nur ehrlich gegenüber ihren eigenen Gefühlen.

Wir schrubbten und putzten, machten alles, was uns gesagt wurde, blitzschnell und ohne zu überlegen. Stühle auf die Tische stellen, den Boden fegen, die Mülleimer rausbringen, das Geschirr für den Abwasch sortieren und dann natürlich von Hand abwaschen. Eine pure Geduldsprobe, wenn ich an die verlorenen Sätze, die Anna und ich mittlerweile hätten austauschen können, dachte. Dennis hatte meine Ungeduld schon längst bemerkt und half mir, wo es nur ging. Nach gut einer Stunde schrien wir, als hätten wir einen Marathon absolviert, dass wir fertig waren. Eine der dicken Küchendamen kam mit einem selbstzufriedenen Lächeln zu uns gewatschelt. Sie freute sich schon, uns die Illusion der nahenden Freiheit zu zerstören. Sie erklärte uns, dass wir jetzt auf unser Zimmer gehen sollten, eine

Stunde Pause machen und danach würden wir helfen, das Abendbrot vorzubereiten. Da heute am Lagerfeuer gegessen werde, sei unheimlich viel zu tun und zu schleppen.

Schockiert, fassungslos und hasserfüllt zugleich, es brodelte in mir, trat ich Stock und Stein klein, während Dennis und ich zurück auf unser Zimmer gingen. Wir wussten, dass wir keine Chance hatten, aus dieser Sache rauszukommen. Ich fragte Dennis, ob er wusste, was wir heute alles verpassen würden. Er meinte zu mir, heute wäre ein sportlicher Wettkampf mit verschiedenen Disziplinen angedacht. Ich hatte keine Lust auf gar nichts mehr. Mir stand die Enttäuschung unverkennbar im Gesicht, beim Händewaschen in unserem Zimmer war ich kurzzeitig von meinem Spiegelbild erschrocken. Mein Gesicht war ohne große Anspannung, ein Abbild von Enttäuschung. Noch nie sah ich meine Mundwinkel so weit nach unten zeigen und die Augen leblos vor Traurigkeit. Die Stunde verging zum Glück schnell, es lag nicht daran, dass wir etwas zu tun hatten, sondern eher daran, dass Dennis und ich über die vergangenen Tage redeten. Wir redeten mit voller Überzeugung über das Geschehene und spürten die Emotionen des anderen, als wäre man dabei gewesen. Es tat gut, mit voller Kraft darüber zu reden. Kraft war das, was wir mehr denn je beim Schleppen von Grill und Holzkohle brauchten. Gute anderthalb Kilometer mussten wir das verdammte Grillzeug für über 80 Personen zur Feuerstelle tragen. Jedes einzelne Stück, egal ob Stuhl, Tisch oder die Kiste mit vorgewürztem Fleisch, ich hatte Hass auf alles, was getragen werden musste. Abgestoßen und verbannt von allen anderen, fühlte ich mich.

Die Sonne kündigte ihren Dienst für diesen tristen Donnerstag und wir zündeten mit Hilfe von einer der dicken Küchendamen die Holzkohle an. Dennis hatte irgendwie immer noch Energie und war komischerweise mit guter Stimmung getrimmt, mir nagten unangenehme Gedanken an meiner Muse, mir fehlte jede Kraft, um überhaupt aus dem Sitzen an das Aufstehen zu denken. Ein Waldweg führte parallel am Wasser entlang, dabei lief man direkt an der großen, offenen Fläche mit der Feuerstelle vorbei. Mein inneres Feuer entflammte wieder, als ich entferntes Lachen vom südlichen Waldweg auf uns zukommen hörte. Die Ersten, die ankamen, saßen sich direkt auf die Bierbänke, versunken in den Anekdoten und Geschichten, die dieser tolle Tag für sie brachte. Allein beim Zuhören kotzten Dennis und ich innerlich vor Neid. Die Dunkelheit übernahm den umliegenden Wald, das Lagerfeuer wurde minütlich heller und es war immer noch keine Anna in Sicht. Mittlerweile waren Felix, Manu und Philipp auch bei uns, wieder eine andere dicke Dame, die jetzt zum Grillmeister aufgestiegen war, bedankte sich bei uns und hob drohend ihre Grillzange. Sie erzählte Dennis und mir, dass wir heute doch was für das Leben gelernt hatten, halbdurchdachte, dämliche Dinge, wie wir sie veranstaltet hatten, sollten keinen Platz im Leben haben. Unser Tisch, bestehend aus unserem Zimmer, war da, so wie Dennis und ich, noch anderer Meinung, aber wir Kinder widersprachen auch schon dümmeren Ratschlägen, einfach nur, weil man es konnte. Einige von uns hatten schon ihren zweiten Teller mit Grillfleisch und Bratkartoffeln gegessen, andere waren schon bei einer etwas süßen Nachspeise. Stockbrot wurde über dem offenen Feuer gebacken. Ich hatte ziemlich viel

Kraft beim Kneten in diesen Teig gesteckt und nun wurde er von jedem Idioten einfach für selbstverständlich genommen, kein mildes, halbherziges Dankeschön, einfach nur dran bedienen, das dachten sich alle.

Versunken in meine Gedanken, der fehlenden Wertschätzung für den heutigen Tag, sah ich Anna aus dem Wald kommen. Sie kam mit einer größeren Gruppe. Alle von ihrer Schule, ein paar Jungs alberten um sie herum und noch ein paar Mädchen waren dabei. Der Rauch von verbranntem Holz brannte mir in den Augen. Ein komisch unförmiger Typ nahm Anna von hinten in die Arme und hob sie durch die Lüfte. Das Feuerholz knackte und schleuderte Funken auf meinen schon völlig verdreckten Pullover. Anna hatte Spaß, lachte und dass, so wie es aussah, schon seit einigen Stunden, mit diesem Typen, der zwei Köpfe größer als Anna und ich war. Felix, Manu, Philipp und Dennis fragten mich, ob ich nicht auch Lust auf Stockbrot hätte. Ohne ihnen einen Blick zu würdigen, ging ich los, auf in Richtung Anna und ihrer Gruppe. Vorbei am Lagerfeuer drehte der Wind und blies mir den Rauch in den Rücken, das Atmen fiel mir schwer und ich musste meinen zielgerichteten Lauf unterbrechen und mehrmals husten. Den Blick wieder klar, bekam ich einen ignoranten, selbstzufriedenen Blick von Anna. Es war gar kein Blick, es war, als wäre ich ein Wegweiser, der ihr anzeigen würde, wo sie nicht hingehen sollte. Ich war nur eine Information für sie, mit der sie nichts mehr anfangen konnte. Schon jetzt nur noch eine peinliche Geschichte, verglichen mit dem Typen, den sie jetzt um sich hatte. Enttäuscht vom Guten im Menschen gab Anna mir keinen weiteren Blick mehr, der Abend gehörte nicht, wie ich es gehofft hatte, uns beiden.

Er gehörte nur ihr, sie musste ein egoistischer Mensch gewesen sein, mehr nicht.

Freitag. Es musste genau 8 Uhr gewesen sein. Die völlig übertrieben große Armbanduhr von Felix piepte immer um Punkt 8 Uhr. Niemand weckte uns bis jetzt, außer dieser dämlichen Uhr. Das Feuer gestern Abend brachte für mich nur einige tiefgreifende, schmerzende Gefühle, die an der Substanz nagten. Schlimmer war nur noch die unbeantwortete Frage des *Warums?* Warum wählte Anna mich aus und warf mich nur kurze Zeit später wie eine leere Dose unachtsam über ihre Schulter? Unendlich viele Fragen dieser Art, nur anders formuliert, beschäftigten mich beim Frühstück, beim Packen der Koffer und natürlich auch bei der Busfahrt nach Hause. Gut waren die Späße von meiner Truppe, sie nahmen den einen oder anderen dunklen Gedanken an Anna und warfen ihn für eine Zeit lang wie einen Ball die Treppe hoch. Leider kam dieser Ball auch wieder die Treppe runter gerollt und so fand ich mich sehr oft wieder nur als stummen Anhang meiner gesamten Klasse, mit den Gedanken an Anna gerichtet. Froh auf ein Wochenende in meinem eigenen Zimmer freute ich mich sogar, meine Schwester wiederzusehen. Wir wurden diesmal von einem anderen, viel freundlicheren Busfahrer abgeholt und zurück zur Schule gebracht. Dort angekommen, ging jeder mit seinem Koffer, wie nach einem Schultag, nach Hause. Meinen Koffer in der Hand, rollte ich über den Zebrastreifen, überquerte die Straße und befand mich schneller als ich es selber mitbekam in meiner Straße. Ich stellte den Koffer ab und atmete tief durch. Mein Blick lag auf dem Fenster meines Zimmers. Noch vor nicht einmal fünf Tagen hatte ich keinen Fremden wie Chris getroffen.

Ein weltoffener Junge, der unheimlich nett zu mir gewesen war, wo ich mich bis heute fragte, warum ich genau einen Tag später die böseste Person, mit der ich bis jetzt je gesprochen habe, getroffen hatte. Beide warfen mich wie gammlige Kartoffeln weg. Auf dieser Klassenfahrt lernte ich das Gute, aber auch das Oberflächliche im Menschen kennen sowie die egoistischen und kalten Seiten, die man von anderen erfahren konnte. Ich wurde sensibilisiert, einen Blick zu entwickeln, der nicht nur das Äußere einer Person sieht, sondern auch die Persönlichkeit dahinter. Aileen konnte ich aber bis heute nicht zu 100 % durchleuchten. Irgendein Puzzleteil fehlt mir bei ihr einfach.

Das erste Waldstück fühlt sich beim Joggen wirklich gut unter den Füßen an. Weich und trotzdem unterstützend für Fuß und Bein. 4968 Meter. 8:36 Uhr. Anna habe ich bis heute nie wiedergefunden oder überhaupt bewusst gesucht. Diese kleine, spitze Nase wurde mir auch online nirgends als *Freund* vorgeschlagen. Ihr Nachname war mir bekannt, war aber zum Glück zu geläufig, um sie mit simplen Suchanfragen zu finden. Fast 20 Jahre später fällt es mir immer noch schwer, diese Klassenfahrt einzusortieren. War sie schön? Irgendwie nicht. Würde ich sie wieder erleben wollen? Ja. Warum? Weil ich denke, dass Enttäuschungen im Leben dazugehören. Die Personen, die ich auf dieser Klassenfahrt getroffen hatte, brachten mir schöne und traurige Erinnerungen, ich trug sie wie Wunden auf der Haut, die aber schon längst geheilt waren und eine schöne Geschichte wurden.

# 5 K

Die Sonne kämpft sich mit aller Kraft durch die vollgepackten Bäume. Eine angenehm kühle und feuchte Luft liegt auf der sandigen Straße, die umzingelt von alt gewordenen Laubbäumen durch diesen Wald führt. Weit vorne springen mir, für einen Wald, untypische Farben ins Blickfeld. Müll aller Art, Handtücher und Klamotten liegen überall auf dem Boden, liegen gelassen von Jugendlichen, die mehr als nur eine Flasche weggesoffen hatten. Sie hatten sich anscheinend letzte Nacht an einem Ruheplatz nah der Waldstraße vergnügt und waren, so wie ihr Dreck verteilt war, quer durch den Wald gezogen. Whiskyflaschen wurden gegen Steine geworfen, die Scherben lagen überall verteilt auf dem Boden. Erwachsen werden bedeutet, das Bedürfnis zu haben, einen Baum pflanzen zu wollen. Wer noch nicht erwachsen werden will, scheißt, wie die hier gewesenen Trottel, auf die Natur und hinterlässt für einige Jahrzehnte eine andere Markierung. Und der hier maßgebliche Verursacher und Übeltäter liegt in den Flaschen. Alkohol. Selbst Aileen trinkt ihn heute noch wahnsinnig gern und auch mal mehr als zwei Gläser vom roten Lieblingswein am Abend. Besonders, wenn Oma Edith zu Besuch ist. Möchte sie die

Anwesenheit ihrer Oma verzerren oder in irgendeiner Art verblenden? Warum trinken wir Alkohol? Weil das Gefühl schön ist? Weil es schmeckt? Das glaubte ich schon bei Zigaretten nicht. Um vielleicht Ängste zu überwinden oder ungelöste Probleme zu betäuben? Das Alkoholtrinken nahm bei mir einen spontanen, fast schon hitverdächtigen Anlauf. Wie die Karriere von einem austauschbaren Sänger, der kein Instrument spielt und nur mit seiner Stimme einmal gut im Tonstudio gesungen hat und dadurch ziemlich schnell ganz oben und noch schneller wieder ganz unten ist. Meine Schwester Oliana war damals mein erster Manager für meine spontane Alkohol-Karriere. Der Job war ihrem Alter geschuldet. Sie war 17 Jahre alt und ich erst zarte 14. Unter ihren Musikerfreunden war sie in Kreisen unterwegs, wo sie dennoch stets die Jüngste war. Sie wollte mir mal zeigen, was eine richtige Party ist und nahm mich mit zu dem 18. Geburtstag von Sergej Blinow.

„Meinst du wirklich, es war okay, den Busfahrer so anzulügen?"

„Mark, nun hör aber mal auf. Wer hat denn das Geld für unsere Busfahrt verschlampt?"

Oliana hatte selten unrecht, trotzdem hatte ich kein gutes Gefühl dabei, den Busfahrer glauben machen zu lassen, dass unsere Mutter im Sterben lag und wir schnell zu ihr ins Krankenhaus mussten.

„Der grauhaarige, alte Busfahrer darf sich jetzt wie ein Held fühlen, er bringt die entzweite Familie kurz vor dem Sterben der Mutter wieder zusammen." Der Bus nahm die Kurve, die zur Stadt führte, etwas eilig und drängte uns auf unseren Bussitzen viel zu eng für Bruder und Schwester zusammen. „Woaaah! Er nimmt seine Rolle jetzt ein biss-chen zu ernst. Kann man ja auch nicht ahnen, dass es noch Menschen mit Herz gibt, oder?"

„Toll, Oliana!" Ich griff ruckartig eine Busstange vor mir und versuchte bei der nächsten scharfen Kurve nicht auf dem Schoss meiner Schwester zu landen. Angespannt und genervt sagte ich zu ihr: „Deine Geschichten bringen immer nur Ärger, Angst und Schrecken."

„Ach bla bla. Wenigstens sind wir pünktlich bei der Geburtstagsparty. Ich hoffe, unser Busfahrer rafft nicht, dass an unserer Zielstation kein Krankenhaus in der Nähe ist."

Der Bus schepperte mit seiner leicht erhöhten Geschwin-digkeit über die Straßen und krachte über jedes Schlagloch. Wir passierten etliche Straßen zu unseren Seiten, der Bus-fahrer, unser Retter in der Not, hatte sichtlich Spaß, zu rasen, und dabei auch noch etwas Gutes zu tun, gefiel ihm anscheinend.

„Ich glaub, ich bin ein bisschen aufgeregt", sagte ich an-gespannt zu Oliana und hielt mich immer noch eisern an einer der Busstangen fest.

„Ach echt?", sagte Oliana im schrillen, verwunderten Ton. „Das brauchst du doch nicht. Ist ja schließlich nicht deine erste Party, oder?"

Ich warf ihr als Antwort einen stirnrunzelnden Blick zu und schüttelte den Kopf.

„Wusste ich es doch." Sie drehte sich auf ihrem Bussitz in meine Richtung und wackelte durch den Fahrstil von unserem Lebensretter, den Herrn Busfahrer, hin und her.

„Also Mark. Das wird heute eine relativ große Party. Es ist ein 18. Geburtstag und die Volljährigen feiern meist richtig doll. Keine Eltern. Kein Geburtstagskuchen. Keine Gummibärchen, sondern nur Bier mit Wein und bestimmt bringt der eine Typ, der jedes Mal dabei ist, seine Shisha mit."

Nach den ehrlichen Worten meiner Schwester sprang ich fast schon vor quälenden Unsicherheiten in mir freiwillig aus dem Bus und wäre am liebsten nach Hause gelaufen, aber ich spielte mir selbst eine coole Facette ins Gemüt und antwortete ihr mit entspannter, reservierter Stimme: „Okay, cool."

„Du könntest gerade platzen vor Aufregung, oder, Mark?"

„Jaaaaa total", antwortete ich ihr und streckte dabei meine Arme nach vorne und dehnte meine Hände. „Ich frage mich, warum ich überhaupt mitkommen wollte."

„Wenn ich dir einen Tipp geben darf, versuch dir als erstes einen entspannten Pegel anzutrinken und lass dich, wenn du einen Gute-Laune-Pegel erreicht hast, einfach auf die Leute ein. Quatsch unbefangen mit ihnen, diskutier mit ihnen über die politischen Veränderungen im Nahen Osten, oder lieber den Westen, da haben viele einfach keine Meinung zu und du kannst ihnen vollkommenen Stuss erzählen, sie nicken es einfach ab."

„Okay, also schnell ein paar Gläser Alkohol exen, Pegel halten und Spaß haben, so richtig?", fragte ich Oliana, während die Busscheiben vom Asphalt der Straße wackelten, dass es laut rumste.

„Ja, grob kannst du das so machen. Nur sei vorsichtig mit dem schönen Alkohol. Nur weil du schon eine gewisse Partyerfahrung hast und weißt, wie man Smalltalk führt, heißt das noch lange nicht, dass du ganz locker, ohne groß zu zucken, ein paar Gläser Bier wegtrinken könntest", sagte sie in einem gelehrten Ton und sprach weiter: „Trink langsam und auch mal ein Glas Wasser dazwischen, das wird sich morgen als hilfreich erweisen."

„Warum?", fragte ich mit offenem Mund, ohne auch nur eine Sekunde zu überlegen, mein Gesicht sah bestimmt auch dementsprechend aus.

„Na Mann Mark, jetzt werd doch mal wach! Vom Alkohol kriegt man in der Regel einen Kater und das …" Der Busfahrer schrie plötzlich durch den Bus: „Eyy ihr zwei, wir sind gleich da! Macht euch bereit zum Aussteigen."

Wir wollten ihn nicht enttäuschen, glaube ich, und sprangen instinktiv im fahrenden Bus von unseren Sitzen und zwängten uns durch das schaukelnde Pferd wie Fische an Land. Es war keine Vollbremsung, mit der der Bus hielt, aber es hatte gereicht, meiner Schwester ein Bein vom Boden zu nehmen, ich war etwas kleiner und konnte mich standhaft halten. Um uns weiter glaubhaft wirken zu lassen, rannten wir aus dem stehenden Bus, als wäre es wirklich um die letzten Lebensminuten unserer Mutter gegangen. Wir bogen in die nicht weit entfernte Straße ab, blieben ruckartig stehen und schnappten nach Luft.

„Also … Alkohol … macht 'nen dicken Schädel …", keuchte meine Schwester. Sie war bei weitem keine Sportlernatur. „… wenn man ordentlich was getrunken hat … aber geh jetzt einfach auf die Party und hab Spaß. Puuh. Sehe ich nach dem kurzen Sprint noch so aus, als hätte ich eine Stunde an meinem Outfit gefeilt, oder ist alles futsch?", fragte sie, richtete dabei ihr kunterbuntes Oberteil, schüttelte ihr schulterlanges, braunes Haar durch, passte die Position ihres schwarzen Haarreifens an und schien nach den nicht sichtbaren Korrekturen wesentlich zufriedener mit sich und ihrem Äußeren. Meine Schwester war eine Person, die dafür keinen Spiegel brauchte, Hauptsache, es fühlte sich gut an. Ohne auch nur annähernd zu wissen, ob sie gut aussah oder nicht, sah sie in meinen Augen wunderschön aus. Wenn wir beide zusammen draußen unterwegs waren, war sie immer die Person, die zuerst angesprochen wurde, egal ob ein Klassenkamerad einfach *Hallo* sagen wollte oder ein völlig Fremder nur nach dem Weg fragte, es war immer zuerst Oliana dran. Vielleicht lag es einfach an meiner dunklen Garderobe; Oliana war auffallend, bunt und schrill gekleidet, wie eine strahlend gelbe Sonnenblume. Ich trug meist, so auch am Geburtstagsparty-Abend, eine blaue, abgenutzte Jeans mit einem blauen oder grauen nichts aussagenden T-Shirt. Mein Kleidungsstil gefiel mir damals sehr.

„So", fing ich an und kündigte aus meinem tiefsten Innern eine Ansage an, für die ich mich noch zusätzlich aufrichtete: „Wollen wir dann jetzt? Klingt jetzt komisch, aber ich will ein Bier trinken, und zwar gleich."

„Jaja, ist ja gut, bin schon fertig."

Oliana nahm mich in den Schwitzkasten. Eine Sache, die ich an ihr hasste, war, dass sie ab und zu ein übertriebenes *Große-Schwester-Syndrom* aufbaute. Eine gutgemeinte Geste, aber ich fühlte mich dadurch nur kleiner und kleiner.

Luftballons? An einem schwarzen Holzlattenzaun hingen drei bunte Luftballons, dahinter stand ein drei Stockwerk hohes Haus mit einem von Bodenkriechern und Nadelbäumen überwucherten Vorgarten. Die einzige Möglichkeit, zu der massiven Haustür zu kommen, war es, sich auf den mit groben Steinen gepflasterten Weg, der auch schon bewuchert wurde, durchzukämpfen. Hätte man die kräftigen Bässe der sorgfältig ausgewählten Partymusik nicht schon längst vor dem Haus gespürt, würde der Kindergeburtstag wirklich nicht weit fern sein. Meine Schwester, die mittlerweile mit gradem Kreuz und rausgeschobener C-Körbchengröße das Gartentor öffnete, wirkte auch nicht mehr sehr selbstsicher. Ich weiß gar nicht, mit welchen Zielen sie auf diesen Abend gegangen ist. Nächstes Jahr stand ihr eigener 18. Geburtstag an, eine Beziehung hatte sie schon lange nicht mehr mit nach Hause gebracht. Mit dem männlichen Geschlecht konnte sie unheimlich gut umgehen und reden, aber, aus meinen Augen, war es das dann auch. Ihr fehlte es immer, die nötigen nächsten Schritte einzuleiten, und die Jungs, die oft schüchtern vor ihr standen, waren auch keine aggressiven Flirter.

Wir traten endlich in Richtung Haustür, da öffnete sie sich schon. Sergej Blinow, ein blonder, kräftiger, aber nicht massiv gebauter Russe und sonst sehr unscheinbar, machte uns die Tür auf und begrüßte meine Schwester mit einer einstudierten Begrüßung. Insider-Begrüßungen waren sowas von albern. Wartend bis sie ihren affigen Begrüßungstanz zu Ende brachten, musste ich an meine Ziele für den heutigen Abend denken. Was wollte ich heute auf dieser Party erreichen? Auch eine Freundin finden? Einen neuen Kumpel, mit dem sich gut Fußball spielen ließ? Einfach nur richtig betrunken werden? Der durch die Elektromusik angekündigte Bass, der anstieg, brachte mich aus den Gedanken und die aufgeregten Hennen neben mir waren endlich fertig. Meine Begrüßung stand an, was wäre angebracht für eine Person, mit der man nur ein paarmal gesprochen hatte, fragte ich mich. Spontan entschied ich mich für die einfache Hand.

„Oho, so förmlich, dein Bruder", sagte Sergej, während er sich durch seine gemachten blonden Haare strich, zu meiner Schwester und machte mich damit noch kleiner, als ich es sowieso schon war. In den nächsten zwei Jahren setzte bei mir erst ein Wachstumsschub ein, der mich auf meine 1,78 Meter vergrößerte, jetzt war ich bei kleinen 1,55 Metern. Als er mir die Hand schüttelte, machte er einen niedlichen Gesichtsausdruck. Sergej war einer der vier Trompetenspieler, demnach etwas aufgedrehter als Oliana, man merkte es sofort an seinem Tempo.

„Ach, der ist nur ein bisschen aufgeregt, gib ihm einfach ein Bier, aber bloß nicht so viel, können wir ihn erstmal keine harten Sachen trinken lassen?" Da waren sie, meine Eltern für meine erste Party mit Alkohol, meine Aufpasser, meine Wächter, meine Garde.

„Ich schätz deinen kleinen Bruder für klug genug ein, dass er weiß, wann es zu viel ist. Also kommt jetzt endlich rein. Los, los, los!" Sergej nahm uns nacheinander an den Schultern und schob uns in den großen Eingangsbereich vom Haus seiner Familie.

„Schuhe könnt ihr anlassen, die Putzfrau kommt morgen. Eure Jacken schmeißt ihr einfach direkt hier links auf das Bett vom Gästezimmer. Für Mark gibt es Bier im Wohnzimmer und für dich, meine liebe Oliana, dich nehm ich gleich mal mit auf die Terrasse, ich muss dir was zeigen." Sergej hatte eine für mich unbekannte Höchstgeschwindigkeit beim Sprechen erreicht. Er sprach deutlich, aber man musste an seinen Lippen hängen bleiben, sonst hätte man vieles verpasst.

„Woah! Gibt es oben auch noch ein Gästezimmer?",
fragte ich selbstsicher und wollte ein lockeres Gespräch beginnen.

„Ja, aber das ist gerade belegt, sowie auch mein Zimmer.
Zum Glück habe ich das Schlafzimmer meiner Eltern abge-
schlossen, da hätten sich sonst auch noch ein paar Leute
ausgetobt." Sergej machte dabei schon zum zweiten Mal
eine Handbewegung, die sein Satzende unterstrich.

„Was?! Wer?! Sonja und Marvin? Ist es endlich
passiert?", fragte Oliana völlig aufgelöst. Der Buschfunk
zwischen den beiden nahm eine rasante Steilfahrt auf und
sehr schnell wurde der eine lauter, während der andere
fassungslos staunte. Während sich die beiden immer
wieder damit abwechselten, nahm ich meinen Weg
Richtung Wohnzimmer auf. Das Haus hatte seinen
Ursprung in den 60er Jahren, aber wurde anscheinend
immer wieder modernisiert. Sehr viele Weiß- und Grautöne
an den Wänden, dazu konsequentes, massives
Holzmobiliar. Man wollte nichts aus Versehen berühren
oder anfassen. Das Wohnzimmer nahm 50 % des Erdgeschosses in Anspruch, es führte vertikal durch eine Seite des
kompletten Hauses und war Zugang auf die, im gartenlie-
gende, Terrasse. Die Bässe strömten immer lauter, ich
glaubte auch klappernde Gläser rauszuhören, die sich
durch die laute Elektromusik bewegten. Im Wohnzimmer
stand der Esstisch jetzt an der Wand und war vollgepackt
mit fertiggemischter Piña Colada, Sex on the Beach, Bier in
allen Farben und Flaschengrößen sowie ein paar Limetten
und Salzstreuer. Einen Bieröffner konnte ich nicht finden,
das hielt mich aber nicht davon ab, ein großes Flaschenbier
aus einem der Kästen zu nehmen und es mit hilflosem Blick

in der Hand zu halten. Bierflaschen mit einem Feuerzeug, Messer, Gabel oder der Tischkante zu öffnen, hatte ich bis jetzt noch nicht gemacht, hätte ich sehr wahrscheinlich in den nächsten Minuten ausprobiert, wäre die Flasche mir nicht ohne zu fragen geöffnet worden. Zwei Typen, beide riesig groß und mit einem faustgroßen Adamsapfel, kamen, um sich Nachschub zu holen. Während sie weiter über ihre Führerscheinprüfungen redeten, schnappte einer von beiden mein Bier und öffnete es mit Hilfe einer Ketchup-Flasche.

„Hier Großer, Prost!", sagte der riesige Typ und reichte mir mit einem Augenzwinkern meine geöffnete Bierflasche.

Wieder ein Stück kleiner geworden, antwortete ich: „Ja genau, Prost!" Nun hatte ich die Aufmerksamkeit von beiden und lächelte immer noch etwas dämlich vor mich hin. Meine ziemlich dämliche Antwort wurde von beiden nur höflich mit einem ausweichenden Lächeln kommentiert, ehe sie sich umdrehten und gingen. Jetzt konnte ich wenigstens in aller Ruhe meinen ersten Schluck Bier genießen. Eigentlich war der erste mit Dennis, wir hatten uns in den letzten Sommerferien ein Dosenbier gekauft, was schon Aufregung genug für uns war, und es ewig lang in der Sonne warm werden lassen, weil sich keiner getraut hatte, es zu trinken. Schlussendlich hatten wir beide daran genippt und es voller Ekel weggeschmissen. Jetzt hatte ich ein gekühltes Bier mit leichtem Limonadengeschmack und 4,8 % vol. Alkohol in der Hand und kein verlorenes Trinkspiel zwang mich dazu, es zu trinken. Ich trank es einfach, weil ich es wollte.

Bier, es schmeckte stark nach etwas Unbekanntem. Würzig und voll, wirkte es kühl und prickelnd im Mund.

Das zweite Unbekannte, der Alkohol, war eindeutig rauszuschmecken. Fast eine Viertelstunde stand ich im Wohnzimmer und trank weiter mein Flaschenbier. Ab und zu hatte ich kurze Gesellschaft von Leuten bekommen, die sich Nachschub besorgten. Jeder, der mich dort stehen gesehen hatte, musste sofort gewusst haben, dass ich hier niemanden so wirklich kannte. Zum Glück hatte ich mit meinem Bier in der Hand immer mehr Spaß bekommen, auch wenn nichts passiert war oder niemand mit mir redete. Meine Position erlaubte es mir, die Terrasse zu beobachten, mit über 12 Jungerwachsenen, die krampfhaft reifer und älter wirken wollten, als ihr noch größeres Gegenüber, eine spaßige Unterhaltung für mich. Und es gab noch das Wohnzimmer, nicht sehr optimal ausgelegt, um die anwesenden Leute zu beobachten, aber man konnte im Vergleich zur Terrasse etwas von den Gesprächen mithören. Ein und derselbe lauter werdende Beat, der sich über eine viel zu lange Zeit nur leicht veränderte, brachte mich in eine spontane Müdigkeit. Vielleicht war es auch das zweite Bier, das ich diesmal selber mithilfe der gleichen Ketchup-Flasche geöffnet hatte. Affen äffen nach. Erstaunlich, dass sich jeder auf dieser Party, ausgenommen diejenigen, die keinen Alkohol tranken, aber dennoch von etwas anderem benebelt waren, sich im Vorfeld auf das gemeinsame Benebeln der Sinne gefreut hatten. Mir machte es gerade keinen Spaß, aber wenn ich um mich herumblickte, waren viele knallrote Gesichter, die lachten und sich Geschichten von *damals* erzählten. Zum Glück machte ein Typ mit bunter Mütze endlich eine komplett andere Musik an, unangenehm war nur, dass ich nur angesprochen wurde, damit ich Platz machen konnte, die

Musikanlage stand hinter mir, man gönnte es mir nicht einmal, dass ich unsichtbar bleiben wollte.

Ein tiefes, entspanntes Durchatmen mit geschlossenen Augen und ich merkte zwei Sachen: Das zweite Bier wirkte mehr als das erste und Musik mit vollwertigen Songtexten und echten Instrumenten brachte mir einfach mehr Freude als gleichbleibender Krach. Es vergingen weitere Minuten mit flüchtigem Augenkontakt zu anderen, die sich niemals mit mir unterhalten hätten, außer ich hätte wieder vor einer Musikanlage gestanden oder aus Versehen etwas blockiert, wo sie hingemusst hätten. Oliana, meine Schwester, die sich wahrscheinlich gerade pudelwohl fühlte, war, seit wir beide hier in dieser gesellschaftlichen Mutprobe angekommen waren, nicht einmal bei mir gewesen. Allein gelassen, gestaltete es sich von Sekunde zu Sekunde schwieriger für mich, aus meiner passiven Schutzhaltung rauszufahren und auf jemanden zuzugehen und ihn anzusprechen. Aber was hätte ich auch fragen oder sagen können? Erzähl mal, wie waren denn nun die Abschlussprüfungen? Wie ist es, drei oder vier Jahre älter zu sein? Hast du Tipps, wie ich eine Freundin finde?

Wenn auch meine Frage flach oder komplex gewesen wäre oder gar interessant, ich wäre durch meine letzten Stunden dennoch der kleine, schüchterne Junge geblieben, der erst nach sechs Liedern und zwei Bieren endlich mal den Mund aufmachen konnte. Nur ein komischer Idiot von Mensch wäre in meiner Situation auf jeden zugegangen und hätte alles und jeden angesprochen, ein überaus stark selbstverliebter Mensch hätte man dafür sein müssen.

Schritt für Schritt ging ich endlich durch das Haus, um mich zu beschäftigen, und um noch beschäftigter auszusehen, fing ich an, das Wohnzimmer zu erkunden. Das dritte Bier veränderte meine Gedankengänge, sie waren schwerer und gewichtiger zugleich. Alte Familienfotos der Familie Blinow faszinierten mich durch den Fakt, dass sehr wahrscheinlich alle Menschen auf diesen Fotos schon tot waren, mit Sicherheit wusste ich das nicht, aber ich nahm mit geschätzten 0,8 Promille vieles einfach hin, so wie ich es zuerst gesehen hatte. Nicht unwahrscheinlich, dass ich in meinem Zustand auch einer völlig weit hergeholten und unsinnigen Argumentation über eine nicht vorhandene physikalische Zahl namens Drölf geglaubt hätte.

Beschäftigt und leichtfüßig mit meinen alkoholisierten Gedanken war ich in der Küche angekommen. Zwei Mädels, die eine saß auf der Küchenablage, die andere klimperte auf einem mir unbekannten Instrument, was ich einmal in einem Videospiel gesehen hatte, musterten mich, als ich die Küche betrat. Weiter sah ich mir, immer noch ganz beschäftigt aussehend, die Küche an. Die beiden nicht unattraktiven Musikerfreundinnen meiner Schwester waren fleißig und leise am Tuscheln, während ich mir den Kühlschrank anschaute und fasziniert von den russischen Schriftzeichen war. Die beiden hatten meine komisch wirkende Anwesenheit schon längst in ihre Unterhaltung aufgenommen. Mit leisen Stimmen lästert es sich leichter, sagte Oma Edith oft. Nur damals wusste ich nichts von diesem Spruch und hatte keine bösen Gedanken an das Getuschel der beiden Mädels hinter meinem Rücken.

„Ey! Suchst du was?", schrie die Sitzende der beiden mit einer amüsierten Stimme.

„Ne, ich guck mich nur um." Meine Antwort glänzte nicht gerade vor Überzeugung, aber sie war ausreichend, dachte ich.

„In der Küche? Hast du keine eigene, oder was?", sagte die andere mit dem Instrument in der Hand und plötzlich sehr unsympathisch wirkend.

„Doch, klar hab ich auch eine!", antwortete ich, als wäre das eine erstgemeinte Frage gewesen. „Also meine Eltern, genauer gesagt, aber ich weiß sie zu benutzen und zu putzen. Ich koch auch schon …"

„TRINKSPIEL! Alle auf die Terrasse, wir wollen uns besaufen, und zwar jetzt richtig!"

Der Typ mit der bunten Mütze schubste mich diesmal in ein Rettungsboot. Er wusste es ganz bestimmt nicht, aber er hatte, mit seinem spontanen Aufschreien, im letzten Moment eine schlimmer werdende, extrem peinliche Situation abgebrochen. Die beiden *Schnepfen*, so blieben sie mir in Erinnerung, machten sich sofort auf den Weg nach draußen, würdigten mich mit keinem weiteren Blick, aber das war mir auch egal. Nun stand ich wieder alleine in der Küche, mit meinem dritten halb geleerten Bier in der Hand, und war überhaupt nicht traurig darüber, dass ich heute Abend wieder ganz alleine in meinem Zimmer sitzen durfte. Der Wunsch nach dem Gefühl der baldig wieder eintretenden Einsamkeit, während man auf einer Party war, blieb mir auch bis heute nicht fern.

„Mark, kommst du mit?" Freudig und leicht angenervt sah ich meine Schwester um die Ecke in die Küche geschossen kommen. „Ich glaub, du solltest mal mitspielen, dann taust du etwas auf, oder möchtest du uns schweigend einfach beobachten?", sagte sie und stemmte dabei ihre Hände in die Hüfte.

„Ich sollte doch heute nicht das harte Zeug trinken." Sie wusste, dass ich recht hatte, aber sie wollte, dass ich erwachsen wurde, also blieb ihr nicht viel anderes übrig. Sie nahm mich an der Schulter und schob mich aus der Küche.

„Ach, da mach dir mal keine Sorgen, wir passen schon alle auf dich auf. Jetzt los!", sagte sie ernst zu mir und bugsierte mich von der Küche über das Wohnzimmer bis hin zur Terrasse.

„Die Sitzplätze werden gerade festgelegt und bei Mäxchen ist es echt wichtig, welchen Sitznachbarn du hast." Voll mit Fragezeichen im Kopf landete ich schlussendlich auf dem Spielfeld. Die Terrasse war eindeutig später zum Haus gebaut worden, sie wirkte wie ein Fremdkörper, genauso wie ich in dieser Runde. Links neben mir saß Sergej und rechts hatte ich den Typen mit der bunten Mütze sitzen, der gerade ganz locker und cool mit seiner tiefen Stimme die Spielregeln erklärte. Beim Zuhören schweifte ich durch alle Teilnehmer, die sich an den rechteckigen Glastisch gesetzt hatten. Gegenüber saß meine Schwester, neben einer Freundin, auf der linken Seite saß noch ein Pärchen, was sich dauerhaft einen Stuhl teilen musste, und daneben zwei weitere Partygäste, die ich nur vom Sehen kannte. Auf der rechten Seite saßen, hinter unserem Spielleiter mit bunter Mütze, die zwei Schnepfen aus der Küche, wo eine von beiden eindeutig mal seine Freundin werden möchte, und dann ein Trio aus Jungs, die alle fast identisch aussahen. Der Typ mit der bunten Mütze, alle sprachen ihn nur mit Ron an, oft übertrieben Englisch ausgesprochen, er war entweder der Älteste von allen oder hatte hier heute Abend einfach das Zepter in die Hand genommen. Alle hörten ihm zu, als wäre er der Weihnachtsmann. Das Rätsel, warum alle nur ihm zuhörten, konnte ich nicht lösen und das Spiel verstand ich auch nicht. Zwei Würfel mussten verdeckt im Uhrzeigersinn weitergereicht werden, vorher sollte man diese verdeckt würfeln, dann war es Aufgabe, rauszufinden, ob derjenige, der einem die Würfel reichte, mit seiner Behauptung, was er gewürfelt hatte, log oder die Wahrheit sagte. Es war ein Trinkspiel und alle am Tisch wussten, dass sie nicht drum herumkommen würden, sich harten Alkohol in den Körper zu kippen. Alle redeten völlig durcheinander, ich blieb einfach still auf meinem Gartenstuhl, meine Schwester winkte mir fröhlich zu, sie war anscheinend auch etwas elektrifiziert von dem Gedanken, sich zu betrinken. Eine Ewigkeit später, als alle das Spiel halbwegs verstanden hatten, starteten wir und ich war direkt als erster dran, die Wahrheit oder Lüge von Ron zu entlarven. Vollprofi, wie er war, ließ er sich in keiner Weise irgendetwas aus dem Gesicht ablesen. Ron sah mich eiskalt an und hielt mir den dunkelbraunen, ledernen Würfelbecher mit einem Bierdeckel drunter in meine Richtung. Als einziger in dieser Runde aus 12 Personen war er schon mit Bartwuchs gesegnet. Das war es! Sein Bartwuchs machte ihn zu einer autoritären Person. Gerade, als ich mich entscheiden wollte, stimmte ein sehr sanftes Lied seine seichten Bässe an. Eigenartig romantisch, vom Zufall veräppelt, fühlte ich mich in dieser Situation. Als hätte ich die Regeln vergessen, waren einige schon ungeduldig dabei, mir zu erklären, was ich jetzt zu tun hatte.

„Lüge", sagte ich unsicher zu Ron. Er fing an breit zu grinsen und zeigte seine Würfel. Selber wusste ich nicht direkt, was ich da sah, konnte es aber anhand der lautstarken Rufe der anderen erahnen. Es war Zeit, einen Kurzen zu trinken. Der Situation ausgeliefert und von Schulterklopfen gestärkt, bekam ich von unserem Spielleiter Ron meinen ersten Wodka gereicht.

„Na dann Prost!", sagte ich, hob mein 4 cl gefülltes Glas in die Runde und schaute dabei zu meiner Schwester, die ein amüsiertes, aber gleichzeitig angeekeltes Gesicht machte. Es brannte wie Feuer, mein Mund war überflutet von einem medizinisch schmeckenden Geschmack, der sich seit dem ersten Augenblick, wo ich mir das Zeug in meinen Gaumen schüttete, in meinem Mund, meiner Kehle und in meinem Magen ausbreitete und sich auch nicht so schnell wieder verflüchtigte. Zum Glück kam ein zweites unangenehmes Gefühl dazu, mein Hals spürte zum ersten Mal eine brennende Substanz und konnte sich schon auf die nächsten Stunden freuen. Die genaue Zahl weiß ich nicht mehr, aber es wird noch einige Treffen dieser Art geben.

„Boah. Woah!", schrie ich in die Runde und bekam respektvolle Zurufe aus der Runde.

„Wie viel Prozent hat der?", fragte ich Ron und versuchte damit, von meiner geschwächten Fassung abzulenken.

„Es sind genau 50 % vol.", sagte Ron in die Runde, dadurch grölte die Menge erneut auf.

Ein rockiges E-Gitarren-Intro ertönte lautstark aus dem Wohnzimmer, es war ein stimmiger Begleiter in den Start dieses spaßigen Trinkspiels. Es fühlte sich jetzt verdammt gut an, mittendrin dabei zu sein und mit all den, zum größten Teil mir immer noch namenlosen Leuten einfach Spaß zu haben. Förmlich angeknipst riss ich den Würfelbecher mit dem Würfel und dem Bierdeckel aus den Händen von Ron und würfelte.

„15", sagte ich, mit einem der schlechtesten Pokerfaces, das die Welt hätte sehen können, zu Sergej. Er nahm den Becher, ohne viel zu überlegen.

„Dein Anfängerglück fordere ich mal lieber nicht heraus." Er würfelte mit einem ängstlichen Blick. Ich glaube, dass er einen Pasch oder eine 21 brauchte, damit er sicher war, selber nicht trinken zu müssen. Natürlich hatte Ron das Glas mit neu aufgefülltem Wodka schon bereit in der Hand. Sergej, Gastgeber und Geburtstagskind, würde sich vernünftigerweise nach sieben weiteren Kurzen aus dem Spiel verabschieden, aber bis dahin müsste er noch sechs weitere Male von diesem ekelhaften Gesöff trinken. Bestimmt hatte ich meinen Promillewert schon auf eine ganze Zahl erweitert, trotzdem war ich immer noch klar bei Verstand. Eigenartig war das Gefühl, gestärkt vom Alkohol zu sein. Es verdunkelte die klaren Gedanken, beeinträchtigte das Sprechen von ehrlichen Worten und veränderte meist die Persönlichkeit zum Negativen. Spaß machte es dennoch, im ersten Moment sogar unheimlich viel.

Das Trinkspiel nahm seine Runden, wir leerten die erste und zweite Wodkaflasche, wir lachten und es wurden Tränen vor Freude vergossen. Ron war gleichzeitig der Typ mit der Shisha und baute sie parallel auf. Dass ich vorher noch nie mit einer Wasserpfeife zutun hatte, hielt mich nicht davon ab, sie auszuprobieren. Ein meditatives, gut schmeckendes Ding. Viele Chipstüten später gab es, zum Erstaunen meiner Schwester, sogar einen übertrieben kindlichen Geburtstagskuchen für Sergej. Jeder, bis auf die zwei wohl überlegt ernährten Schnepfen, hatte ein Kuchenstück auf dem Teller, nebenbei wurde natürlich das Trinkspiel nicht unterbrochen. Einmal verfehlte ich mit einem Kuchenstück auf der Gabel meinen geöffneten Mund. Darüber bewusst, dass ich ziemlich stark angetrunken war, fand ich es in keiner Weise peinlich, dass ich mich mit Kuchen bekleckert hatte. Ich lachte sogar darüber und andere mit mir. Alkohol öffnete und schweißte zusammen.

So betrunken wie ich schon war, liefen die nächsten Stunden wie in einer stimmig geschnitten Montage aus einem Spielfilm ab. Es wurde mit Chips geworfen, das Glas, aus dem wir alle schon mehr als oft getrunken hatten, füllte sich wieder und wieder mit Wodka. Einer von den drei gleich aussehenden Jungs jonglierte mit Becher, Würfel und Bierdeckel, ein anderer hing schon mit dem Kopf auf der Tischplatte, wo er von dem dritten Jungen im Gesicht angemalt wurde. Meine Nummer neun exte ich zusammen mit Sergej und dabei hatten wir unsere Arme gekreuzt. Geteiltes Leid war halbes Leid, so war es zumindest von Sergej auf Russisch angekündigt worden, geholfen hatte es aber trotzdem nicht. Dieser ekelhafte Wodka schmeckte immer noch gleich scheiße. Mittlerweile war mir schlecht und keiner hatte mehr Lust auf Mäxchen spielen. Der Gartentisch wurde hinunter in den Garten getragen und als Ersatz kam die Shisha in die Mitte. Die Truppe verteilte sich wieder, einige waren im Wohnzimmer und machten Musik nach freiem Willen. Wir redeten frei von unseren vergangenen Geschehnissen und aktuellen Ansichten. Ron wollte uns gerade weismachen, dass der Songtext *Hey Ya* von *Outkast* eigentlich eine echt tragische Geschichte erzählte.

„Ihr müsst einfach mal auf den Songtext achten. Der Typ singt *Oh wir kommen zusammen* und direkt danach *Aber getrennt ist es immer besser*. Und ich habe mal ein Interview von den beiden gelesen, wo sie das sogar bestätigt haben."

„Woah! Vielen Dank für diese schöne Interpretation. Jetzt ist dieser fröhliche Song immer traurig für mich zugleich", meckerte meine Schwester an Ron und alle anderen gerichtet.

„Das ist keine Interpretation, sondern lediglich das, was im Songtext steht."

„Ach Ron! Bla bla, du und deine Vorschul-Englisch-Kenntnisse", kam erneut von Oliana zurück. Ich glaub, meine Schwester mochte den Song wirklich gerne, vielleicht ist sie … Oh Gott, mir war verdammt schlecht.

„Oliana, jetzt sei doch nicht so eingeschnappt", sagte Ron zu ihr und zog nochmal an der Shisha. „Viele Lieder, die eine fröhliche Melodie haben, sind mit traurigen Songtexten ausgestattet." Meine Schwester, unverständlicherweise immer noch beleidigt, würdigte ihm keinen Blick mehr.

„Die ach so berühmten Sänger müssen sich ja irgendwie ausdrücken. Keiner von denen hat, glaube ich, eine einzige wirklich echte Person um sich herum."

Dieses Gelaber hielt ich echt nicht mehr aus, was interessierte mich denn die Psyche von den Popstars dieser Welt. Ron hörte einfach nicht auf mit seiner Geschichte.

„Diese ganzen Manager, Agenten und Presseleute, die ihnen tagtäglich nur das Beste unter die Nase reiben, reden doch gar nicht mehr zu der eigentlichen Person, die hinter dem Künstler steckt."

Boah, mir war das echt zu viel. Ich stand auf und machte voll konzentrierte Schritte, um so natürlich wie möglich zu wirken. Fix durch die Terrassentür, dann durch das

Wohnzimmer und da kam mir schon mein letztes Essen durch meine Speiseröhre nach oben gekrabbelt und fiel auf die Fliesen im Flur. Man konnte schon lange nicht mehr erkennen, was es war, es roch unangenehm und war dickflüssig. Sofort sprangen einige zur Seite und Sergej kam schon mit einem Eimer. Einer der Schnepfen half mir sogar und trug mich unter den Armen, zusammen mit Sergej, in Richtung Badezimmer. Kurz vor dem Waschbecken musste eine zweite Ladung heraus. Die andere Schnepfe meckerte mit meiner Schwester, Oliana stand schon, mit Brot und Wasser in der Hand, vorm Badezimmer.

„Dein Bruder ist doch erst 13 oder 14 Jahre alt, oder, Oliana? Wie kannst du es zulassen, dass er sich schon so betrinkt?"

„Er wird dieses Jahr schon 15 und wir müssen ja alle irgendwo unsere Erfahrungen sammeln", sagte Oliana und kehrte der Schnepfe danach den Rücken zu. Meine Schwester war nicht mehr da, aber ich hatte ja zwei, die sich um mich kümmerten. Sie schleppten mich nach zwei weiteren Entladungen, die diesmal in der Toilette landeten, nach oben und legten mich auf ein riesiges Schlafsofa in das Zimmer von Sergej. Den Eimer hielt ich, während ich in einer Embryohaltung auf dem Bett lag, ganz fest in meinen Armen. Sie ließen mir noch dunkles Brot da und zwei Flaschen Wasser, gaben mir noch eine dünne Decke und dimmten das Zimmerlicht auf eine schummrig warme Lichtstimmung herunter. Aufgegeben, die Drehungen, die ich in meinem Kopf machte, zu zählen, lag ich ewig auf dem Bett und wühlte mich vor schwindeligen Gefühlen hin und her. Wahrscheinlich schlief ich nach nur wenigen

Augenblicken ein, aber der Weg dorthin war anstrengend und wahrlich zum Kotzen.

Als würde man die Vorhänge von einem Fenster aufreißen, schnellten meine Augenlider auf. Das dunkle Zimmer war nur vom Mondlicht erhellt. Im Haus gab es kein einziges Geräusch mehr zu hören. Auf dem Zimmerboden schliefen zwei oder drei Personen, mehr konnte ich im Dunkeln nicht erkennen. Neben mir lag eine von den Schnepfen, nur mit ihrer Unterwäsche bekleidet, schlief sie tief und fest auf der Seite weiter, ich wollte gerade wieder einschlafen ... Oh, mein Fitness-Tracker vibriert.

# 6 K

Irgendetwas mit *Anaerober-Effekt* steht auf der Uhr. Schlimmer ist aber, dass ein Balken zu sehen ist, der bei Grün startet und bei Rot, mit einem Farbverlauf, endet. Eine kleine Jogger-Figur wandert, in dem Augenblick, als der Fitness-Tracker vibriert, auf der Skala Richtung Rot. Eigentlich dachte ich, dass joggen nur positive Effekte hat. Muskelkater und die Erschöpfung danach einmal ausgeklammert, finde ich es doch komisch. Positive Dinge, die uns erfreuen, Spaß machen und uns sehr guttun, können blitzschnell sehr negativ werden. Die Party bei Sergej machte nach den ersten Gläsern von warmem Wodka unheimlich viel Spaß, schwenkte dann sehr schnell um und wurde, für mich, eine Horrorerfahrung. Viel von dem, was an dem Abend noch passiert ist, kann ich nicht aus meinen Erinnerungen wiedergeben. Was ich noch wusste und mir später erzählt wurde, war es ein aufregender Abend, ein paar Schritte mehr in Richtung Erwachsen werden, dachte ich mir damals. Warum gerade ausgiebig Alkohol trinken zum Erwachsen werden dazugehört, weiß ich auch nicht. Meine Schwester ging am nächsten Morgen mit mir zu einem dekadenten Frühstück an einer Imbiss-Bude und fragte mich, ob ich den letzten Abend bereute. Heute habe ich für diesen Abend weniger Verständnis, bereue ihn aber genauso wenig wie damals.

Das lange Waldstück nimmt noch kein Ende. Ein glücklich wirkendes Jogger-Pärchen kam mir vorhin entgegen und grüßte mich freundlich, unterbrach sogar seine Unterhaltung dafür, ehe es normal weiterredete. Die Anstrengung war den beiden nicht anzusehen, entweder sie wohnen hinter einem der Bäume und waren gerade erst losgelaufen, oder sie sind so richtige „Jogger". Mich sahen sie an und wussten bestimmt sofort, dass ich ein blutiger Anfänger bin. Saubere Laufschuhe, schweißgebadeter Haaransatz, knallrotes Gesicht und eine mehr als sichtliche Ermüdung beim Laufen geben auch selbst einem Möchtegern-Detektiv alle Hinweise für eine treffende Schlussfolgerung. Ich sehe in den beiden ein bestens ausgerüstetes, perfekt passendes und sich ergänzendes Pärchen. Er, mit seinem positiven Motivationsspruch auf dem T-Shirt und sie mit ihrem nicht geburtsfreundlichen Becken werden wahrscheinlich nie ihre Gene weitergeben. Für mich, und zum Glück auch für Aileen, sind Kinder im Leben ein Abschnitt, der nun mal zum Leben dazugehört. Dass man für diesen Abschnitt allerdings mehr als nur ein einziges T-Shirt mit einem positiven Spruch draufgeschrieben braucht, kann keiner wissen. *Suche und konzentriere dich auf das Positive. Das Negative spürst du von ganz alleine* wäre ein ganz passender Spruch, der mir spontan dazu einfällt.

Aileen und ich waren vollgepumpt mit positiven Gedanken, als wir unseren ersten positiven Schwangerschaftstest auf der Badewannenkante sahen. *Positiv,* aus wissenschaftlicher Sicht ein Wort, was positive und negative Gefühle zugleich in einem erwecken kann; betrachtet man das Wort aus der Gefühlswelt, ist es ein stets schönes Gefühl, es unterstreicht das Vergangene oder Aktuelle in schönen Farben, es ist ein wiederkehrender Besucher auf dem langen Weg zum Glück. Als ich damals die zwei blauen Striche auf dem Schwangerschaftstest sah, hatte ich nach dem kurzen positiven Glücksgefühl einfach nur Angst. Der Weg bis zur eigentlichen Geburt war nicht steinig, nein. Er war wie eine dunkle Straße in den Bergen, gepflastert voller Unsicherheiten und unbeantworteten Fragen, die am Rand standen und einfach ungefragt mit in das neu gekaufte Familienauto stiegen.

„Waaaaaahhh! Wir kriegen ein Baby!" Aileen schrie so laut, dass die Nachbarn mit Sicherheit auch von unserem Glück erfahren hatten. „Ich hoffe, es wird ein Mädchen!", schrie sie erneut mit einer tieferen Stimmlage, während sie sich mit feuchten Augen an mich krallte. Meine Gedanken malten schon zahllose Erinnerungen an schlaflose Nächte, bei denen man nur Babygeschrei im Ohr hatte, oder an Babybrei, der durch die Küche flog und keine Stelle trocken ließ. Die Zeit der Zweisamkeit hatte mit dem positiven Schwangerschaftstest ein Verfallsdatum. Wir beide wollten diese Schwangerschaft, hatten sogar schon länger als geplant probiert schwanger zu werden und dennoch saß neben der Freude ein kleiner Mark mit Wanderrucksack und braungebrannter Haut auf einem Wanderweg irgendwo in Australien und winkte mir zum Abschied mit einem Gesichtsausdruck zu, der sagte: „Bis bald!"

„Freust du dich gar nicht? Du hast bis jetzt gar nichts gesagt, wir werden bald Eltern, Mark!", sagte Aileen zu mir, nahm den Schwangerschaftstest in die Hand und zeigte ihn mir nochmal, als wäre es schon das neu geborene Baby.

„Ich … freu mich riesig. Mir ist nur gerade bewusst geworden, dass wir innerhalb von wenigen Sekunden einen gewaltigen Schritt in unserem Leben gemacht haben", sagte ich mit einer hoffnungsvollen Stimme.

„Ja, aber ist dir das nicht vorher bewusst gewesen?"

„Doch schon. Ich habe mir diesen Augenblick lang gewünscht, aber dabei nie daran gedacht, wie er, wenn der Moment mal soweit ist, sich anfühlen würde. Ich bin, glaube ich, gerade etwas sprachlos, leicht verunsichert, überwältigt von der Verantwortung, die uns erwartet. Haben wir überhaupt schon mal über Kindernamen geredet? Wir müssen jetzt ganz schön viel einkaufen. Ich werd mein Büro verkleinern und in das Wohnzimmer …" Aileen stoppte mich in meinem leicht panischen Geschwafel und nahm mich in den Arm.

„Hey Mark. So aufgeregt hab ich dich seit unserem ersten gemeinsamen Flug nicht mehr erlebt", flüsterte sie und begann, meinen Hinterkopf zu streicheln. „Es gibt so viele Menschen mit glücklichen Kindern. Wir schaffen das, da bin ich mir ganz sicher. Wir leben Gott sei Dank in einem Land, wo niemand hungern muss oder unfreiwillig eine Waffe in die Hand gedrückt bekommt." Der Vergleich war etwas hart, aber Aileen hatte recht.

Sie packte mein Gesicht zwischen ihre Handflächen, schaute mir in die Augen und sagte: „Wir wollen das, wir können das! Du kannst das, werde ein starker Papa!" Zwar hatte ich einen kurzen Gefühlsausbruch, aber Aileen nahm ihn doch etwas zu ernst. Wir schauten uns weiterhin an und ich musste schmunzeln und Aileen fing an, Grimassen mit meinen Wangen zu formen.

„Hey, was machst du da?", dabei konnte ich kaum ordentlich reden. Sie schüttelte meine Wangen und knetete jeden Muskel in meinem Gesicht durch.

„Ich versuch das ernste Gesicht, das ich gerade bei dir gesehen habe, aus deinen Muskelerinnerungen heraus zu kneten. Sowas will ich nicht nochmal sehen und schon gar nicht in den nächsten 40 Wochen meiner ersten Schwangerschaft, ist das klar, mein lieber Mark?"

„Alles klar", nuschelte ich durch meine durchgekneteten Wangen.

„Was machen wir mit unserer Hochzeit? Wollen wir dann vorher noch heiraten?", fragte ich sie und setzte unsere aktuelle gute Laune ganz bewusst aufs Spiel. Aileen nahm ruckartig die Hände von meinem Gesicht. Sie wirkte von ihrer Reaktion selbst erschrocken und versuchte sich sehr schnell nichts von ihrer gekippten Stimmung anmerken zu lassen.

„Ich … Ich …Ja, äh, hast du schon einen Termin beim Standesamt gemacht?", fragte sie mich zwar, aber war mit den Gedanken wieder ganz weit weg.

„Alles gut, Aileen. Schritt für Schritt, wir sind verlobt und das bedeutet mir auch sehr viel. Wir können auch noch heiraten, wenn wir zwei Kinder haben, so haben wir wenigstens die niedlichsten Blumenkinder überhaupt."

„Okay - klingt gut", sagte sie leise. Jetzt hielt ich sie im Arm, hatte dabei zwar ein positives Gefühl, aber wissenschaftlich ausgedrückt behielt ich meine negative Prognose für mich.

28 Wochen waren es noch. Gurken im Wasser, Gurkensalat, Gurken in geschnittenen Würfel und nicht zu vergessen Gurken in Scheiben. Es fing vor gut einem Monat an, Aileen hatte die, in ihren Augen, sinn- und geschmacklose Gurke für sich entdeckt und futterte jetzt an schlechten Tagen mindestens eine halbe Gurke, an guten Tagen zwei Ganze. Das Kinderzimmer war eingerichtet und bereit für unser Baby. Dem völligen Unverständnis von Oma Edith wollten wir uns die, wie wir sie nannten, ultimative Überraschung belassen. Bis zur Entbindung wusste keiner von uns das Geschlecht. Das Kinderzimmer strichen wir in einem kräftigen, sonnigen Gelb, hatten uns einen von diesen Straßenteppichen besorgt und der Wickeltisch mit dem flüssigkeitsabweisenden Bezug war vollgepackt mit ungeöffneten Windelpackungen. Aus Vorfreude saßen wir nun sehr oft in dem Kinderzimmer und waren gelangweilt, wir hatten nichts mehr zu besorgen. Oma Edith hatte, sobald sie von der Schwangerschaft gehört hatte, ihre noch vorhandene Kraft in zwei Wochen kanalisiert, und schleppte Aileen fast täglich zu Babyeinkäufen. Es war eine sehr anstrengende Zeit für Aileen, der Sommer war in diesem Jahr heiß und lange ohne Regen. Viel zu auffällig häufig holte Oma Edith in den letzten Wochen ihre einzige Enkelin von der Arbeit ab.

„Gestern war ich ganz kurz davor, einfach den hinteren Büroausgang zu nehmen, um ihr auszuweichen, und ihr zu schreiben, dass ich länger arbeiten muss", sagte Aileen zu mir und biss dabei wütend von einer ganzen Gurke ab. Sie stand mit starrem Blick in der Küche, auf dem Küchentisch lagen bunte, große und winzige Tüten voll mit Babysachen. Mit der Gurke in der Hand und wippendem Knie schaute

sie einfach nur vor sich hin. Ich saß am Tisch und durch-
forstete die aufgezwungene Beute.

„Freu dich doch. Deine Oma kennt sich komischerweise
ziemlich gut aus, was man heutzutage so alles für ein Baby
braucht und …" Aileen unterbrach mich.

„Ach Blödsinn! Sie packt nur alles in den
Einkaufswagen, was mit Babys zu tun hat. Hauptsache, es
hat Pastellfarben. Wir haben drei verschiedene
Windeleimer, wozu?" Während sie vor sich hin meckerte,
lief sie in der Küche auf und ab.

„Lass sie doch einfach machen. Sie hat anscheinend Spaß
dabei, uns, äh nein, dir etwas Gutes zu tun."

„Das ist ja das Eigenartige", sagte sie, senkte ihre Stimme
und blieb an der Küchenanrichte stehen, schnappte sich ein
Schneidebrett und schnitt ihre angebissene Gurke in
Scheiben. „So wirklich spaßig wirkt sie dabei nie und fröhlich schon gar nicht. Als ich ihr erzählt habe, dass ich
schwanger bin, hat sie gelächelt, aber auch nur ein bisschen.
Warum macht sie diese Hamsterkäufe mit mir? Wofür? Ich
versteh es nicht und fragen brauch ich sie auch überhaupt
nicht, da würde sie sofort eine tränenreiche Szene
veranstalten, du kennst sie ja! Das würde nichts bringen."
Wir waren nicht einmal bei der Halbzeit der Schwangerschaft angelangt. Aileen hatte sich vor ein paar Tagen ihr
schulterlanges, schwarzes Haar bei ihrem Lieblingsfriseur
auffrischen lassen, mehr äußerliche Veränderungen gab es
bis jetzt noch nicht. Wir warteten sehnsüchtig auf den
wachsenden Bauch.

16 Wochen noch. Glücklich, mit Babybauch von der
Öffentlichkeit als baldige Eltern angesehen, gab es immer
mehr Personen, die ihre eigenen Erfahrungen ungefragt uns

beiden ans Herz legten. Wir erfuhren, dass ein Baby im Alter von 6 Wochen in seinem eigenen Zimmer, getrennt von den Eltern, schlafen sollte, es sei gesund und ein ruhiger Schlaf wäre besser für das Kind. Meine Meinung zu diesem Thema war fernab von einer nur ansatzweisen Ähnlichkeit. In den letzten Wochen las ich drei verschiedene Baby-Ratgeber und alle waren bis auf minimale Abweichungen davon überzeugt, dass ein Neugeborenes in dem ersten Lebensjahr die Nähe zu den Eltern braucht. Es waren Themen dieser Art, Themen der Grundeinstellung, an die wir beide uns doch nach den anderen anpassen sollten. Dass 30 Jahre eine lange Zeit war und sich seitdem viel im Bereich der Kindererziehung geändert hatte, war vielen schlicht und einfach egal. Sie hielten an ihrem Wissen fest und versuchten es mit aller Kraft in uns hineinzupressen. Meine Eltern nahmen sich zum Glück, auch zur Freude von Aileen, zurück. Sie behielten ihr Wissen für sich mit den Worten: „Wir wussten bis zur Geburt von dir auch nicht, wie man ein Baby hält und haben es trotzdem geschafft, dich dick und rund zu füttern."

Meine Schwester war nach der Botschaft unseres bald kommenden Nachwuchses und ihrem baldigen Titel als Tante ganz anders gestrickt, sie wollte uns beiden immer überaus moderne und experimentelle Arten für die Handhabung mit Babys zeigen. Vor ein paar Wochen kam sie sogar mit einem Prototypen-Löffel-Ding um die Ecke. Sie hatte das Teil von einem Bekannten aus ihrem Musikerkreis bekommen, er suchte noch nach Investoren und gab seine ersten Muster fleißig an werdende Eltern zum Testen. Es war ein Portionierungslöffel aus elastischem, hautfreundlichem Material und getaucht in babyfreundlicher Farbe, um die Windelcreme aus der Tube aufzunehmen und auf das Baby aufzutragen.

„Ich glaube, das ist ein bisschen zu viel des Guten", sagte Aileen ganz freundlich zu Oliana. Wir saßen gerade in einem Café und hatten unsere drei sahnigen Obsttortenstücke bekommen.

„Ja, ich denke, das Eincremen schaffen wir auch ohne so einen Löffel, aber danke dir", ergänzte ich und versuchte Aileen damit in voller Kraft zu unterstützen. Meine Schwester konnte oft zu ehrgeizig in ihrem helfenden Dasein werden.

„Aber wollt ihr euch jedes Mal vor dem Wickeln die Hände waschen, das vergisst man doch viel zu oft, und habt ihr euch die Hände gewaschen, müsst ihr das kleine Würm-chen wieder anfassen, weil es loszappelt und dann müsst ihr euch wieder die Hände waschen. Wisst ihr denn nicht, wie empfindlich Babys gegen die Bakterien der eigenen Eltern sind?" Oliana beugte sich, während sie sprach, zu uns vor, als würde sie ein Staatsgeheimnis ausplaudern.

„Ja, kann schon sein, aber wir beide sind nicht in der Medizin tätig oder haben tropische Krankheiten an den Fingerkuppen. Also … danke dir, aber das ist mir dann doch zu doof." Aileen erhob die Stimme, sodass zwei Nach-bartische ihre Unterhaltung pausierten. „Seit Jahrzehnten schmieren Mütter und hoffentlich auch viele Väter mit ihrem Finger die Creme an den Babyhintern", sagte Aileen und ich kassierte einen kurzen, aber scharfen Blick von ihr und freute mich nur noch, wenn diese Schwangerschaft vorbei war. Sie schlug mit der geballten Faust auf den Tisch und sprach mit zusammengepresstem Kiefer: „Warum darf ich jetzt nicht meinem Kind mit dem blanken Finger den Hintern eincremen?"

Ich hoffte darauf, dass meine Schwester bei dieser kräftigen Ansage von ihrer fast Schwägerin ihre nächsten Worte genauestens vorsortierte, aber meine Hoffnung starb diesmal als erstes und war schon eingeäschert worden. Es war nicht die Schuld von Oliana, dass wir drei unsere Obsttortenstücke niemals aßen, es war die Schuld von vielen. Aileen war durch die letzten Wochen stets auf Alarmstufe Gelb. Wenn man ihr versuchte Tipps und Ratschläge für ihr neues Mamaleben zu geben, nahm sie diese stumm auf, bedankte sich für diesen tollen, einzigartigen Ratschlag und drehte sich auf der Stelle um und explodierte innerlich vor Wut. Dass Oliana gerade das Fass zum Überlaufen gebracht hatte, hätte ich erkennen müssen, aber meine überaus lebendige Schwester war mit ihren Taten oft schneller als ihr eigenes Gefühl der Empathie. Sie nahm den Baby-Creme-Prototypen in die Hand.

„Okay. Ich glaub, du weißt nicht, wie das Teil funktioniert", und schon befand sich etwas Sahne von Aileens gerade von der Bedienung abgestellten Tortenstück auf dem Löffel-Prototypen.

„Das hier ist die Babycreme, okay?", und zeigte Aileen mit ihrem Finger das vollgeladene Ende vom Löffel, als wäre sie zwei Jahre alt gewesen. Alarmstufe Orange. Oliana nahm die noch geballte Faust von Aileen und zog sie in die Mitte des Tisches.

„Stell dir vor, deine Faust ist der Hintern von deinem Baby." Sie strich mit diesem abnormal langen, elastischen Löffel die Faust von Aileen mit Sahne ein. Alarmstufe Rot.

„Siehst du! Das geht so einfach. Mit deiner Faust vielleicht nicht so ganz gut, aber Mann, lass doch mal ein bisschen locker, warum bist du so angespannt? Aber hey, schon fertig. Deine eingecremte Faust sieht doch ganz gut aus und jetzt nimmst du nur ein Tuch - Mark, du brauchst deine Serviette sowieso nicht, gib mal - und machst den Löffel sauber. So … was sagst du jetzt dazu?", fragte Oliana mit einer zurückgelehnten, selbstsicheren Haltung. Ich spürte die Wasserpartikel in der Luft sich erwärmen. Aileen schloss die Augen, nahm einen kräftigen Atemzug, nahm ihr Tortenstück in die Hand und Biss davon ab, nahm die Serviette von Oliana und wischte sich die Hände sauber, stand auf und ging einfach. Nun endlich hatte Oliana auch begriffen, dass es Zeit war, die Sache ruhen zu lassen. Meine Geldbörse zückte ich zu schnell, sodass mir ein paar Münzen auf den Boden fielen.

„Es ist, glaube ich, nichts gegen dich, Oliana. Aileen wurde in den letzten Wochen für die dümmste Mutter in spe gehalten. Also mach dir keinen Kopf und wir sehen uns bald. Hab dich lieb!", sagte ich zu ihr, während ich meine Münzen aufsammelte und ohne groß zu überlegen legte ich ausreichend Geld auf den Tisch.

Aileen war schon weit vorausgelaufen, und mein Trinkgeld war mehr an Oliana gerichtet als an unsere Bedienung. Anstrengend war die Zeit der Schwangerschaft auch für mich, als Harmonie suchender Mensch konnte ich sie kaum finden. Zum Glück waren meine Eltern, wie schon immer, sehr distanziert. Volle Aufmerksamkeit bekam ich von den nah stehenden Tischen, als ich losrannte, um Aileen einzuholen.

„Du hättest sie ruhig mal anschreien können, das könnte sie mal gebrauchen. Sie wusste noch nie, wann Schluss ist", sagte ich zu ihr, während ich sie einholte.

„Ich möchte nicht schreien! Ich will nicht so viel psychischen Stress während der Schwangerschaft. Ist bestimmt nicht sehr gut für unser kleines Baby", sagte sie, während sie ein Taschentuch aus ihrer Tasche kramte. „Ich wein es jetzt einfach raus und dann sollte es gut sein", sagte sie verletzt und schnaubte sich die Nase. Ihr Gang war weitaus schneller und sie versuchte komischerweise auch vor mir zu fliehen, hatte ich das Gefühl.

„Das ist doch auch keine Lösung. Du kannst ruhig sagen, was du denkst", sprach ich zu ihr, während sie auf dem gut befüllten Fußgängerweg immer schneller wurde.

„Kann ich? Es hört doch keiner mehr hin." Ihre Stimme wurde wieder lauter und sie blieb plötzlich mitten auf dem Gehweg stehen. „Ich habe es satt, dass mir alle ihre Weisheiten so verpacken, als wäre es die einzig wahre Medizin und ich bin die völlig erkrankte Patientin, die absolut abhängig davon ist. Das ist scheiße! Ich möchte selber Fehler machen und selber meine Erfahrung sammeln, möchte selber entscheiden, ob ich so einen dämlichen Löffel brauche oder nicht. Warum darf ich nicht in Ruhe schwanger sein?", schrie sie um sich und fiel mir bei ihren letzten Worten in die Arme. Wir umarmten uns und waren ein stutzig machender Blickfang für die Leute, die um uns zwei herumlaufen mussten.

„Komm, wir gehen nach Hause, vorher holen wir dir noch zwei Gurken. Magst du dir nicht spontan Urlaub nehmen?"

„Oh ja! Urlaub. Das habe ich ja komplett vergessen. Das ist eine verdammt gute Idee, mein lieber Mark!", sagte sie und schon lächelte sie wieder mit ihren süßen Grübchen.

2 Wochen noch. Der Herbst hielt die Temperaturen ungewohnt hoch. Es war 19 Uhr, die letzten Sonnenstrahlen fielen auf die Straßen hinab und die blaue Stunde begann. Kugelrund kämpfte sich Aileen durch die letzten Wochen. Hitzewallungen und das Verlangen nach Fleisch trieben uns einmal die Woche in ein Burger Restaurant, das nur 20 Minuten mit dem Auto entfernt lag. Ein großer offener Parkplatz lag vor dem Restaurant, es ähnelte einem amerikanischem Highway Diner, es hatte sogar ein Eingangsschild aus erleuchteten Neonröhren. Viel wichtiger war aber die Klimaanlage im Restaurant.

„Von Gurken auf pures, fettiges Burger Fleisch. Das nenn ich mal einen Hormonwechsel", sagte ich zu Aileen, die gerade ihren Burger mit zwei Händen aus dem Körbchen hochhob und zum Reinbeißen ansetzte.

„Krass, oder? Ich wette, das Baby ist ein Junge. Der letzte Ultraschall ergab ja ein Gewicht von grob 3600 Gramm und mein Körper braucht in den letzten Wochen extrem viel Fleisch und Fett. Willst du keinen Burger?", sagte sie und machte einen kräftigen Biss in ihren Burger, sodass der Salat laut knackte.

„Nene, heute bleib ich nur bei meinen Pommes." Schon beim vorletzten Mal starb das Bedürfnis nach Burger in mir. „Hmm ja, gut möglich, obwohl ich von Studien gelesen habe, bei denen man dieses Phänomen nicht nachweisen konnte. Vielleicht baust du gerade einfach nur Energiereserven für die Entbindung auf." Wir saßen uns, in einem Séparée mit einer großen Fensterscheibe, gegenüber. Das tiefblaue Licht von draußen versuchte durch die Fensterscheibe zu kommen, wurde aber von dem weißen Restaurantlicht abgehalten. Ein überaus freundlicher Kellner kam zu uns an den Tisch und fragte uns mit einer ansteckend entspannten Art, ob alles okay sei.

„Ich hätte gerne einen Schoko-Milkshake mit Keksteig", platzte Aileen aus dem Mund und dabei ein paar Burger-Zutaten gleich mit.

„Gerne. Bring ich euch sofort", antwortete der Kellner und ließ sich beim Anblick von Aileen, so professionell wie er nur sein konnte, keinen Ekel anmerken.

Das Restaurant war der perfekte Ausgleich zu der einsamen Wohnung, in der wir die letzten Wochen unserer Zweisamkeit verbrachten. Zwei Wochen Urlaub hatte ich schon und Aileen war schon seit vier Wochen zuhause. Es war kein anstrengender Weg hier in das Restaurant und dennoch waren wir beide ausreichend erschöpft, wenn wir wieder zuhause waren, und fühlten uns zufriedenstellend verausgabt. Oft teilten wir uns das Restaurant nur mit einer Handvoll anderen Gästen, wir genossen die Zeit unter Menschen, aber waren gleichzeitig froh, dass es nur so wenige waren.

„Hast du auch Angst vor der Entbindung?", fragte ich sie.

„Du hast *auch* Angst, Mark? Warum das denn? Ich habe meine Hüftknochen in den letzten Wochen um mehrere Zentimeter ausgebreitet, ich bin bereit." Der Milkshake wurde gerade an unseren Tisch gebracht.

„Dankeschön!", nuschelte Aileen und nahmen einen kräftigen Zug vom dickflüssigen Schoko-Milkshake und erzählte weiter: „Ich glaube, ich werde gar keine Zeit haben, um an sowas wie Angst denken zu können."

Plötzlich stieß sie einen Schrei aus, zuckte zusammen und ließ ihren Milchshake fallen, sodass der Tisch langsam, aber sicher von der dickflüssigen Schokomilch überrannt wurde.

„Oh mein Gott! Jetzt? Wir haben deine Kliniktasche nicht dabei", schrie ich, dass der ganze Laden auch Bescheid wusste. Ich lehnte mich zu ihr rüber, um sie festzuhalten, die Aufregung in meiner Stimme war in jedem Wort rauszuhören.

„Ahhhhh! Fuck! Ich glaube, meine Fruchtblase könnte geplatzt sein!" Die Schmerzen waren mehr als eindeutig rauszuhören.

„Ich schau mal nach", und lugte unter den Tisch. „Jap. Die Bombe ist geplatzt. Wir stehen jetzt langsam auf, während zahl ich und dann gehen wir ganz langsam zum Auto. Denk an deine Atmung, Aileen."

Der erste Adrenalinkick setzte ein, die Augen waren weit geöffnet und blinzelten ohne meine Kenntnis. Jetzt geschah jede Aktion in meinem Kopf erst nach zwei Kontrollgängen. Wohl überlegt, präzise und gleichzeitig stressfrei für Aileen mussten meine nächsten Schritte sein. Keine leichte Aufgabe. Ich griff ihr unter die Arme und half ihr hoch, in meinem Kopf breitete sich ein vollgekritzeltes A1 Blatt auf einem, mit einem einzigen Spot beleuchteten, Wohnzimmertisch aus. Die tausenden möglichen Szenarien der Geburt, die sich die letzten Wochen auf dem riesig großen Blatt ausgemalt hatten, verschwanden und es war eine klare Linie auf einer Stadtkarte neben einer Aufgabenliste zu erkennen.

Der erste Abschnitt würde wie folgt ablaufen: Aileen sanft Richtung Parkplatz helfen, danach die Rechnung bei einer besorgten, gleichzeitig uns beglückwünschenden Bedienung bezahlen. Zwanzig Minuten Fahrweg in die Wohnung, bei der man nur auf einen zügigen Verkehr und leuchtend grüne Ampeln hoffen konnte. Angekommen an der Wohnung, werde ich zwanzig Sekunden brauchen, um die vier Stockwerke hoch zu rennen, meinen Haustürschlüssel beim dritten Versuch ins Türschloss stecken, nach einer gefühlten Ewigkeit endlich die Tür öffnen, die Tasche suchen und sie nicht dort finden, wo ich dachte, sie zu finden. Aileen würde währenddessen im Auto warten, die Zündung hätte ich angelassen, damit ein Lied im Radio laufen würde, was sie in ihrem Leben nie mehr vergessen würde. Mit der Tasche in der Hand sollte ich meinen Laufschritt auf dem Weg nach unten drosseln, um der Gefahr eines Sturzes aus dem Weg zu gehen. Am Auto angekommen, frage ich, ob Aileen irgendetwas braucht, sie würde nur verneinend den Kopf schütteln, danach folgt der fünfzehn Minuten Fahrweg in das Monate vorher ausgewählte Krankenhaus. Wie damals bei der Fahrt zur Anmeldung am Krankenhaus werden mich erneut die roten Ampeln nerven. Das Radio würde ich, drei Minuten, bevor wir am Krankenhaus ankommen, abschalten, um in Ruhe meine Gedanken zu sortieren.

Der zweite Abschnitt: Mein Körper würde mich erneut unter einer unfreiwillig hohen Dosis von Epinephrin setzen, die fleißig von meiner Nebenniere produziert wird. Mit leicht erhöhter Geschwindigkeit, die ein paar Blicke von den Leuten, die am Krankenhauseingang rauchen, auf sich ziehen würde, bremse ich bedacht das Auto direkt vorm

Eingang ab und nehme die Tasche vom Rücksitz, helfe Aileen aus dem viel zu tiefen und aktuell ungeeigneten Kombi heraus. Die Autotür schließe ich dann mit einem kräftigen Armschwung, drücke blind den Schließknopf am Autoschlüssel in meiner Hosentasche und laufe ignorant an der Anmeldung vom Krankenhaus vorbei, da sie mir das sagen würden, was ich schon weiß, werden wir direkt in den Fahrstuhl gegenüber einsteigen. Die letzten Meter als verantwortungsloses Paar, das immer noch nicht verheiratet ist, würden nun anstehen.

Der letzte und wahrscheinlich längste Abschnitt würde nun beginnen: Mehrere ähnlich aussehende Krankenschwestern würden zum wiederholten Male ähnliche Fragen stellen und bei meinen Antworten, zu meiner Verwunderung, jeweils unterschiedlich reagieren. Die dunkle Straße der Geburt bekommt plötzlich scharfe Kurven und viele Gestalten stehen am Straßenrand, vollbeladen mit unklaren Aufgaben und unbeantworteten Fragen würden sie meinen Kopf damit vollscheißen. Warum hat man sich vorher die Entbindungsräume zeigen lassen und auf jedes Detail geachtet, es kommt einem lächerlich eingebildet vor. Wozu brauche ich jetzt eine Anlage, um meinen MP3-Player anzuschließen? Warum würde ich das Bedürfnis haben, das Raumlicht lila zu färben? Bei dem lauten Gestöhne, das Aileen unweigerlich vor Schmerzen von sich gäbe, würde ich beeindruckt sein, wie konzentriert und routiniert die Krankenschwester bleiben. Mehrere Stunden würden vergehen, ehe wir uns dem eigentlichen Boom nähern würden. Stunden, wo mir nichts weiter übrigbleiben würde, als mich im Krankenhaus umzuschauen, um einen Getränkeautomaten zu finden und andere Mütter mit ihren schlafenden

Neugeborenen freundlich zu grüßen. Vielleicht würde mich genau jetzt, wo ich gerade meinen Kaffee austrinke, eine aufgeregte, den langen Gang entlang spurtende Krankenschwester abfangen, um mir zu sagen, dass es losgeht. Den Kaffeebecher, nicht ganz ausgetrunken, würde ich in den Mülleimer werfen, das Wechselgeld, zur Freude vom bald nächsten werdenden Vater, im Automaten vergessen und zusammen mit der Krankenschwester in den Entbindungssaal stürmen. Die übergroße Tür, passend für die Krankenhausbetten, geöffnet, würde ich die ersten blutverschmierten Laken sehen. Die Frage der Krankenschwestern, ob es mir gut ginge, würde ich nur mit einem Kopfnicken beantworten. Total fehl am Platz, nicht mehr als ein atmendes Hindernis, stelle ich mich an die Seite von Aileen und halte ihrem schmerzenden Händedruck stand. Mit großer Wahrscheinlichkeit nur ein Bruchteil ihrer Schmerzen, würde ich ein aktiver Teilnehmer von unserer ersten Geburt werden. Meine Position würde es, im Gegensatz zu Aileen, erlauben, einen erschreckend blutigen Blick auf das bald geborene Baby zu haben. Ein erster kratziger Schrei würde ertönen, die dunkle, kurvige Straße war bezwungen und auf einmal hell erleuchtet.

Ob die letzten 18 Stunden sich nun so abgespielt hatten, wie ich es mir damals ausgemalt hatte, weiß ich nicht mehr. Unsere Tochter war mit ihren 3711 Gramm ein ordentliches Paket. Als sie von mir die Nabelschnur durchgeschnitten bekam und blutverschmiert auf die Brust von Aileen gelegt wurde, schienen schon die letzten Sonnenstrahlen durch das Fenster in das Entbindungszimmer. Meine Ohren waren taub von den Eindrücken und purer Dankbarkeit für diesen Moment. Es war ein Dienstag. Erstarrt, regungslos, auf Pause gesetzt, konnte ich nur das beobachten, was vor mir auf Aileens Brust lag. Unser kleines Wunder namens Lea.

Die ersten Nächte zuhause waren für uns junge Eltern sehr anstrengend. Man erreichte gemeinsam ein neues Stadium der Müdigkeit. Hatte man einen Moment, um problemlos einzuschlafen, so war ich einfach schon zu müde zum Schlafen. Die Beine und Arme zogen beim Liegen tief in das Bett, aber es gelang mir einfach nicht, in die Traumwelt einzudringen. Die Gedanken waren viel zu oft noch aktiv am Arbeiten. Unsere Bastard-Tochter brauchte bis auf frische Windeln und regelmäßiger Brust noch nicht viel Aufmerksamkeit. Es war eine Zeit, wo wir auf Zehenspitzen liefen, uns flüsternd unterhielten und die Waschmaschine nur dann anmachten, wenn wir spazieren gingen. Tagsüber schliefen wir alle, so gut es ging, in zweistündigen Abschnitten und nachts selten mal in Vier-Stunden-Abschnitten, aber das war dann eine *gute Nacht*. Dem Schlafmangel verschuldend kamen wir beide auf keine wirkliche Reflektion unserer aktuellen Situation, die Vorstellungen, die man vor der Geburt an das Leben mit Baby hatte, waren vergessen. Wenn wir um 7 Uhr morgens aufwachten, wussten wir, dass wir um 11 Uhr von unserem ersten Mittagsschlaf aufwachen würden. Lea wusste, wie man es sich richtig gut gehen ließ. Sie schlief, sie aß, sie kackte, sie aß und schlief wieder ein. Ein sorgenfreies Leben, es erfüllte uns mit reinem Glück, es ihr zu geben. Aileen erzählte mir alle zwei Tage, wie gerne sie selber ein Baby in unseren Armen gewesen wäre. Wir, die Eltern, waren zwar in den Augen von Lea, laut unseren zahlreichen Besuchern, die uns wieder mit ihrem Wissen ersticken wollten, noch verschwommene Gestalten, aber das störte uns herzlichst wenig. Diese kleinen Babys wussten auch ohne ein scharfes Bild, wer ihre Eltern waren. Zum Ärgernis von Aileen mutierte ihre Oma Edith plötzlich zu einer Person, die überall Angst und Schrecken für das Baby sah.

„Habt ihr schon alle Steckdosen gesichert? Ein Herdschutzgitter gekauft? Schränke und Schubläden mit Magneten gesichert? All eure Elektrogeräte wie Rasierer außer Greifnähe gebracht?" Sie schaute mich dabei an und ich sah ihre frechen Gedanken Form annehmen. „Puuuhh ah, ganz vergessen, Mark. Dir wächst ja immer noch kein Bart", sagte sie und fing über ihren Witz an zu lachen, als wäre eine rote Steinmauer aus einem Comedy-Club hinter ihr aufgebaut gewesen.

„Raus!", blökte Aileen, stand mit Lea in der Armbeuge vor ihr und zeigte auf die Tür. „Seit Tagen gehst du mir mit deiner dämlichen Checkliste auf die Nerven. Lass mich doch einfach in Ruhe. Wenigstens für ein paar Tage!"

„Los, Edith! Du darfst jetzt gerne gehen. Gib uns ein bisschen Freiraum", ergänzte ich mit einer ekelhaft netten Art und holte ihre Jacke und schob sie in Richtung Tür.

„Hey! Ihr seid ja ein paar Halunken, nehmt doch einfach meine Hilfe an", schrie sie, dabei schob ich sie, voller Aufregung, mich endlich gegen sie aufzustellen, raus aus unserer Wohnung.

„Tschüss Oma Edith", sagte ich zu ihr und grinste sie zufrieden an. Die Tür fiel in den Rahmen und Aileen und ich standen still, warteten mehrere Sekunden auf eine Regung von unserem ganz persönlichen Hausdrachen. Einen Blick durch den Türspion wollte ich nicht riskieren, ich stellte mir ihren fassungslosen Blick in meinen Gedanken vor und das reiche mir aus. Nachdem ihre langsamen, wehmütig klingenden Schritte immer leiser die Treppe hochhallten, drehte ich mich zu Aileen um.

„Wir haben uns verändert, nicht wahr? Vor ein paar Wochen hätten wir das Getue deiner Oma über uns ergehen lassen und wären nach einem Streit, zwischen uns beiden, mit schlechter Laune eingeschlafen", sagte ich und packte Aileen stolz an den Schultern.

„Ist doch gut, und ich bin mal gespannt, welche Veränderung wir nach der Geburt unseres zweiten Kindes erfahren dürfen", sagte sie mit einem Dauergrinsen bis hin zu den Ohren.

„Du denkst jetzt schon an das zweite?"

„Ja klar. Warum denn nicht? Wir sind doch schon so müde wie noch nie zuvor in unserem Leben. Lass uns einfach gleich weitermachen", sagte sie, während ihr Lächeln in einen ernsten Blick wandelte.

„Na dann! Zwei unter zwei!"

Acht Wochen lebten wir schon unsere neue Routine mit Baby durch den Winteranfang. Alles war in Abschnitte aufgeteilt, ein Film, das Abendessen, man konnte nichts mehr in einem Durchgang beenden. Der Rückweg vom Frauenarzt war eisig kalt. Aileen hatte ihre Nachuntersuchung bei ihrer langjährigen Frauenärztin gehabt, eine eigenartige Situation bot sich mir dort. Lea machte gerade ihre zwei oder auch drei Sekunden langen Kopfhebe-Übungen bei mir in der Babytrage. Momente wie diese genoss ich, als Vater das eigene Baby selbst am Körper tragen zu dürfen, war was ganz Besonderes. Viele Momente zum Aufbauen einer Bindung gab es in den ersten Wochen für Väter nicht. Weichgekocht von den Emotionen zu Lea war ich mehr als geschockt, als ich aus dem Wartezimmer beobachtete, wie Aileens Frauenärztin plötzlich in Tränen ausbrach. Sie traten gerade aus dem Behandlungszimmer, als die in die Jahre gekommene Ärztin, wegen ihrer Tränen, ihre Brille abnehmen musste. Ich hastete etwas zu schnell für jemanden mit einem Baby an der Brust zu den beiden.

„Alles okay? Was ist passiert?", fragte ich. Aileen war es sichtlich unangenehm, gerade in dieser Situation von mir bemuttert zu werden.

„Nichts. Gar nichts, ich freu mich, dass es Ihnen und Aileen so gut geht", sagte die Frauenärztin zu Aileen und tätschelte ihre Hand dabei.

„Aber nun will ich euch beide nicht weiter aufhalten. Genießt die noch halbwegs ruhige Zeit mit eurer Tochter." Schon wieder, ungefragte Ratschläge warteten wirklich an jeder Ecke. Zum Abschied umarmten sich die beiden herzlich und wärmend. Beide wirkten ihrer eigenen Gefühle nicht ehrlich gegenüber.

„Was war das gerade?", fragte ich Aileen und brachte sie aus ihren stillen Gedankengängen.

„Du meinst meine Frauenärztin?", und sprach dabei in ihre Laufrichtung. „Sie ist wohl in den Wechseljahren und gerade etwas überemotional. Sie kennt mich schon, seit ich das erste Mal mit 14 Jahren zu ihr gegangen bin."

„Ah okay", gab ich zufrieden von mir. „Trotzdem war es ein eigenartiger Moment, die junge Arzthelferin am Empfang nahm euer Theaterstück auch mit skeptischem Blick unter die Augen."

„Das war bestimmt nur eine neue Praktikantin, die kennt das bestimmt noch nicht. Frau Doktor ist in letzter Zeit häufig sehr emotional." Aileen wusste gerade auf alles eine Antwort.

Nicht weniger ausgeschlafen wachte ich genervt von dem gestrigen Tag durch die letzten Herbst-Sonnenstrahlen auf. Gestern hatten wir die doppelte Flut an klugen Tipps bekommen. Wir spazierten wieder über unseren Lieblings-weg, nah an den Bahnschienen entlang. Lea schrie sich auf halber Strecke in einen Heulkrampf. Wir hätten auch nach Hause rennen können, aber wir wussten beide, dass in dieser Situation nur ausreichend Nähe half. Aileen schnappte sich Lea auf den Arm und versuchte sie zu beru-higen. Nun hatte ich den Kinderwagen vor mir und schob ihn mit einer schnellen Geschwindigkeit vor mich her, um die beiden bewusst schneller laufen zu lassen. Wir mussten die Bahnschienen über eine Fußgängerzonen-Brücke über-queren, vom weiten sah ich schon eine Gruppe aus gut ge-launten Rentnern. Lautstark wie eine Kindergartengruppe lachten und hampelten sie mit einer, wahrscheinlich alko-holisierten, Stimmung in unsere Richtung. Kurz über meine Schulter geblickt, sah ich den hoffenden Blick von Aileen, dass sie sich auch wünschte, dass die insgesamt über 1000 Jahre alte Gruppe ein wenig Vorsicht gegenüber einem jetzt schon schreienden Baby walten lassen würde.

„Ach du meine Güte. Hannelore, schau mal. Sieht aus wie deine Lütte", sagte eine der Damen und stellte sich direkt vor Aileen und versperrte ihr den Weg. Genervt und überfordert blieb ihr erstmal nichts anderes übrig, als freundlich zu bleiben. Eine zweite Dame stellte sich zu ihnen und nahm einen genauen Blick auf Lea.

„Na Mensch, aber echt! Sieht aus wie meine Enkelin. Wie alt?", fragte sie Aileen und nahm dabei einen unangenehm nahen Abstand zu ihr ein.

„Ähhhh", antwortete sie und wich erstmal ein großes Stück zurück. „22 Wochen."

„Ah, na dann isst er bestimmt schon vom Löffel, oder?" Es war unangenehm zu beobachten, wie nah die alte Dame wieder an Aileen aufrutschte.

„Sie, und nein, noch nicht."

„Wissen Sie, was da hilft?", fragte die alte Dame zwar, aber erwartete gar keine Antwort. „Einfach mal das Kind nicht mehr stillen, irgendwann wird es den Löffel akzeptieren."

„Das mach ich ganz sicher nicht!", schimpfte Aileen und befreite sich aus der Bedrängnis der alten Dame und ging einfach weiter. Die alten Damen meckerten über uns, waren fassungslos von diesen, wie sie es nannten, *jungen Leuten heutzutage.* Kurz bevor wir außer Hörweite waren, schrie einer von den, seit mehreren Jahrzehnten unter den Pantoffeln stehenden, Männern: „Tschüss und viel Erfolg noch, ihr Rabeneltern!"

Ein Blitzschlag traf uns beide, wie der einzelne stehende Baum auf dem Berg einer öden, trockenen Landschaft.

„Die wissen doch gar nicht, was sie sagen. Sind viel zu betrunken", sagte ich zu Aileen. Bis wir zuhause ankamen, waren wir stumm nebeneinanderher gelaufen. Den Kinderwagen schob ich Stufe für Stufe vorsichtig die Treppe rauf, Aileen war schon ein Stück vorausgelaufen. Ein weiterer Tag neigte sich wieder dem Ende, frischer Wind wirbelte das Laub auf der Straße hoch in den blauen Abendhimmel, wir waren alle froh, wieder in einer windstillen Wohnung zu sein. Lea war durch die 68 Stufen der vier Etagen auf Aileens Arm mit offenem Mund und dem Nuckel auf halb acht hängend eingeschlafen. Wir hatten in den letzten Wochen nicht auf Anhieb alles richtig gemacht, hinterfragten uns oft selber, änderten von einem zum nächsten Tag unsere Ansichten der Kindererziehung, ab und zu änderte auch nur einer von uns seine Meinung. So geschah es unweigerlich oft, dass wir uns abends, wenn in dem ganzen Haus Ruhe einkehrte, zofften.

Ein sonnenstarker Morgen zauberte den Streit vom Vorabend erst einmal unsichtbar. Mit einer albernen, mir selbst aufgezwungenen Bewegung drehte ich mich ruckartig zu Lea und Aileen um. Nun sah ich die beiden, wie sie mich, noch ein wenig verpennt, anschauten. Lea hatte etwas Augenbutter im Gesicht, mit meinem Finger nahm ich es und pustete es mit einem übertriebenen Pups-Geräusch von meinem Finger. Lea lachte los. Sie lachte so kräftig, dass sie ihren Nuckel aus dem Mund fallen ließ.

„Was ist denn jetzt los?", fragte Aileen erstaunt von dem ihr völlig fremden Geräusch ihrer Tochter. „Mach das nochmal!"

Ich pustete nochmal mit einer ähnlich übertriebenen Art und wieder lachte Lea. Zum zweiten Mal in ihrem Leben und zum zweiten Mal für uns lachte sie aus aller Kraft und brachte uns zum Lachen. Es war ein strahlend heller Morgen geworden, unser Schlafzimmer füllte sich immer mehr mit warmen, wohlig geformten Gefühlen, die einem fast unendlich viel Kraft gaben.

# 7 K

7000 Meter! Fucking 70 % geschafft. Unglaublich, dass ich immer noch ohne einmal anzuhalten laufen kann. Meine Kehle brennt, meine Atmung wird anstrengender und mittlerweile merke ich eine unheimliche Erschöpfung in den Armen. Die Scheiße wird echt anstrengend. Langsam brauch ich aber mal wieder festen Asphalt unter meinen Füßen. Ein weicher Boden ist zwar ganz angenehm, aber auf Dauer ganz schön anstrengend. Wir behielten den damaligen Plan, schnell ein zweites Kind zu machen, bei uns und wurden, wieder einmal, von allen und jedem gewarnt. Pia wurde nur 18 Monate nach der Geburt von Lea geboren, hatte aber schon bei der Geburt mehr Haare als Lea auf dem Kopf. Beide schwarzhaarig, wie ihre Mutter, waren wir nun schon seit fast drei Jahren unverheiratet zu viert unterwegs. Es wurmt mich zwar immer noch sehr, dass mich Aileen nicht heiraten möchte, aber ich könnte auch gleichzeitig jetzt vor Freude weinen. Zwei gesunde Kinder, die täglich lachen und weinen, spielen und Freude am Leben haben. Das letzte Mal, dass mich so viel Glück fast schon unerwartet traf, ist in einem gar nicht so unähnlichen Moment passiert.

Spontaner wollten wir damals werden, wo wir noch keine Kinder hatten. Daraus ergab sich ein Fünf-Tage-Urlaub mit Hannah, einer Arbeitskollegin von Aileen, und ihrem Freund Lewin, nach Sardinien. Aileen und ich kannten das Land und die beiden nicht wirklich gut. Wir glaubten, dass ihr eigentliches Urlaubspärchen kurzfristig abgesagt hatte, aber wir wollten auch nicht nachfragen. Voller Vorfreude war Aileen beladen, im Hinblick auf diesen günstigen Urlaub, der von uns nicht mal mehr groß geplant werden musste. Wie auch schon damals war ich bei der Vorstellung, einen Urlaub mit unserer ehemaligen Trainerin für Dreier, zu verbringen, ein wenig skeptisch. Ich mochte Hannah irgendwie nicht gerne um mich haben, aber sie hatte uns sogar die Flüge gebucht. Sie war eine Frau der Taten, das war das Einzige, was ich an ihr schätzte.

Mit zwei vollgepackten Koffern, die nur durch unsere eigene Bettwäsche und Handtücher so voll waren, standen wir mit einem aufgeregten Magen am Flughafenterminal und warteten auf die beiden.

„Hannah. Das war doch die eine, die uns die Bar für unseren Dreier empfohlen hat?", fragte ich Aileen und suchte parallel meinen Ausweis in meinem Rucksack.

„Ja. Das hast du aber schon hundert Mal gefragt. Lewin und Hannah sind die, die das schon ein paar Mal gemacht haben, und dein Ausweis und auch mein Ausweis und unsere Flugtickets liegen versteckt in deiner Rückentasche im Rucksack", antwortete sie leicht genervt.

„Okay", gab ich zurück und schaute in die Rückenta-sche. „Hab sie gefunden! Puh, nochmal Glück gehabt. Ent-schuldige, dass ich vielleicht nochmal frage, aber warum mussten wir Bettwäsche und Handtücher einpacken?" Aileen studierte gerade die Flugtafel.

„Gate 92. Wir wohnen in dem Haus von Lewins Ver-wandten und ich möchte mich nicht gerne mit fremden Handtüchern an der Mumu abtrocknen."

„Kann ich verstehen, aber wozu die Bettwäsche?" Sie gab mir als Antwort nur einen ernsten, angenervten Blick. „Ah stimmt. Wir wollten schwanger werden. Sorry, ich ver-gaß!"

„Nein, wir müssen! Meine fruchtbaren Tage fallen genau auf diese Woche in Sardinien. Ich hoffe, unser Zimmer hat einen schönen Meerblick", sie klatschte dabei freudig in die Hände.

„Ich bin gespannt, was Lewin für ein Typ ist. Hast du ihn schon mal gesehen?", fragte ich und schaute durch den wirren Trubel am Flughafenterminal.

„Ja, aber nur ein paarmal. Durchtrainierter Typ. Gleich groß wie du, aber wesentlich breiter."

„Okay", sagte ich leicht verdutzt mit einem großen An-teil an Vorurteilen. Dabei fielen mir einige zwiespältige Per-sonen, die am Terminal standen, auf. Ob einer von den tau-senden Menschen schon mal einen anderen Menschen umgebracht hatte?

„Na, ich hoffe, er ist nicht einer von diesen braunge-brannten Schönlingen, die sich ständig duellieren und be-trinken müssen", sagte ich und sah eine stille Bestätigung im Gesicht von Aileen, die sie nicht verbergen konnte.

„Weiß ich nicht, aber Hannah kenn ich auch gar nicht so wirklich, zwar arbeite ich mit ihr zusammen, aber unsere Redezeit kann man auch in eine Spielfilmlänge pressen. So werden wir beide nicht drum herumkommen, uns den beiden zu öffnen und sie kennenzulernen", sagte Aileen in einer belehrenden Art.

Die geplante Woche sollte wie ein genauestens durchstrukturiertes Fünf-Gang-Menü ablaufen, wie in einem edlen Restaurant. Wir wussten alle, dass ein Ende in Sichtweite war, dass ich darüber mehr als erfreut war, behielt ich erstmal für mich.

„Hast du meine Laufschuhe eingepackt?", fragte ich Aileen und wollte schon einen Koffer auspacken, um ihn zu durchwühlen.

„Ne. Du?"

„Och Scheiße! Dennis meinte, da gebe es verdammt schöne Laufstrecken", motzte ich, der Ärger über mich selber war spürbar in meiner Stimme zu hören. „Ich habe mir dafür extra Laufschuhe gekauft."

„Dann fängst du halt nach dem Urlaub mit dem Laufen an, ist doch nicht so schlimm", beruhigte Aileen mich.

„Ach. Mach ich doch eh nicht. Weißt du doch auch", warf ich ihr zurück und ärgerte mich dermaßen über mich selber, dass ich den Koffer mit Wucht zuknallte.

„Wo sind die beiden jetzt? Ich will einchecken." Ich kramte die Flugtickets aus meiner Hosentasche und suchte unsere Sitzplatznummern auf den Tickets.

„Hey! Hast du gesehen, wir sitzen im Flugzeug gar nicht nebeneinander?"

„Ja, habe ich gesehen", sagte sie in einer noch mehr beruhigenden Stimme zu mir. „Schaffst du das mit deiner Flugangst?"

„Muss ich ja. Ich werde mich von all den, mir völlig unbekannten, knackenden Geräuschen des Flugzeugs irgendwie alleine ablenken müssen. Weißt du, ob ich meine Kopfhörer eingepackt habe?"

„Ja. In deinen Rucksack, direkt neben – oh, da kommen sie endlich. Hallo, hier!", schrie Aileen quer durch das Terminal. Sie winkte den beiden mit einer mir unbekannten übertriebenen Freude, dass mir schlecht beim Anblick wurde. Sie benahm sich auf einmal, als wäre sie das ausgestoßene Mädel in der Oberstufe und nun hatte sie die Möglichkeit, sich mit dem beliebtesten Mädchen der gesamten Schule anzufreunden. Hannah sah vom weiten aus wie das typische Mädchen Nr. 1 von dem Albert-Schweitzer-Gymnasium. Natürlich war sie für ein Mädchen erster Klasse auch noch extravagant gekleidet. Ihr blondes, im Haaransatz hellbraunes Haar reichte bis unter ihre Schultern. Ein extra edles, grau-grünes und transparentes knielanges Kleid machte Platz, um sich von ihren High Heels ablenken zu lassen. Dahinter, unschwer zu erkennen, ihr pures Fleischpaket von Freund, Lewin. Gewisse Vorurteile bestätigten sich in mir und weitere kamen bei dem Anblick von diesem durchtrainierten Muskelpaket hinzu. Er war mir jetzt schon zu verliebt in seinen eigenen Körper. Zwar lächelte er freundlich, während er Aileen begrüßte, aber beide waren mir einfach zu stylisch perfekt, sodass ich mich dabei ertappte, leicht angewidert zu sein, obwohl ich das gar nicht wollte. Ich kannte die beiden ja noch gar nicht.

„Heyho!", sagte Lewin und kam mit einem schwerfälligen Gang auf mich zu. „Du bist Mark, nicht wahr?"

„Jap, der bin ich", antwortete ich und gab ihm die Hand. Er war, kurz bevor ich ihm die Hand reichte, schon in einen *Wir-checken-uns-ab-Modus* gewechselt. Peinlich unangenehm berührt standen wir uns einen kurzen Moment gegenüber. Ich mit der ausgestreckten Hand, bereit für eine förmliche Begrüßung. Lewin, die offene Hand oben, bereit zum Abklatschen wie unter Sportlerkollegen halt. Wir hampelten kurz wild hin und her und boxten uns nun mit der geschlossenen Faust ab, endlich hatten wir diesen gesellschaftlichen Zwang beendet. Genervt war Lewin von dieser kleinen Peinlichkeit anscheinend mehr, als man auf Anhieb bemerkte. Direkt nach unserer Begrüßung wandte er sich von mir ab. Wollte überhaupt nicht plaudern, schnappte nur sein Smartphone und drehte sich von uns weg. Hannah und Aileen gaben sich die absurdesten Komplimente zu ihren Outfits, sie waren die gebündelte Aufregung in zwei Personen. Froh darüber, dass die beiden sich gut verstanden, stand ich als stille dritte Person bei ihnen im Unterhaltungskreis, aber gab mich wieder meinen eigenen Gedanken hin und beobachtete Lewin. Konnte er überhaupt seine Arme gerade nach unten locker lassen? Wozu diese Ankle-Jeans mit weißen Schuhen, war er 12 Jahre alt?

„Oh, das wird SO unheimlich toll", sagte Hannah auch mal zu mir gerichtet mit einer übertriebenen Art. „Oh, und habe ich euch schon erzählt, dass es vielleicht nur ein Schlafzimmer gibt?"

„Äh nein! Und warum vielleicht?", frage Aileen verwundert mit einer mir viel zu freundlichen Art.

„Lewin meinte, dass seine Familie das Haus gerade renoviert hat und die Bauarbeiten sind vielleicht noch nicht fertig, aber so genau weiß er das auch nicht. Aber letzte Woche haben mehr als vier Personen dort gewohnt, also wird da schon genug Platz zum Schlafen vorhanden sein", plapperte Hannah mit einem unangenehm schnellen Tempo, fast schon auswendig gelernt, vor sich her.

„Na gut. Dann lassen wir uns überraschen, würde ich sagen, oder?", sagte Aileen und schaute mich fragend und perplex zugleich an.

„Ja, wird schon", antwortete ich und hätte hier schon wissen müssen, dass etwas Arges im Busch war.

Hannah und Aileen vorne, ich leicht hinter den beiden und Lewin gut drei Einkaufswagen hinter mir, gingen wir in Richtung Check-in. Die beiden Damen vor mir waren sich noch nicht einig, was sie schöner fänden, entweder heut Abend in ihren, extra dafür passend ausgesuchten, Abendkleidern an der Strandpromenade von Olbia die Läden erkunden und irgendwo anhalten, um sich von den lokalen Gerichten den Gaumen verwöhnen zu lassen, oder mit, ebenso sorgfältig ausgewählten Jogginghosen und Hoodies einen Supermarkt finden, um sich durch die nur anders benannten, aber eigentlich gleichen Süßigkeiten durchzufuttern. Beide Ideen hätten mir auch Spaß gemacht.

Das Gepäck abgegeben, ging es nun durch die Sicherheitskontrollen. Wer jetzt noch ein wenig Vorfreude auf seinen Urlaub besaß, wurde von den missgelaunten Sicherheitsbeamten derer beraubt.

Lewin schob sich, zu meiner Verwunderung, zu mir rüber. Ich stand gerade, mit Blick nach draußen, an der riesig großen Fensterscheibe und konnte unser Flugzeug am Gate stehen sehen.

„Heyho. Kleines Selfie, bevor wir abstürzen?"

„Ähhhh." Die ehrlichste Antwort, die ich jemals gegeben hatte. Ich wusste einfach nicht darauf zu antworten.

„Haha!", lachte Lewin laut und gab mir mit seinem Ellbogen einen kräftigen Ruck in die Seite. „Nur ein kleiner Witz. Hast du Flugangst?", sagte er und ohne meine Antwort abzuwarten, plapperte er weiter: „Oh, jetzt aber das Selfie!" Er hielt seinen Arm mit seinem Smartphone total übertrieben weit nach oben in die Luft und gab mir noch letzte Anweisungen, wo ich am besten stehen sollte, welchen Blick ich aufsetzen sollte und was für eine Pose am coolsten wäre.

„Na geht so", sagte er nach unserer kleinen Fotosession und ich wollte gar nicht wissen, was mit den Fotos, aus seinen Augen, nicht stimmte.

„Am Strand kriegen wir richtig coole Fotos hin", sagte Lewin zu mir und forderte mich erneuert für einen Handschlag auf. Diesmal gelang er uns beiden ziemlich gut, aber die anheizende Wirkung blieb aus.

„Oh, das Boarding geht los. Na endlich", sagte Lewin und eilte schon Richtung Gangway.

„Warte! Ist nur für Priority-Fluggäste", schrie ich hinterher, um ihm eine weitere Peinlichkeit zu ersparen.

„Ja na klar! Steht hier auch drauf", schrie er zurück und zeigte mir voller Freude sein Ticket, dazu eine ausgestreckte Zunge und einen dämlichen Surfergruß.

„Hannah hat die Tickets gebucht. Keine Ahnung, warum sie uns kein Pritory-Boarding dazugebucht hat", sagte

Aileen, die plötzlich neben mir stand, und ich zuckte kurz vor Schreck zusammen.

„Boah Mensch. Hab voll gezuckt." Mein Puls war plötzlich auf einer Achterbahnfahrt.

„Hey Mark, alles gut? Du bist ja vollkommen durch. Was ist los?", fragte Aileen und legte mir ihre Hand auf meine Schulter.

„Ach, keine Ahnung. Lewin ist irgendwie echt nicht mein Typ Kumpel. Und hat Hannah uns absichtlich nicht nebeneinandersitzen lassen und warum haben wir kein Pritory-Boarding?"

„Na, das Flugzeug hat ja nur eine begrenzte Kapazität, das weißt du schon, ja?" Sie fuhr langsam ihre Krallen aus. „Wenn alle Plätze weg sind, dann sind sie weg. Also sei froh, dass sie uns noch welche besorgen konnte."

„Du weißt schon, dass ich durch meinen Beruf mit dem An- und Verkauf von Waren und Dienstleistungen sehr wohl vertraut bin, oder?", antwortete ich ihr und setzte mich auf eine unangenehm harte Bank. Wir mussten nicht lang warten, bis endlich alle anderen normal sterblichen Fluggäste aufgerufen wurden. Das letzte Bodenpersonal war überaus freundlich, nahm einem das Flugticket ab, scannte es und wünschte einem einen überaus angenehmen Flug. Ob das letzte Bodenpersonal stets freundlich zu allen einsteigenden Gästen sein musste oder sogar dazu trainiert worden war? Im Falle eines Flugabsturzes wurde man wenigstens zuletzt sehr freundlich behandelt.

Mein Sitzplatz 27B wurde mir wieder mit einer überaus freundlichen Weise mit einer nach hinten deutender Handbewegung gezeigt. Immer noch mit der Frage beschäftigt, wo mein Sitzplatz nun wirklich war, sah ich Hannah und

Lewin schon mit Sekt in der Hand auf ihren Plätzen sitzen. Beide waren auf ihre jeweils unterschiedliche Art mit sich selbst beschäftigt, somit konnte ich, ohne dass ich es überhaupt beabsichtigt hatte oder mir viel Mühe gab, ungesehen an den beiden vorbeigehen. Bei Reihe 12 angekommen, verabschiedete sich Aileen mit einem Kuss von mir und umarmte mich, um mir Kraft für den Flug zu geben. Einerseits süß und andererseits machte es meine Angst nur noch realer, wenn Aileen sie so überaus fürsorglich zu besänftigen versuchte. Mein Sitzplatz, umzingelt von zwei anderen Plätzen, war wirklich in der von der Stewardess gezeigten Richtung zu finden, wer hätte das gedacht. Kopfhörer und MP3-Player bereit, war das Flugzeug ebenso bereit für den Start, wie ich es war. Ein Steward kam den Gang in meine Richtung.

„Entschuldigung", sagte ich und kündigte mit gehobenem Zeigefinger eine Frage an.

„Ja bitte?", antwortete der, wie man eindeutig raushörte, homosexuelle Steward.

„Das Flugzeug ist ja nicht wirklich voll, richtig?" Er nickte nur. „Meine Freundin sitzt weiter vorne, alleine. Wäre es möglich, dass ich mich zu ihr setzen könnte, bevor die Maschine startet?", fragte ich ihn und setzte meinen höflich verpackten Flush auf den Pokertisch.

„Sir! Ich muss Sie darauf aufmerksam machen, dass wir nach klaren Regeln arbeiten müssen und ich aus versicherungstechnischen Gründen nicht zulassen kann, dass Sie sich einfach umsetzen." Er breitete sein Full House vor mir aus und gewann diese unfaire Runde. Nun saß ich alleine in einem fast halbleeren Flieger und musste hier, gefangen auf meinem Sitzplatz, sitzen bleiben.

Beruhigender Jazz schallte auf höchster Lautstärke in mein Ohr, nur der Start, mit seinen Vibrationen und den Triebwerken auf höchster Geschwindigkeit, waren lauter. Es war nicht mein erster Flug, aber auch nicht mein zehnter. Musik half mir mich zu beruhigen, die Verantwortung an mein eigenes Leben abzugeben und aus einer möglichen dramatischen Sichtweise mein Schicksal zu akzeptieren. Und jedes Mal war das Abheben ein absurdes Ereignis, eine riesige, aus Faserkunststoff gefertigte Röhre hob mit ungefähr 70 Personen, ziemlich viel Alkohol und anderen unnötigen Süßigkeiten einfach gen Himmel ab. Für die Landung war ich schon bei einem schnelleren Rock-Pop-Genre angekommen. Halb so schlimm war der Flug gewesen und man spürte schon das Ausfahren des Fahrwerks. Vorfreude sammelte sich in mir, die Landschaft war geprägt von Bergen, viel Wasser, was wie blau gefärbt aussah. Zwei Stunden Flugzeit, und die Pflanzenwelt war auf den ersten Blick komplett ausgetauscht. Von der Landschaft fasziniert, störte mich die holprige Landung auch sehr wenig.

„Na, alles okay? Wie war dein Flug?", fragte Aileen mit einer schläfrigen Stimme, während ich beim Aussteigen bei ihr vorbeikam.

„Hast du etwa den ganzen Flug über geschlafen?" Ich war darüber mehr beeindruckt statt schockiert gewesen.

„Ja, vielleicht eine Stunde ist es dann doch gewesen", sagte sie zufrieden und gähnte sich die Müdigkeit raus.

„Na dann ist es ja ganz gut, dass wir getrennt voneinander saßen", sprach ich, während wir uns durch den engen Mittelgang quetschten.

„Hmm, joah, war ganz schön, ich hatte eine komplette Dreier-Reihe für mich. War echt cool. Habe ich auch noch nie erlebt."

Unser sekttrinkendes Luxus-Pärchen durfte sehr wahrscheinlich als erstes aussteigen. Wir trafen sie erst an der Gepäckausgabe wieder. Man tauschte die eigenen Flugerfahrungen aus und das, was als nächstes auf dem Plan stand. Kofferwagen holen, jeder mal auf die Toilette, Mietwagen abholen und ab zum Haus. Nach kurzen fünf Minuten der angeheiterten Unterhaltung trat wieder ein, nicht für mich, unangenehmes Schweigen ein. Aileen musste spätestens jetzt auch gemerkt haben, dass wir mit den beiden nicht besonders gut harmonierten. Vielleicht überlegte sie sich mittlerweile auch schon, wie sie die Woche mit Miss Schön und Mister Schöner rumkriegen sollte.

Unsere zwei Koffer hatten Rollen, Hannah und Lewin hätten, wenn ihre Koffer Rollen gehabt hätten, keine vier Koffer hinter sich her rollen können. Somit holten sie sich einen Wagen und damit rollten wir gemeinsam, mit nur den nötigsten Dialogen, Richtung Autoverleih. Hannah war ein aufgehübschtes Blondinchen, dennoch hatte sie selbstsicher und ohne auf die typischen Touristenfallen reinzufallen, das Auto vom Verleih abgeholt. Sie wusste, was sie wollte und noch viel mehr, was sie nicht wollte, gefiel ihr etwas nicht, machte sie es ganz klar und brachte es sofort ohne Umwege zur Sprache.

Ein wenig hungrig und angefressen von der Reise, bepackte ich zusammen mit Lewin das Auto. Keine leichte Aufgabe bei sechs großen, vollgepackten Koffern. Aileen und Hannah waren mit dem Navigationsgerät beschäftigt.

„Ne, ich glaube, eure Koffer müsst ihr bei euch hinten lagern", meinte Lewin, der schon sehr angenervt von unserer verlorenen Koffer-Tetris-Runde wirkte.

„Da sitzen wir doch. Wo sollen die da hin?", fragte ich mit einer ratlosen Geste.

„Ihr steigt als erstes ein und wir legen euch die Koffer einfach auf den Schoß. Hab ich schon oft gemacht, sollte auch kein Problem mit der Polizei geben, ihr seid dann quasi noch sicherer als wir, die vorne sitzen." Zum Abschluss klopfte er mir noch ermutigend auf die Schulter.

Warum waren wir hierhergekommen? Warum hatten sie sich das selber angetan, mit uns eine Woche lang zu verreisen?

„Aileen! Hast du gehört? Wir müssen unsere Koffer auf dem Schoß mitnehmen. Es ist nicht genug Platz im Kofferraum", schrie ich zu den beiden Damen.

„Was, das kann doch nicht wahr sein!" Hannah stürmte zu uns nach hinten an den Kofferraum und schaute sich das Meisterwerk von sorgfältig gepackten Koffern von Lewin und mir an, dabei fiel mir auf, dass sie extrem viel Make-up auf der Haut hatte, es aber perfekt zu nutzen wusste.

„Ich habe doch schon extra ein großes Auto gemietet. Soll ich uns ein Neues holen?", fragte Hannah mehr zu Aileen, die aber zu ihr viel weiter weg stand als ich.

„Nein, nein! Brauchst du nicht, wir kriegen das schon hin, nicht wahr, Mark?"

Es war mir nicht möglich, meinen Kopf, von meinem Fenster, rüber zu Aileen zu drehen. Unsere Koffer, bei weitem nicht klein durch die eingepackten Handtücher und Bettbezüge, wurden von Lewin und Hannah auf unsere Rückbank gedrückt, während wir schon im Auto saßen. Die aufgedrehte Klimaanlage brachte unsere Familienkutsche für Jungerwachsene auf kühle 19°. Ein wenig kalt an den Füßen war mir; bei der trockenen Hitze, die ich aus dem Autofenster sah, war ich froh, dass die Menschheit eine komfortverliebte Rasse war. Waren Klimaanlagen sowie Eiswürfelmaschinen der wahre Grund, warum die Menschheit von einem dritten Weltkrieg verschont geblieben war? Seit 1953 wurden die ersten automatischen Maschinen für handgroße Eiswürfel verkauft.

Lewin fuhr das Auto und Hannah fummelte schon seit einer halben Ewigkeit am Radio herum. Ihre Art, nur das zu finden, was ihr wirklich gefiel, brachte uns allen einen ständigen Wechsel von kurz angespielten Liedern und dann kurze Zeit später wieder das Rauschen vom Radio. Auf Dauer war das eine Vorstufe der mentalen Folter. Aileen, zu der ich nicht schauen konnte, war anhand des leichten Seufzers, den sie von sich gab, auch mehr als genervt. Als Hannah endlich einen Song gefunden hatte, der ihr zusagte, wurden wir beide von einer Erlösung gesegnet.

Urplötzlich sangen Hannah und Lewin zu dem Song, den wir vier alle aus unserer Kindheit kannten. Die beiden waren wie ausgewechselt. Klatschten, hampelten auf ihren Sitzen herum, unnötig, aber spaßig, schwenkte Lewin mit dem Auto hin und her und brachte somit wirklich ein wenig Stimmung nach hinten zu Aileen und mir. Wir stimmten beide beim Möchtegern-Karaoke ein und übernahmen sogar einen Solopart des schon längst vergessenen Pop-Duos aus den 90er Jahren. Nach den letzten Minuten hatte ich wirklich das Gefühl, der Urlaub würde sich noch als schön entpuppen.

Es zischte ein einheimisches Auto an uns vorbei und lenkte ein wenig zu früh auf unsere Fahrbahn hinüber.

„Ey, was sollte das denn? Dämlicher Penner! Denkt wohl, das wäre sein Land! Wer bringt denn hier dein Geld ins Land, äh?", schimpfte Hannah vor sich her und machte dabei eine drohende Handbewegung.

Das waren doch bezaubernde Aussichten für ein friedvolles Miteinander, dachte ich mir. Lewin wurde von der Ansage seiner geliebten Hannah aufgestachelt und schaltete, so wie ich es aus dem aufschreienden Getriebe hörte, zwei Gänge runter und beschleunigte das Auto, sodass wir in die Sitze gedrückt wurden.

„Na los Kleiner! 'nen kleines Rennen gefällig?", drohte Lewin dem Fahrer des kleinen PKWs.

„Haha, ja, sehr gut. Zeig dem Affen mal, wer hier der Boss ist!", sagte Hannah zu Lewin und ich beobachtete über die Fensterscheibenspiegelung, wie sie ihm, mit einer Hand, die Schulter massierte, als würde gleich der Boxkampf eröffnet werden.

„Hey! Muss das sein?!", schrie ich von hinten mit einer ernsten Stimme, die sofort klarmachen sollte, dass jetzt hier Schluss war. „Der ist doch schon fast gar nicht mehr zu sehen. Und selbst wenn, willst du ihn von der Straße drängen, oder was?", schrie ich weiter und das Auto nahm eine steile Senkung mit und drückte uns wie in einer Achterbahn tief in unsere Sitze.

„Lewin! Jetzt fahr ordentlich, hör auf mit dem Scheiß!", ergänzte Aileen und brachte mit ihrem zusätzlichen Kommentar die nötige Ernsthaftigkeit in die Situation.

„Ach, bleibt locker! Ich kenn die Straßen gut. Wenn man hier keine Ellenbogen zeigt, wird man hier einfach nicht für voll genommen", antwortete Lewin und glaubte anscheinend wirklich, damit wäre das Thema beendet.

„Wenn du so weiter rast, können Sanitäter deinen Ellenbogen, von der Sonne gebraten und von wilden Tieren angeknabbert, von den Klippen kratzen", schrie Aileen mit einem beängstigenden Ton, dass selbst ich überlegen musste, ob ich was Falsches getan hatte.

„Jetzt fahr normal oder lass uns beide aussteigen", ergänzte ich mit einem sachlichen Ton.

„Ist gut, Schatz. Lass es gut sein. Die beiden haben Recht", sprach Hannah zu Lewin und massierte dabei wieder seine Schulter, als wäre er ein wildes Tier, was beruhigt werden musste.

„Danke für diese unvergessliche Autofahrt. War mir hier und da etwas zu aufregend, aber nun gut", sagte Aileen, um die stickige Stimmung der letzten Minuten etwas durchzulüften. Keiner der beiden reagierte darauf in irgendeiner Art. Mir war es egal. Zu stressig war es mir mit den beiden, in einem Moment hatte man den Spaß einer langjährigen Freundschaft und kurze Zeit später spürte man die Kälte von zugestiegenen Fremden in einem Fahrstuhl.

Angekommen am Haus, stiegen wir aus dem Auto und wurden alle von der Hitzewand erschlagen, und dann kam auch schon die erste Enttäuschung, die Lewin schon längst kannte, aber für uns neu war. Die obere Etage wurde vermietet und die Familie von Lewin behielt die untere für ihren eigenen Bedarf. Eine hellbraune Fassade mit großen und kleinen abgeplatzten Stellen, wodurch der hellgraue Putz durchschien, zierte das gesamte Eckhaus bis unter die mediterranen, rotgefärbten Dachziegel. Vier blaue Fensterläden mit den typischen Lamellentüren waren an der

Frontseite des Hauses angebracht. Die Haustür fiel durch die robuste und hochwertige Bauweise eindeutig aus der Reihe, wenigstens gab sie mir ein Gefühl der Sicherheit. Unser Auto stand auf einem markierten Parkplatz, direkt vor der Haustür. Schnell luden Lewin und ich die Koffer aus, mir kam kurz das Gefühl einer Klassenfahrt in mir hoch; das Haus musste schnell inspiziert werden, um seinen eigenen Schlafplatz zu beanspruchen. Aber so würde das hier nicht laufen. Es war mir kurzzeitig nicht bewusst gewesen, dass Hannah ja zu unsrer Gruppe dazugehörte. Sie würde ihren gewünschten Platz schon bekommen, ohne oder mit unserem Einverständnis, das würde sie auch mit einer höflichen Diskussion schaffen.

„Okay Leute, es ist gibt anscheinend nur ein Schlafzimmer und die Schlafcouch steht hier im Wohnzimmer", verkündete Hannah, während wir gerade dabei waren, das Wohnzimmer mit der nahliegenden Küche zu inspizieren. Ein neu verlegter Parkettboden, der einen dunklen Grauton hatte, teilte sich mit der, in weinrot gefärbten, Kücheneinrichtung die komplette Aufmerksamkeit in diesem Raum. Ein weißkantiger, moderner Esstisch mit sechs Möchtegern-Designer-Stühlen wurde degradiert von einem hässlichen, billig aussehenden und viel zu hoch wirkenden Fernsehschrank, darauf stand ein Flachbildfernseher der ersten Generation.

„Aber ich denke, ihr wollt nicht in dem Bett schlafen, wo Lewins Eltern auch immer schlafen, deshalb werden wir dort gerne schlafen. Ihr habt dann die Schlafcouch für euch und sogar den einzigen Fernseher, ist doch auch was?", fügte Hannah hinzu und gab sich extrem viel Mühe, dabei besonders freundlich und diplomatisch zu wirken, nur um ihren dämlichen Willen zu bekommen.

„Boah, krass, aber ich will auch vielleicht abends fernsehen?!", fügte Lewin hinzu, sodass Hannah sofort aus ihrer aufgesetzten Art herausgerissen wurde und ihn mit strengen Blicken zurückpfiff.

„Können wir doch auch. Wir werden ja sicherlich die Abende hier zusammen Fernsehen gucken können und dann geht jeder dorthin, wo sein Bett steht", antwortete Hannah und gab ihm einen Blick, der ihm jetzt klarmachen sollte, keine Widerworte mehr zu geben.

„Du, kein Stress, Hannah. Wir nehmen gerne das Wohnzimmer", sagte Aileen und ging Richtung Schlafzimmer. „Habt ihr hier auch ein eigenes Badezimmer?"

„Ne, es gibt nur ein Badezimmer und das war die erste Tür im Hausflur", kam von Lewin, der seinen Koffer und die fünf anderen seiner Prinzessin in das gerade eingenommene Schlafzimmer hievte.

„Also müsst ihr immer bei uns vorbei, wenn ihr nachts mal auf die Toilette müsst?", fragte ich Hannah.

„Ja klar! Aber das wird kaum passieren, außer Lewin kriegt wieder eine Blasenentzündung, weil er seine nasse Badehose nach dem Baden nicht auszieht", sagte Hannah in einem affektierten Ton und kitzelte dabei ihr kleines, dummes Äffchen.

„Nun gut", setzte Aileen an und strich sich mit flacher Hand über die Stirn, um ihren Stress zu verteilen. „Wir schlafen hier und ihr im Schlafzimmer. Lasst uns jetzt ankommen. Koffer auspacken und was zu essen einkaufen. In einer halben Stunde draußen vor der Haustür?"

„Okay, klingt gut. Ich hab Lust zu kochen", antwortete Hannah.

„Yeah", kam von Lewin als Antwort. Ich gab nur den Daumen nach oben und half meiner leicht genervten Freundin, die Koffer auszupacken. Wir hatten bis jetzt keine einzige Möglichkeit, um in Ruhe über diesen Urlaub zu reden. Ständig waren wir von dem Thema, was uns beschäftigte, umgeben. Menschen hatten es in den Genen, etwas von ihren unmittelbar nahstehenden Mitmenschen zu erfahren oder über sie zu reden. Seit mehr als acht Stunden konnten wir uns diesem Bedürfnis nicht hingeben.

Dreißig Minuten später trafen wir uns alle auf dem schmalen Bürgersteig vor dem Haus. Erneut erschlug uns eine Hitzewand der Nachmittagssonne, dabei wurde einem die Kraft entzogen. Ein neues, noch freizügigeres Kleid und passend dafür ausgewählte High Heels brachten das Dekolleté von Hannah ziemlich heftig zur Geltung. Lügner, hätte man auf meine Stirn malen können, hätte ich behauptet, dass sie nicht verdammt gut aussäh, aber der Zauber ließ sofort nach, als sie anfing, den Mund aufzumachen.

„Ich würde vorschlagen, die Herren schauen sich mal in der Stadt um und wir Mädels gehen einkaufen und kochen dann schon mal."

„Woho!", freute sich Lewin und nahm mich in den Schwitzkasten.

„Hey, ist ja gut! Lass mich los", brüllte ich reflexartig zu ihm.

„Bleib locker. War doch nur Spaß. So ein bisschen Rangeln und Raufen muss ja auch mal drin sein." Lewin wollte sich damit zwar rechtfertigen, aber selbst er merkte dann auch relativ schnell, dass das gerade unnötig war.

„Na, ich seh schon. Ihr werdet reichlich Spaß zusammen haben", kam von Aileen, die sich gerade auf ein wenig Zweisamkeit mit Hannah freute.

Der Supermarkt war nur fünf Minuten zu Fuß entfernt. Lewin und ich hatten uns, so schlecht wie wir auf einer Wellenlänge kommunizieren konnten, darauf geeinigt, den Hafen von Olbia entlangzugehen. Der Typ war super nervig und echt unangenehm. Sein muskelbepackter Gang und die schlechte Musik, die er laut von seinem Smartphone in die Welt hinausschrie, waren einfach nur peinlich.

„Und wie lange seid ihr beide schon zusammen?", fragte Lewin, nachdem er sich endlich für ein Lied entschieden hatte. Irgendwie hatten sie sich das beide voneinander abgeguckt.

„Wir sind im neunten Jahr", antwortete ich kurz angebunden.

„Ja, voll lange schon", ließ er von sich lauten, während er am Smartphone hing.

„Und wie lange sind dein Smartphone und du schon zusammen?", fragte ich und testete seine Bereitschaft für gehässige Kommentare.

„Haha sorry. Ist nur ein Fußball-Live-Ticker, aber ist auch gleich Spielende."

Wir gingen ein ganzes Stück den Hafen hinunter, dicke Palmen auf der einen, strahlend klares Wasser auf der anderen Seite, dazu ein leichter Windhauch und eine ätzende Hitze, machten es schön und anstrengend zugleich, hier sinnlos entlangzulaufen, aber ich genoss es trotzdem irgendwie. Der erste Tag, von fünf, war bald geschafft.

Fünfzehn Palmen, die wir passierten, später, hing ein Schild wo *Olbia* draufstand. Lewin schloss die App von seinem Fußball-Ticker und brachte seine wichtigste Applikation zum Laufen: die Kamera.

„Mark. Mark. Mark!", sagte er mit einem schnellen Befehlston, der total unpassend war. „Mach mal bitte ein Foto von mir, im Hintergrund das Schild mit Olbia drauf, Hochkant! Bloß nicht diese breiten Bilder."

Unser kleines Fotoshooting umfasste dann mehrere Posen und Einstellungsgrößen, wobei kein Bild eine andere Aussage hatte. Vollgepumpter Typ, mit einem Kleidungsstil für gerade Volljährig gewordene, steht vor einem Straßenschild und outet sich damit, in die Reihe von Menschen aufgenommen zu werden, die ihre Urlaubsfotos als eigene erkämpfte Trophäen ansehen, für die sie bewundert werden sollten.

„So, ich glaub, da ist was für dich dabei", schnaufte ich und gab ihm sein Smartphone wieder, und für den Rückweg behielt er wieder das Teil in den Händen. Anstatt mit mir ein Gespräch anzufangen, war er, wie ich es mitbekam, unsicher, welches Foto ihm wirklich zu 100 % schmeicheln würde. Mittlerweile war ich froh, mich nicht mit ihm unterhalten zu müssen, es wäre zwar angenehm gewesen, über die Reise ein nettes Miteinander vorzugaukeln, aber so würde man sich den Aufwand ersparen können.

Hunger und ein ähnlich großer Drang, mit Aileen über diesen eigenartigen Urlaub zu sprechen, brachten mein Schritttempo auf satte 5 km/h. Was Leckeres zu essen konnte, wie so oft im Leben, die eigene Laune gewaltig nach oben treiben. Hannah und Aileen brachten alles, was man sich hätte wünschen können, vom Einkaufen mit.

Eigenartig schmeckendes Bier aus hellgrünen Dosen, Chips, die wie Donuts geformt waren, Kekse, die aussahen wie ein versteinertes Ei mit einem Blatt darauf gezeichnet. Es war so ziemlich alles da, was Sardinien an Spezialitäten in einem Supermarkt zu bieten hatte. Zu essen gab es Gnocchi-Auflauf in einer Ziegenkäse-Sahnesauce mit Babyspinat verfeinert und serviert zu frisch aufgebackenem Brot, dazu stellte Hannah stolz einen Rotwein auf den super edlen Tisch. Keine Ahnung, ob der Wein zu dem Essen passte, wichtig war nur, dass sich seine Wirkung schnell in uns vieren entfaltete. Wie sehr ich Alkohol auch verabscheute, er machte diese wenigen Stunden am Abend mit Lewin und Hannah in einem Raum erträglicher. Unsere Gruppe funktionierte dann ganz passabel, wir hatten oft noch schweigsame Lücken in unseren Gesprächen, aber es war wenigstens nicht unangenehm.

Fast geschafft. Zwar konnte ich immer noch nicht in Ruhe mit Aileen reden, Hannah und Lewin saßen immer noch auf unserer Couch fest und blickten mit fast totem Blick auf den Fernseher. Nur ab und zu sah man am Blinzeln, dass ihr Gehirn sie noch versorgte. Viertel vor zwölf war es schon und keiner der beiden machte den Eindruck, von der Müdigkeit befallen zu werden. Mir fiel ein, dass Aileen und ich planten, in dieser Woche schwanger zu werden, vielleicht sollten wir uns das für den nächsten Monat aufheben.

„Ja, vielen Dank euch beiden heute für das Kochen und vor allem das Einkaufen. War sehr lecker und der Wein wirkt, bin schon echt müde, und das war keine versteckte Botschaft", sagte ich und schaute die beiden scharf an.

„Oh ja klar!", sprang aus Hannahs Mund und sie von der Couch. „Los Lewin! Die beiden wollen schon schlafen gehen, wir müssen die Couch frei machen. Hop hop!"

„Ja, ist ja gut, Schatz", kam genervt von Lewin.

Um halb eins hatten wir die Schlafcouch aufgebaut, Bettdecken und Kissen bezogen, da wollte Aileen gerade die Schlafzimmertür von Hannah und Lewin schließen.

„Wo ist eure Tür? Habt ihr keine Tür?" Panik lag in der Stimme von Aileen.

„Wie du vielleicht gesehen hast, haben wir hier kein Fenster. Wenn du hier eine Tür hast und die über Nacht schließt, dann spielst du gegen einen Sauerstoff-Tod, aber mit richtig schlechten Karten", erklärte Lewin und legte sich wieder auf die Seite. Aus seiner Sicht war das Problem, welches keins war, geklärt.

„Oh. Okay", sagte Aileen leise vor sich hin, während sie sich, wie paralysiert, umdrehte und sich zu mir zur Schlafcouch gesellte.

„Nicht heute Abend also", sagte ich leise zu ihr.

„Ich hoffe, wir finden irgendwann mal Ruhe, damit wir bumsen können", flüsterte sie zurück. Aileen wusste, dass ich bei dem Wort *bumsen* immer kichern musste, und das tat ich auch.

„Wird schon!" Und gab ihr einen Kuss auf die Stirn, streichelte durch ihr schwarzes Haar und schlief schnell ein.

Von der stickigen Luft aufgewacht, musste ich mich erstmal für ein paar Minuten sortieren. Wo war ich? Was war gestern? Was passierte heute? Nach und nach kamen wir in die Gänge. Aileen blieb noch etwas liegen, ich schnappte die Gelegenheit und nahm das Badezimmer und die Dusche für mich ganz allein. Erst kalt erfrischend und dann wohlig warm, der perfekte Duschtemperatur-Verlauf. Danach fühlte ich eine erfrischende Lebendigkeit in meinen Muskeln am ganzen Körper. Es klopfte leise an der Tür.

„Los, schnell jetzt!", stürmte Aileen schon fast nackt in das Badezimmer. „Mach schnell, ich glaube, die schlafen noch. Mach dich startbereit, ich dusch mich auch nur noch schnell ab", faselte Aileen vor sich her.

„Na gut", und machte mich kampfbereit. Etwas länger hatte es bei ihr dann doch unter der Dusche gedauert und wir fingen mit leichter Verzögerung im Stehen an, das Paket zu verschicken.

„Sei da hinten nicht so laut, sonst hören die uns noch!", schrie Aileen im Flüsterton.

„Ähm ja okay. Ich geb mir Mühe", antwortete ich und führte die Änderung der Bestellung aus.

„Fertig?", fragte Aileen kurze Zeit später mit einer stressigen Ungeduld.

„Gleich!", meckerte ich zurück. Mit kurzer Unterbrechung setzte ich die Bestellung fort, brachte das Paket in die richtige Position, setzte mit Rekordgeschwindigkeit das Klebeband an, versiegelte das Paket mit penibler Genauigkeit und brachte es auf die Rollbahn Richtung LKW, als …

„Morgen, ich muss mal pinkeln", kündigte Lewin mit einem Klopfen an der Badezimmertür an. Aileen schnaufte und ließ den Kopf verzweifelt sinken. Unser Versandhaus bauten wir wieder ab und machten Platz im Badezimmer, damit Lewin seiner Notdurft nachgehen konnte.

„Wir bleiben morgen einfach kurz hier im Haus, wenn die beiden mal shoppen gehen, dann haben wir genug Zeit", redete ich Aileen gut zu.

„Ja okay, ich hoffe, die beiden lassen uns auch mal in Ruhe", antwortete sie mit einer entmutigten Stimmung. Lewin kam zurück vom Badezimmer und ging schnurstracks wieder in das Schlafzimmer. Aileen und ich schauten uns nur missverstanden an und überlegten, ob wir nicht jetzt schon einen zweiten Versuch wagen sollten, waren aber dann doch der Meinung, auf einen ruhigeren Moment zu warten. Zu unserem riesigen Ärgernis vergingen zwei Stunden, ehe die beiden aufwachten und dann noch eine weitere Stunde, bis die beiden sich fertig gemacht hatten. Nervtötend war die Situation.

„So, was machen wir heute?", fragte Hannah mit einem kecken, überfreundlichen Grinsen.

„Mark und ich dachten, wir erkunden die Stadt, machen vielleicht eine Tuk-Tuk-Tour und halten nach interessanten Sehenswürdigkeiten Ausschau."

„Was?! Echt?", kam von Hannah. „Schaut euch doch mal das Wetter an, wir sollten ab zum Strand, die Sonne genießen." In dem Augenblick kam Lewin schon in Badesachen, oberkörperfrei und mit Strandutensilien aus dem Schlafzimmer und sagte: „Los jetzt! Zieht euch um. Wir wollen zum Strand."

Fassungslos vor den Kopf gestoßen und komplett ignoriert versuchten wir immer noch freundlich zu sein.

„Okay, dann zum Abend aber in die Altstadt, okay?", rief Aileen den beiden hinterher.

„Ja gerne! Das passt doch gut. Wir wollen ja alle keinen Sonnenbrand bekommen und können dann ein bisschen Schatten gebrauchen", antwortete Hannah im Vorbeigehen. Und schon waren wir alleine im Wohnzimmer und wurden draußen in Badesachen erwartet.

„Also, ich find das echt krass!", und startete damit meine kleine aggressive Rede. „Wir haben kein eigenes Schlafzimmer. Können uns nicht mal in Ruhe in einem Badezimmer fortpflanzen, dann lassen die uns fast den ganzen Vormittag warten. Dann machen wir nur, was Madame-Prinzessin Frau von und zu Hannah möchte", und schlug zum Abschluss wild in der Luft mit den Fäusten umher. „Aileen! Ich hab echt keinen Bock mehr auf die, wirklich!"

„Ja, hab's verstanden. Jetzt beruhig dich. Wir können jetzt nichts machen. Lass uns den Tag am Strand genießen, ein wenig Schlaf nachholen und heut Abend gehen wir wenigstens noch durch die Altstadt, und wir haben es ja auch bald geschafft. Wir sind schon an Tag zwei von fünf, wobei am fünften schon der Rückflug ist." Aileen gab sich Mühe, mir und sich selber gut zuzureden.

Zum Strand konnten wir nur mit dem Auto gelangen. Eine zum Glück ruhige und entspannte Viertelstunde im Auto brachte uns an eine noch ruhigere Ecke. Eine dünne Straße führte den nicht viel breiteren Strand entlang. Es gab zwei Restaurants, eins am Strandanfang und das andere am Strandende. Unsere neuen Hass-Freunde gingen als erstes in das nahliegende Restaurant am Strandeingang und besorgten sich, wie sollte es auch anders sein, zwei Flaschen gekühlten Sekt. Wenigstens hatten sie vier Gläser mitgebracht, was glaube ich, nicht Lewins Idee war. Da ich den Stoff noch in zwei Stunden kühl trinken wollte, grub ich freiwillig ein kleines Loch in den Sand, um die Flasche, so gut es ging, zu kühlen. Entzugserscheinungen brachten unseren persönlichen Bodyguard Lewin dazu, zwei Stunden lang, ein Stück abseits von uns, zu trainieren. Aileen, Hannah und ich lagen auf unseren Handtüchern und waren froh über unseren riesigen Sonnenschirm, den Lewin und ich aufgebaut hatten. Heiß war es dennoch, und der Wind sorgte dann und wann für eine angenehme Abkühlung. Zusammen schafften wir es, ein Mittagsschläfchen zu machen. Zwanzig Personen, uns mit eingerechnet, mehr hatten sich an diesem kleinen Strand nicht versammelt, eine angenehme Soundkulisse. Wie in einem Zeitraffer hüpften die Wellen am Horizont auf und ab und später kündigten sie einen baldigen Sonnenuntergang an, als Aileen plötzlich aufschreckte.

„Reicht, oder? Wollen wir jetzt los Richtung Altstadt?", fragte sie zwar, aber wusste ja eigentlich schon die ernüchternde Antwort.

„Ach, das ist doch jetzt schon so spät?! Können wir das nicht auf morgen schieben? Wir müssen noch was kochen, vielleicht sogar nochmal einkaufen", sagte Hannah zwischen ihren zusammengepressten Lippen hindurch, während sie noch mit dem Gesicht auf ihrem Handtuch lag.

„Okay, dann aber wirklich", befahl Aileen Hannah.

„Ja, wirklich wirklich", antwortete Hannah und knotete dabei ihren Bikini am Rücken zu. Weitaus schlimmer hatte ich mir diesen kompletten Tag am Strand vorgestellt. Das Geräusch von 20 Zentimetern hohen Wellen, die am Strand, den Tag über, am Ufer brachen, war ein überaus entspannendes Gefühl. Unfreiwillig hatten wir beim Einpacken unserer Strandsachen das Mietauto mit reichlich Sand beladen und machten uns mit unseren extra Kilos auf den Rückweg.

Der Abend verlief so, wie ihn Hannah kurz umschrieben hatte. Das weibliche Geschlecht ging einkaufen, warum Hannah immer mit Aileen einkaufen gehen musste, blieb mir bis heute unerklärt. Das männliche Geschlecht säuberte das Auto, räumte die Strandsachen zurück und deckte den Tisch. Danach sammelten sich die beiden Geschlechter und gingen ihrer Rollenbeschreibung aus den früheren Jahren nach. Frau kochte und Mann schaute, bis das Essen fertig war, gemütlich am Fernseher Sport. Alle waren sichtlich, von dem Tag in der Sonne, erschöpft. Lewin war während des Essens mit seinen Augen beim Fußball-Spiel, eine Zeit lang starrte ich ihn an, nur um zu testen, ob er überhaupt irgendetwas bemerken würde. Keine Chance. Währenddessen lästerten Hannah und Aileen nur über ihre Arbeit, mal über andere Kollegen und mal über ihre Abteilungsleiter. Neu war mir, dass Aileen auch eine ganz schöne Lästerschwester sein konnte. Brotkrümel waren nur noch vom Abendessen übrig und anderthalb Filme und zwei Flaschen Rotwein mussten auf uns vier aufgeteilt werden, ehe wir uns alle kurz vor Mitternacht zum Schlafen bereit machten.

Zwar war das Haus mit keiner Klimaanlage gesegnet, dennoch war es durch die massive Bauweise im ganzen Haus doch angenehm kühl. Diese Nacht schliefen wir besonders gut, vielleicht wussten wir beide unterbewusst, dass heute einer der schönsten Tage, die wir in unseren noch kinderlosen Leben erfahren werden, begonnen hatte.

„Na, ihr Schlafmützen?" Hannah stand schon fertig herausgeputzt mit einem bunten Sommerkleid über unserer Schlafcouch. „Na los, ihr beiden, aufstehen. Wir müssen los", sagte sie und setzte gerade an, um uns die Bettdecke wegzuziehen.

„Lass das", meckerte ich sie an. „Wie spät ist es?"

„Es ist 6:30 Uhr", sagte Hannah.

„Warum seid ihr schon so früh wach? Was soll das?",
kam von Aileen, die ihr Gesicht unter ihrer Decke vergrub.

„Ich hab uns gestern Abend, weil es am Donnerstag
regnen soll, ganz spontan, das mögt ihr zwei ja, eine acht-
stündige Bootstour zu den Granitbergen am Capo Cesareo
gebucht", erklärte uns Hannah mit vollster Begeisterung,
die wie ein bunter Regenbogenfluss aus jeder Bewegung
aus ihr heraus spross. „Soll wahnsinnig schön sein und
wenn wir Glück haben, können wir sogar Delfine sehen.
Oh, und ich kriege 120 € von euch beiden." Sie klatschte sogar freudig hin und her und sprang in die Lüfte, als hätte
sie uns das schönste Geburtstagsgeschenk gemacht, das wir
niemals hätten bekommen können. Wochen nach der Reise
erzählte mir Aileen, was sich bei ihr unter der Decke abgespielt hatte. Mehr als nur einmal wurden wir in unseren
Wünschen von Hannah übergangen, ignoriert oder wie ein
verwirrter Hund schief angeguckt. Es fielen ihr einfach
keine netten Worte ein, sie suchte nach den letzten übrig ge-
bliebenen, angenehmen Floskeln, spielte alle möglichen
Arten der Szenerien durch, aber es blieb ihr nur eine Möglichkeit übrig, um zufrieden mit sich selbst zu bleiben.

Es sprang ein zotteliger schwarzer Haarschopf unter der
Bettdecke hervor und schrie: „Warum hast du uns nicht gefragt, ob wir auf deine Kackbootsfahrt Lust haben?" Um der
gerade eröffneten Kampffläche ein wenig mehr Platz zu
geben, sprang ich, wie Aileen, aus dem Bett und beschäftigte mich damit, das Bett zu machen.

„Wir hatten doch abgesprochen, dass wir uns heute die
Altstadt anschauen? Warum müssen wir immer nur das
machen, was du willst?", schrie sie zu Hannah und drang
mit langsamen Schritten näher an sie heran.

„Ey, ist ja gut! Wir können doch auch noch morgen in deine doofe Altstadt gehen. Die übrigens auch nur aussieht wie jede andere italienische Stadt", antwortete Hannah mit einer verdutzten Miene, die ein wenig verloren aussah. Fast hätte sie mir bei diesem Anblick leidgetan, wenn sie nicht sofort wieder einen draufgelegt hätte. „Und red gefälligst nicht so mit mir!", sagte Hannah und kam dabei aus ihrer anfänglich eingeschüchterten Miene heraus und nahm blitzschnell eine ekelhaft und forsch wirkende Haltung ein. „Ich habe euch beiden erlaubt, mit uns mitzukommen. Denk mal drüber nach, in wessen Haus ihr wohnt", drohte sie uns.

„Was soll der Scheiß denn jetzt? Glaubst du wirklich, ihr seid was Besseres? Nur weil ihr uns in eurem Haus wohnen lasst?" Lewin kam mit Sonnenbrille auf dem Kopf und mit einem T-Shirt, das farblich zu seiner Gürteltasche passte, aus dem Schlafzimmer. Nun standen wir vier alle im Wohnzimmer, zwei von uns lagen mit ihren Nerven am Boden, erschöpft vom Kampf musste ein halbwegs neutraler Schiedsrichter an das gesellschaftliche Regelwerk erinnern.

„Okay. Ich glaube, wir sollten heute den Tag getrennt verbringen", schlug ich vor und drängte mich zwischen den hass- und zornerfüllten Blickkontakt von Aileen und Hannah. „Ihr geht eure Bootstour machen und wenn du vor Ort unsere Tickets umtauschen kannst, dann mach das, wenn nicht, dann überweise ich dir das Geld heut Abend." Erst jetzt bemerkte ich, dass ich ja nur in Unterhose bekleidet war. Ich schnappte mir fix ein T-Shirt, während sich die Meute weiter anschwieg.

„Und heut Abend, wenn alle ihre Vorhaben erledigt haben, setzen wir uns mal an einen Tisch und spielen ein

Trinkspiel oder so. Aber bitte nicht Mäxchen, davon hab ich immer noch Albträume", sagte ich in die Runde und versuchte mit einer kleinen, persönlichen Note die Stimmung anzuheben. Keine Chance.

Wirklich eigenartig waren die nächsten spannungsgeladenen Minuten gewesen. Aileen und ich hatten keinen eigenen Schlüssel für das Haus bekommen. Somit waren wir, von den wartenden Hausbesitzern, gezwungen, uns schnellstmöglich fertig zu machen und das Haus zu verlassen. Den Schlüssel wollte uns Hannah aus versicherungstechnischen Gründen nicht geben. Diese Logik wollten wir nicht weiter auf die Probe stellen und machten uns, während die beiden schweigend am Esstisch warteten, für unseren Tag in Olbia fertig. Während ich mir die Zähne putzte, überlegte ich, was ich einpackten sollte. Der Tag wäre ganz anders bei uns beiden in Erinnerung geblieben, wenn ich nicht meine Kopfhörer eingepackt hätte.

Dreißig Minuten später standen wir vorm Hauseingang. Hannah schloss die Tür ab und warf den Schlüssel mit einer übertriebenen Fall-Geste in ihre Handtasche.

„Wir werden nicht vor 20 Uhr wieder zurück sein. Ihr braucht uns auf gar keinen Fall beim Abendessen einplanen." Bockig und richtig missgelaunt war sie, verfeinert mit einer scharfen, zickigen Art, angereichert auf einem Teller, wo ganz klein und subtil in einer feinen, aber hastig geschriebenen Kurrentschrift *Fick dich* stand.

„Okay", antwortete ich für Aileen, die sehnsüchtig, mit gekreuzten Armen und aufgesetzter Sonnenbrille, auf den Abgang von Hannah und Lewin wartete und kein Wort mehr an die beiden verschwenden wollte. Lewin hatte den gesamten Morgen standhaft an der Meinung seiner, jetzt mit Stirnfalten überzogenen, Freundin festgehalten. Er war damals wie heute ein dummer, aber loyaler Freund gewesen. Das heftige Knallen der Autotüren, aus denen man sicherlich auch eine gegen uns gerichtete Botschaft hätte ablesen können, brachte mir ein beruhigendes Gefühl, als hätte sich ein riesiges Problem in Luft aufgelöst. Das Gefühl steigerte sich auf das doppelte, als das Auto am Ende der Häuserblocks am Kreisverkehr verschwand.

„Boah eyyy. Was war das denn jetzt?", schrie Aileen in unsere Straße und ließ ihre angespannte Haltung fallen.

„Ich würde mal schätzen, dass du nächste Woche auf der Arbeit einen Tisch weniger beim Mittagessen in der Kantine zur Auswahl hast", sagte ich cool und erleichtert darüber, dass wir endlich zu zweit waren.

„Ach Kacke. Daran habe ich gar nicht gedacht, als ich sie angeschrien habe. Miss Prinzessin ist eine Arbeitskollegin von mir", sagte sie und fasste sich dabei mit beiden Händen an die Stirn. „Aber egal, sie ist nicht in meiner Abteilung und wir sehen uns, wenn es hochkommt, maximal zwei Mal die Woche."

„Aileen, bleib einfach ganz cool. Euer eh schon kurzes Kapitel ist nach dieser Woche sehr wahrscheinlich beendet."

„Och Mark, es tut mir so leid, dass ich uns in diesen Kack-Urlaub rein geschubst habe", sagte Aileen und umarmte mich dabei.

„Ach, mach dir da keinen Kopf. Wir haben richtige Freunde, die auf uns zuhause warten und sich unsere Geschichten gerne nächste Woche, wenn wir sie denn fragen, anhören werden."

„Oh ja. Kannst ja Dennis schon mal schreiben, ob wir uns am Wochenende treffen wollen."

„Ja, mach ich", sagte ich zu ihr und schaute mich in der Straße um. Richtung Süden war ich schon gestern mit Lewin gelaufen und die Altstadt müsste genau in der anderen Richtung liegen. Es war eine drückende Hitze in der Sonne, aber im Schatten lag eine angenehme Frische, die, wenn mal ein Windzug vorbeikam, zu kalt für ein Sommer-Outfit war. Hungrig wurden wir aus dem Hause geworfen und wollten uns als erstes ein königliches Frühstück einverleiben.

„Lass uns hier mal die Straße Richtung Norden nehmen und dann rechts halten", sagte ich, während mir die ersten Schweißtropfen an der Schläfe herunterwanderten. Und damit waren wir nun endlich unterwegs. Aileen hatte weitaus mehr Hunger nach einem deftigen Frühstück als ich, sie führte unseren Marsch mit erhöhtem Tempo an und war immer einen Schritt voraus. Viele Passanten, die wir hätten fragen können, sahen wir nicht, schliefen sehr wahrscheinlich noch. Auf dem Smartphone von Aileen fanden wir eine Art Zentrum, nicht weit von unserer Position, also marschierten wir in der morgendlichen Hitze dorthin und waren geschockt, dass es erst kurz vor acht war. Getrieben von der Vorstellung nach aufgebackenen Brötchen und frisch gebratenen Spiegeleiern schafften wir die 850 Meter in nicht einmal sechs Minuten. Am Platz angekommen, nahmen wir das erste Restaurant, was geöffnet war und schon Frühstück auftischte.

Nicht weniger erstaunt, wie über die letzten Stunden, war der Blick, den wir beim Eintreten in das Restaurant hatten. Ein verdammt jung aussehender Mann, sehr wahrscheinlich der Geschäftsführer, stand im leeren Lokal hinter dem Tresen und machte gerade seinen zweiten Job als Gastronomiebesitzer und beschäftigte sich widerwillig mit seinen Haushaltsbüchern.

„Englisch okay, oder geht auch Deutsch?", fragte ich ihn. Sein wahrscheinlich schon seit Kindestagen braungebrannter Körper zuckte kurz zusammen.

„Boah!", vor Schreck fasste er sich an die Brust und musste über seine eigene Reaktion schmunzeln. „Puuuhh. Deutsch ist okay", sagte er mit einem kräftigen italienischen Akzent.

„Wir würden gerne was frühstücken." Ich schaute kurz zu Aileen rüber, die ein wenig verschwitzt und aus der Puste war. „Aber als erstes brauchen wir ein Wasser, bitte."

„Wo wollt ihr das Wasser?", fragte er und lehnte sich wieder auf dem Tresen zu uns rüber.

„Ähm." Eine eigenartige Frage, ich befürchtete, sie war seiner noch nicht perfekten Grammatik geschuldet. Ich schweifte meinen Blick hin und her und überlegte ernsthaft, wo wir das Wasser trinken wollten.

„Gibt es hinten noch einen Raum?", fragte ich. Der erste große, langgezogene Raum, wo wir standen, sah aus wie eine Kantine für Bergsteiger, überall hingen riesige Bilder an den Wänden von Sardiniens schönsten Merkmalen und die symmetrische Anordnung der Tische und Stühle sah überhaupt nicht schön aus.

„Ja. Geht durch die Tür hier neben mir und dann am Ende links." Wir bedankten uns und gingen an ihm vorbei Richtung Gang, der Typ kramte seine Bücher zusammen und machte sich bereit für seine erste Bestellung des Tages. Hinten im Raum angekommen, sahen wir, dass es mal eine

Toilette oder öffentliche Dusche gewesen war. Die Abflüsse am Boden waren noch zu sehen und die gemusterten, schulterhohen Fliesen waren noch an den Wänden. Zwei Fenster zeigten auf einen Innenhof, der eine Bauernhof-Atmosphäre abstrahle, sogar Heu konnte man sehen, wenn man sich ganz nah an das Fenster heran stellte und scharf nach links schaute.

„Ich weiß, was du denkst, Aileen. Aber lass uns erstmal in die Karte schauen und wenn uns nichts anspricht, dann gehen wir einfach wieder."

„Machst du erstens eh nicht und zweitens: Ich will jetzt was essen!", sagte sie und klimperte nervös mit ihren Fingernägeln auf den Tisch.

„Sooooo", ließ der junge Geschäftsführer in einem italienisch klingenden Ton von sich, als er zu uns kam. Mit einer Nähkästchen ähnlichen Box, die er auf den Tisch stellte, hatte er unsere ratlose Aufmerksamkeit.

„Möchtet ihr gedrehte oder nur in kleinen Tütchen?", fragte er zwei immer mehr perplex werdende Gesichter. Es war eine Box voller Marihuana aller Art, Formen und Farben.

„Wir haben White Widow, Diesel Haze, Lemon Skunk oder das gute Amnesia Haze." Abgefüllt, aufbereitet und zur Schau gestellt wie in einem edlen Humidor.

„Papier, Filter und Tabak, falls ihr noch welchen braucht", erklärte er uns voller Stolz. Aileen und ich hatten vor Jahren mal an einem Joint gezogen und nicht viel davon gehabt. Ob das damals Gras oder nur Pizzagewürze waren, die wir geraucht hatten, werden wir wohl nicht mehr erfahren, aber jetzt strahlte der süßlich schwere Duft von unterschiedlich farbigen Marihuana-Knollen uns entgegen.

„Aber frühstücken kann man hier auch?", fragte Aileen.

„Oh äh", sagte unser privater Dealer. „Ja klar. Ich hol euch einfach die Karte." Die Box schnellte er peinlich berührt zu und machte sich mit schnellem Schritte auf den Weg, um uns eine Speisekarte zu holen und dieser peinlichen Situation zu entrinnen. Spontan. Lass uns doch spontan sein, dachte ich mir.

„Können wir zwei Fertiggedrehte nehmen?", fragte ich ihn, kurz bevor er den Raum verließ. „Aber ohne Tabak bitte." Aileen blickte fix zu mir rüber und machte ein eigenartiges Gesicht. Ihre Augen vergrößerten sich auf das Doppelte und stierten mich verwundert an. „Was ist? Lass uns doch diesen, wie du ihn nanntest, Kack-Urlaub mit einer Droge verschönern. Außerdem haben wir doch, glaube ich, diesen Monat die Möglichkeit auf eine Schwangerschaft verpasst."

„Okay. Mit was für einer Sorte soll ich die drehen?", fragte unser Dealer und Buchhalter.

„Such dir eine aus. Irgendetwas Leichtes", antwortete ich und machte eine komisch wirkende Hebe-Geste zu unserem Dealer und Kellner.

„Okay", sagte er und nickte mit einem breiten Grinsen, während er den Raum verließ. Er war nur eine Sekunde aus unserem Blickwinkel verschwunden, da drehte sich Aileen zu mir um und fragte blitzschnell: „Woher dein Sinneswandel? Du warst doch stets gegen alle Arten von Drogen?"

„Ich war immer gegen Alkohol, manchmal geht es aber auch nicht ohne. Lass uns jetzt einfach einen schönen Tag haben. Bis Hannah und Lewin zurück sind, würde ich gerne wieder mit dir lachen und Spaß haben, als wären nur wir zwei im Urlaub."

„Okay. Find ich gut. Bin nur ein bisschen aufgeregt. Was ist, wenn uns mega schlecht von dem Zeug wird?", fragte Aileen mit einer aufgeregten und hibbeligen Stimme. Voller Vorfreude war sie auf einmal gewesen.

„Wir werden jetzt deftig frühstücken und dann sind wir hoffentlich gegen alles gewappnet. Das Schlimmste, was bei zu viel Gras, glaube ich, passieren kann, ist, dass wir einschlafen."

Eine Stunde später waren wir 54,80 € ärmer, hatten aber dafür zwei helle Brötchen mit Marmelade, zwei dunkle Scheiben Brot mit Parmaschinken, Rührei mit frischer Petersilie, gebratene Würsten neben gleich stark angebratenem Speck, zwei Kaffee, reichlich Orangensaft, zwei Schüsseln Müsli mit 1,5 % fettiger Milch verdrückt und zwei gedrehte Joints mit der Grassorte Amnesia Haze auf dem Tisch.

Auf dem großen Vorplatz suchten wir uns eine Bank im Schatten unter den Palmen. Wir beobachteten stumm das auflebende Gewusel der Stadt. Darunter waren erste Touristengruppen, bei denen man, neben den Sandalen und weiß eingecremten Nasen, ihren vollgepackten Tag vom Gesicht ablesen konnte und natürlich, nicht zu vergessen, die Einheimischen, die nichts lieber als ihre ruhige Insel zurück ersehnten.

„Wir haben gar kein Feuerzeug", sagte Aileen, während ich schon eifrig von der Parkbank aufsprang.

„Bin auf dem Weg." Ein kurzer Spurt zum Restaurant, bei dem nur beim Gedanken an unsere gleich startende Kiffer-Karriere die Aufregung in mir anstieg, und der lächelnde Dealer und vielleicht auch Küchenchef warf mir eine Streichholzschachtel in die Hand. Als hätte er es gewusst.

Ladies First. Aileen nahm den Joint in den Mund, nahtlos und ohne eine einzige Delle gedreht, sah er aus wie in einer Fabrik hergestellt. Sofort hustete sie und bekam danach Tränen in den Augen, als sie das erste Mal richtiges Gras inhalierte. Mit Daumen und Zeigefinger reichte sie mir diese monströse, nur mit Gras befüllte, Zigarette. Ich zog einmal kräftig dran, inhalierte den kratzenden Rauch und behielt alles möglichst lange in den Lungen. Damals war es so üblich, mit dieser Methode zu kiffen. Jeder von uns zog noch zwei weitere Male an unserem ersten Joint. Unser gemeinsamer Hustenanfall brachte mich fix auf eine Idee.

„Da drüben ist ein kleiner Döner." Dabei bemerkte ich den eigentlichen Fakt gar nicht. Eine Döner-Imbissbude auf Sardinien? „Ich hol uns da mal ein paar Getränke", sagte ich und reichte den Joint zurück an Aileen. Schnell flitzte ich über den Platz, zwang mich durch eine gerade loslaufende britische Touristengruppe, weiter über die anliegende Straße, die mehr wie eine Fußgängerpassage wirkte, in den kühlen Dönerladen hinein. Griff sechs kleine Flaschen von diversen Zucker- und Koffein-Sodas und bemerkte ein leichtes Kribbeln im Hinterkopf. Woah?! Ein kurzer, aber heftiger Aussetzer zwang meine Gedankengänge zu einem schnellen Neustart. Ich bezahlte, lehnte die Plastiktüte dankend ab und versuchte mich mit den sechs kalten Flaschen auf den Armen zurück zu Aileen zu manövrieren. Erneut wurde ich, beim Verlassen des Dönerladens, fast von der ungeahnten Hitzewand erschlagen, meine Waden wurden weich wie Pudding. Mein Schritttempo wurde nicht aus Schwäche langsam, sondern mein Körper wollte es einfach.

„Boah krass. Wie geht's dir?", fragte ich Aileen, während ich mich langsam auf die Bank setzte und alle Flaschen, aus einem mir unerklärlichen Grund, ordentlich aufreihte. Sie löste ihren weit geöffneten, starren, fokussierten Blick von den Palmen, drehte ihren Kopf langsam in meine Richtung, schaute mich an, fing genüsslich an zu grinsen und sagte ganz langsam: „Gut. Und dir?"

„Ganz schön, na ja, ich glaube, man sagt fett", und kraulte mir durch das eigene Kopfhaar. „Puhhh eijjeijei." Wir genossen die Straßenatmosphäre, das Vogelgezwitscher, den Trubel der Passanten, lauschten der italienischen Sprache und dachten, wir würden alles über die Mimik verstehen.

„Also, an so eine Wirkung hätte ich bei weitem nie gedacht", sagte Aileen und griff sich ein koffeinhaltiges Getränk.

„Oh krass, ich hab echt vergessen, dass ich die geholt habe", kam von mir und ich griff auch eine Flasche, um den plötzlich abnormal starken, nach etwas süßem verlangenden Bedarf zu stillen. Der erste Versuch, die Flasche zu öffnen, schlug durch eine falsche Drehrichtung fehl und es dauerte eine Weile, bis ich dem Problem auf die Schliche gekommen war.

„Jop. Wirkt so schwer und entschleunigend", flüsterte ich leise vor mir her und nahm endlich einen großen Schluck Zuckerwasser. „Nicht so wie Hannah, nicht wahr?", sagte ich mit einer geschwätzigen Art und mit der Begeisterung einer Lästerschwester.

„An die musste ich gerade auch denken", und da fing Aileen an zu lachen. Das waren dann wohl die sogenannten Lachflashs, die man von Marihuana bekommen konnte.

„Ach, diese dumme Kuh. Wie sie mir echt drohen wollte? Was glaubt sie, wer sie ist?", sagte sie und machte sich über Hannah lustig.

„Die ist echt komisch. Von null auf hundert völlig ausgerastet." Und so redeten wir eine Ewigkeit über dieses Hannah- und Lewin-Thema, über diesen Urlaub im Gesamten und malten uns irrsinnig spannende und absurde Szenerien aus. Wir dachten einmal dran, was passiert wäre, hätten wir direkt am Morgen unsere Koffer gepackt und wären einfach nach Hause geflogen.

„Oh Gott. Ich frag mich manchmal wirklich, was die beiden so ruiniert hat?", fragte Aileen plötzlich sehr ernsthaft und träumte mit ihrem Blick mitleidig zu Hannah und Lewin rüber.

Ich gluckste und sagte: „Da gibt es einen Rocksong drüber. Aber aus ihrer Sicht stellen die beiden sich bestimmt die gleiche Frage. Man kann die Frage sowieso nicht so stellen. Aus den Augen von anderen Menschen ist man nie das, was der andere sein möchte. Wir alle sind nur zu uns selber vollkommen und zu hundertprozentig loyal", sagte ich mit langsamer Stimme.

„Oh Gott, Mark! So ein Bullshit." Aileen schlug mir sachte gegen die Schulter.

„Hey! Hör auf, ist doch so." Sie nahm ihre beiden Beine auf die Bank und setzte sich drauf.

„Hast du zufällig noch ein paar Süßigkeiten gekauft?", fragte sie mit einem hoffnungsvollen Blick.

„Äh nein. Nur die Flaschen hier. Wir haben ja nur noch zwei. Dann lass uns mal schnell was holen gehen." Angetrieben vom Heißhunger und der Vorstellung, sich aus einem riesigen Regal von Süßigkeiten bedienen zu können, sprangen wir von der Bank, packten unsere restlichen Flaschen in meinen Rucksack und liefen leichtfüßig, als wären wir gerade von einer Ganzkörpermassage entlassen worden, die Straße hinunter. Nach wenigen Wegminuten auf dem Fußgängerweg der modernen Innenstadt waren wir Richtung Osten gegangen, ich kam an einer kleinen Gasse vorbei, von der aus sah ich am Horizont weit entferne Berge, es war ein wunderschönes, atemberaubendes Bild von Olbia. Zurück zu Aileen gerannt, nahm ich sie an die Hand, sie war schon ein wenig weitergelaufen, und rannte mit ihr zurück zu der Stelle, wo man dieses Bild von Olbia sehen konnte. Das hellblaue Wasser lagerte viele kleine Segelboote und bündelte tausend kleine Reflektionen der Sonne zu einem Bienennest ähnlichen Wirrwarr. Rasend schnelle Wolken schoben sich vor die Sonne und setzten die Berge in einen dunklen Schatten, die Wolken gaben sich aber relativ schnell dem Sonnenlicht geschlagen und mit langen Strahlen brach das warme Licht durch sie hindurch und versetzte die Berge mit einem Schattenspiel ähnlichen Muster. Wir genossen gemeinsam diesen Moment, diesen Anblick, dieses Geschenk und entdeckten eine ganz neue Art der Zufriedenheit in uns. Der ganze Ärger, der Zweifel, diese Reise überhaupt gemacht zu haben, alles verflog und hatte sich in Luft aufgelöst.

Wenn ich jetzt gerade beim Laufen auf meinen Fitness-Tracker schaue, der mir anzeigt, dass ich schon seit 43

Minuten Aileen zuhause mit unseren Töchtern alleine warten lasse, frage ich mich, was überhaupt mein Problem ist. Warum ich ihr überhaupt wütend bin? Warum bin ich zornig, dass sie mich nicht heiraten will? Wozu brauch ich diesen, in die Jahre gekommenen Beweis ihrer Liebe, wenn wir zusammen solche Momente erlebt haben? Ich weiß, dass sie ein bindungsscheuer Mensch ist und vielleicht fühlt sich heiraten für sie einfach wie gefesselt zu sein an? Es gab aber noch einen ganz besonderen Moment, der sich schon fast wie eine Hochzeit angefühlt hatte.

Nach dem prägenden Blick über die Landschaft von Olbia hatten wir einen Supermarkt gefunden und rüsteten uns mit allerlei Schokolade, Kartoffel-Chips, Keksen und reichlich Getränken aus. Ein gutes Drittel hatten wir schon aufgegessen, während wir vom Bezahlen an der Kasse wieder vor den Laden liefen. Wir stopften wieder alles in meinen Rucksack und ich entdeckte meine Kopfhörer.

„Ach, schau mal", sagte ich erfreut. „Idee! Ich probier mal kurz was." Ich teilte das zusammengeklebte Kabel und hatte somit ein zweigeteiltes, langes Kopfhörerkabel.

„Hast du Lust auf ein bisschen Musik hören und einfaches Spazieren durch die Stadt?", fragte ich Aileen.

„Oh, Sau gute Idee, Mark. Hast du etwa deinen alten iPod dabei?"

„Natürlich!", sagte ich und grinste leicht dämlich, während ich das Teil hochhob.

„Na, dann los. Machst du wieder den Zufallsmodus an?", fragte sie voller freudiger Hingabe.

„Jo." Wir stöpselten uns die Kopfhörer in die Ohren. Ich nahm meinen Rucksack wieder auf den Rücken, richtete das Kopfhörerkabel durch mein T-Shirt hindurch, fädelte ein Ende rüber zu Aileen und drückte die Playtaste.

Wir liefen ein paar Meter, den Gefühlen der Musik hingegeben, und waren fasziniert von der Welt. Das Gras war nicht gerade unschuldig daran, dass wir eine ganze halbe Stunde das plätschernde Wasser an einem Brunnen beobachteten. Drei Stunden waren wir zu Fuß durch Olbia unterwegs, unsere Augen waren schwer wie Blei und leicht rötlich. Wir hörten uns durch Musik, die für 236 Tage gereicht hätte, und fanden an jedem Song Gefallen, bis ich bei den ersten Klängen von dem Lied *Introduction* hängen blieb. Es kam von einem Videospiel-Soundtrack, der Interpret war ein schwedischer Musikproduzent, wie ich Monate später nachlas. Wir hatten, so glaube ich mich grob zu erinnern, das Lied über zwanzig Mal gehört. Also mehr als zwei Stunden. Immer wieder blieben wir, während im Lied der große Höhepunkt zu hören war, einfach stehen und saugten das, was sich vor uns abspielte, auf. Ganz simple Sachen faszinierten uns und brachten uns zum Staunen, wie eine *American Beauty* ähnliche Mülltüte, die sich im Winde durch die Lüfte drehte. Tauben, die zu einem kleinen, grinsenden Mädchen auf die Hände flogen und das Futter daraus pickten. Ältere Menschen, die sich ihrer Freude hingaben und sich lauthals über ihre Schachpartie ausschrien. Es war eine intensive Achterbahnfahrt der freudigen und glücklichen Gedanken und Gefühle zugleich. Ein Straßenzeichner beeindruckte uns, wie er liebevoll zwei Touristen mit einer Karikatur zum Lachen brachte. Eine kleine Markthalle entdeckten wir in einer Seitenstraße und schlenderten durch das laute Gewusel der handelnden Kunden und

Standbesitzern, das wir durch unser freiliegendes Kopfhörerohr hören konnten.

Der von Hannah prophezeite Regen kündigte sich schon am Abend mit dunklen Wolken über Olbia an. Wenig später, bei immer noch warmen 28°, fing es aus Strömen an zu regnen. Die Kopfhörer, so schnell wie es unser Zustand erlaubte, vor dem Regen in meinen Rucksack verstaut, rannten wir, immer noch mit jedem einzelnem Ton vom Lied im Gedächtnis, durch die nassen Straßen und kamen auf einem Platz mit einer kleinen Kapelle an, wo wir weit und breit keine Möglichkeit hatten, uns ins Trockene zu stellen. Wir schauten auf die Kapelle und ich war einfach glücklich, diesen Moment mit Aileen teilen zu können. In dem Moment merkte ich, wie sehr ich Aileen liebte und als Menschen schätzte. Ein Mensch, dem ich alles anvertrauen konnte, der mein Partner fürs Leben war. Wie Seepferdchen, Schwäne, Biber oder Kaiserpinguine konnte ich mich als erfüllten Menschen sehen, wenn ich mit dieser Frau mein Leben lang zusammenbleiben konnte. Keine Ahnung, ob das immer noch die Wirkung vom Joint verursachte, aber ich sah uns an diesem verregneten Platz als Braut und Bräutigam gekleidet. Unsere Freunde und Familienangehörige saßen zu unserer rechten Seite und waren voll freudiger Gesichter. Ein Pfarrer, zu unserer Linken, hatte gerade seine Rede mit den berühmten Worten *Sie dürfen die Braut jetzt küssen* beendet. Ich küsste sie, mit einer Aufregung, die ich zuletzt aus meinem 12 Jahre alten Selbst kannte, als wäre gerade der Korken der Weinflasche beim Flaschendrehen bei mir stehen geblieben, und nahm sie dabei fest in den Arm.

„Wofür war der denn?", fragte Aileen mit einem zufriedenen Lächeln.

„Ich liebe dich."

„Was? Das ist aber nichts Neues? Du weißt schon, dass wir diesen Punkt, wo man sich das erste Mal *Ich liebe dich* sagt, schon vor über einem Jahrzehnt abgehackt haben?", sagte Aileen mit einer albernen Art.

„Ja, natürlich weiß ich das. Ich wollte es nur nochmal gesagt haben."

„Ich liebe dich auch", sagte sie liebevoll zu mir.

Wir kamen erst sehr spät wieder am Haus von Lewin an. Der Regen ließ uns keine Minute außer Acht und wir klingelten mit bester Laune an der Türklingel. Hannah machte uns die Tür auf und ohne ein Wort zu sagen, trat sie wieder zurück Richtung Wohnzimmer. Lewin und Hannah verschanzten sich, unverständlicherweise, in ihrem Schlafzimmer ohne Tür und ließen uns im ganzen Haus allein. Wir zogen unsere nassen Klamotten aus und trockneten uns ab, machten es uns, nach einer heißen Dusche, wo wir erfolgreich ein Paket verschicken konnten, auf der Couch gemütlich, schauten den Abend über Fernsehen und knabberten unsere restlichen Süßigkeiten auf. Wir hörten die beiden ab und zu reden und sich bewegen, sie hatten versucht, uns mit ihrer schlechten Laune anzustecken, aber es prallte an uns einfach nur ab und dadurch gipfelte sich ihr bockiges Verhalten immer weiter zu.

Unseren letzten Tag in Olbia verbrachten wir, aus Rücksicht davor, dass Lewin und Hannah auch mal aus ihrem Schlafzimmer rauskommen sollten, in einem Einkaufszentrum. Nicht vergleichbar mit dem gestrigen Tag, hatte es trotzdem sehr viel Spaß gemacht. Warum? Wir fanden unseren zweiten Joint in meinem Rucksack und beendeten damit unseren kleinen Ausflug in die Welt der kiffenden Menschen. Zum Glück mussten wir am nächsten Tag unseren Schlaf mit dem Wecker klingeln um 5 Uhr morgens unterbrechen und waren schon um 8 Uhr im Flieger zurück nach Hause. Unsere Flugzeugtickets hatten wieder weit entfernte Sitzplatznummern aufgedruckt, aber wir setzten uns einfach direkt nebeneinander und hatten wieder das Glück, dass der Flieger angenehm leer war. Gelandet und mit unseren Koffern in der Hand, die wir noch schweigend mit Hannah und Lewin zusammen am Kofferband abgeholt hatten, standen wir am Terminalausgang.

„Tschüss dann", sagte Hannah kurz angebunden.

„Tschau", ergänzte Lewin mit einer winkenden Hand.

„Bis dann", antwortete ich und lächelte bei dem Gedanken, sie nie wiedersehen zu müssen.

„Dann vielleicht bis Montag", sagte Aileen.

# 8 K

Jetzt … merke ich … erstmal … Ah, das Laufen wird jetzt ganz schön anstrengend … wie sehr ich Aileen auch ohne … ahh … verheiratet zu sein … liebe. Ich halte mal kurz an, um einmal tief durchzuatmen und erinnere mich, wie ich ihr den Antrag gemacht habe. Eingesperrt unter einer meiner größten Ängste hat sie, als ich die alles entscheidende Frage gestellt habe, im ersten kurzen Moment, glaube ich, nicht glücklich gewirkt. Warum eigentlich? Es muss einen Grund geben, warum sie gestern Abend so emotional zusammengebrochen ist, als ich sie wieder mit dem Thema Heiraten unter Druck gesetzt habe.

„Dennis! Was ist los? Findest du den Flug nicht mehr?" Ich lief in der Wohnzimmerküche von Aileen und mir auf und ab. Dennis war schon fast seit einer Stunde in den Laptop vergraben und suchte den Flug wieder, den wir vor zwei Wochen auf einer Preisvergleichsseite gefunden hatten.

„Ja, entspann dich doch mal. Wir haben noch gut zwei Stunden, bis Aileen wiederkommt, wir werden das schon noch schaffen. Wir müssen ja nur diesen Flug finden und dann buchen", sagte er mit einer lockeren Art. „Deine Einreiseformulare haben wir euch ja schon letzte Woche gemacht."

„Danke dir, Dennis, dass du mir bei diesem Geheimprojekt hilfst."

„Kein Ding. Ich finde das immer noch krass, dass du dich mit deiner Flugangst in einen neunstündigen Flug setzen willst."

„Ja. Wird schon schiefgehen. Wir buchen ja auch den Rückflug, also wird in knapp 30 Stunden auch wieder alles vorbei sein", sagte ich voller positiver Energie zu Dennis.

„Da ist er! Ich hab ihn. JFK von hier um 13:20 Uhr. Dann seid ihr um 15:50 Uhr in New York und dann hast du bis zum nächsten Tag um 19:40 Uhr Zeit, dein Ding durchzuziehen."

„Puhh. Einmal volle Power und dann auf dem Rückflug volle acht Stunden schlafen", sagte ich laut zu mir.

Ich blieb, den Rücken zu Dennis gewandt, kurz stehen und überlegte, ob ich es wirklich wollte. Wäre es den Aufwand wert? Vielleicht zu schnulzig? Ich drehte mich um und sagte: „Okay. Buch! Wird schon schiefgehen."

„Schon längst passiert", sagte er und grinste zurück.

„Hey, was wäre, wenn ich nein gesagt hätte? Hättest du mir dann die Flugtickets nach New York abgekauft?"

„Ich wusste, dass du ja sagst und ja klar, warum nicht, die haben dich nur 180 € gekostet", sagte er und sein Grinsen vergrößerte sich in ein breites Lächeln.

„Was?! Nicht dein Ernst?", fragte ich ihn und sprang um den Tisch herum zum Laptop.

„Preisfehler. Ich konnte die Tickets ganz normal downloaden und hab sie dir schon per Mail geschickt", sagte er und streckte seine Hände, sodass die Finger allesamt knackten. Ich zückte mein schon in die Jahre gekommenes Smartphone, checkte meine Mails und öffnete die Tickets.

„Aber nicht, dass die nicht funktionieren?", fragte ich Dennis.

„Nein, das glaube ich nicht. Wie du gesagt hast, wird schon schiefgehen." Man hörte den Schlüssel von Aileen in das Schloss der Wohnungstür klappern.

„Okay. Es geht los. Wünsch mir Glück", sagte ich in den Raum hinein und nahm meine Jacke und eine für Aileen sowie meinen vollgepackten Rucksack, den ich schon vor Tagen für diese Reise still und heimlich mit Reiseführern, fluggerechten Snacks und Hygieneartikeln gepackt hatte.

„Vergiss den Ring nicht", flüsterte Dennis mir zu und warf mir die kleine schwarze Schachtel vom Küchentisch entgegen.

„Dank dir! Du kannst die Tür einfach hinter dir schließen. Ich hab meinen Schlüssel im Rucksack."

Aileen betrat schon den Flur, als ich ihr entgegensprang.

„Musst du nochmal auf die Toilette? Bist du mega hungrig und kannst kurz zwei Stunden ohne eine richtige Mahlzeit auskommen?", fragte ich sie.

„Nein, und ja, sollte gehen. Was ist hier los, Mark? Wer ist hier noch?", fragte sie und wollte gerade ihre Tasche ablegen.

„Nein! Nicht ablegen. Los! Wir müssen runter. Das Taxi wird gleich da sein. Hast du deinen Reisepass da drinnen?", fragte ich sie, während ich ihren Arm packte und sie mit die Treppe herunterzog.

„Ja, habe ich komischerweise dabei. Oh Gott, Mark, mach mal langsam, wo geht es denn hin?" Verwundert über meine zielstrebige Entschlossenheit, rannte sie mir, nun endlich, mit schnellem Schritte hinterher. Das Taxi sowie ein ungeduldig wartender Taxifahrer standen schon seit vier Minuten in der zweiten Reihe. Automatisch öffneten sich die Autotüren, als der Taxifahrer uns angerannt kommen sah.

„Wo geht es hin, Mark?", fragte mich Aileen mit schwerem Atem. Als sie es sich neben mir im Taxi gemütlich machte, beantwortete ich ihre Frage mit einer Ansage an den Taxifahrer.

„Einmal zum Flughafen, bitte!"

„Was?! Mark! Was machst du? Äh, also ich meine wir, so wie es ausschaut."

„Wir werden fliegen. Wohin, wirst du beim Einchecken sehen", sagte ich zu ihr, mit einer ruhigen, coolen James-Bond-Art, kombiniert mit der Unsicherheit eines Fahrschülers, der gerade seine erste Fahrstunde hatte. Ich wusste nämlich nicht, ob die viel zu günstigen Flugtickets wirklich gültig waren. Nach nur einer Viertelstunde im Taxi und der zwanzigsten Wiederholung von Aileens Frage, *Wo es denn nun hingeht?*, waren wir direkt am richtigen Terminal und Gate angekommen. Da wir keine Koffer hatten, konnten wir direkt nach dem Check-in durch die Sicherheitskontrollen und in das Flugzeug einsteigen. Wir traten an den Check-in-Schalter, wo ein Monitor mit *New York* geschrieben hing.

„Woahoooo", schrie Aileen und fiel mir um den Hals. „Oh woah! Mark, vielen Dank. Danke, dass du mit mir acht Stunden nach New York fliegst."

„Ja, kein Ding", sagte ich zu ihr und nahm sie in den Arm. „Einzig kleiner Nachteil: Wir sind morgen schon wieder zurück."

„Das ist nicht schlimm, Mark! Alles cool. Ich freu mich einfach riesig, endlich mal nach New York zu fliegen und die Freiheitsstatue zu sehen. Da geht dann schon ein riesiger Traum in Erfüllung", sagte sie mit feuchten Augen. Ein bisschen sprachlos, dass sie dieser Kurztrip so emotional treffen würde, reichte ich mit großen Augen der Flugbegleiterin unsere Ausweise und Flugtickets. Ich ließ kein Blinzeln mehr zu, ich beobachtete jede Veränderung in den Gesichtsmuskeln der Dame, die jetzt eine riesige Gewalt über mein zukünftiges Leben hatte. Unendliche Tastaturbefehle von der Flugbegleiterin später fragte ich mich, ob die Dame mal Kassiererin war.

„Haben Sie noch Gepäck aufzugeben?", fragte sie uns, während sie weiter auf ihren Monitor starrte.

„Nein. Wir haben nur Handgepäck", antwortete ich. Sie löste ihren Blick vom Monitor und nahm ersten Augenkontakt mit uns auf.

„Dann wünsch ich einen guten Flug", sagte sie, während sie uns ihr perfekt gelerntes Fake-Lächeln präsentierte. Unglaublich, die Flugtickets hatten ohne Probleme funktioniert!

„Hier links neben mir kommen Sie zum Sicherheitscheck und dahinter befindet sich dann schon Ihr Gate."

Eine dankende Antwort war nicht nötig, sie hatte uns schon längst wieder vergessen und rief bereits den nächsten

Fluggast zu sich heran. Einerseits freute ich mich riesig, andererseits rutschte mir die Angst in die Knie. Acht volle Stunden in einem Flugzeugsitz mit der freundlichen Bitte, sich über den ganzen Flug angeschnallt zu lassen, lösten in mir mehr als nur klaustrophobische Ängste aus. Scheiße! Ja, ich hatte vor diesem Flug eine gewaltige Angst, ich wollte nur möglichst schnell am JFK stehen und mich zusammen mit Aileen durch die Straßen von New York bewegen.

„Bitte leeren Sie alle Hosen- und Jackentaschen und legen Sie alles in diesen Korb", sagte der freundliche Flughafenmitarbeiter und versuchte dabei bloß nicht zu freundlich zu wirken.

„Oh Scheiße …", murmelte ich leise vor mir her und Aileen, die gerade den Inhalt ihrer Handtasche in die Box vor sich ausleerte, schaute zu mir rüber. Ich hatte die auffällig und eindeutig nach einer Ringschatulle aussehende Box noch in meiner Hosentasche. Was verdammt nochmal, sollte ich jetzt tun? Wenn ich das Teil nicht in die Box packte, musste ich es spätestens am Metalldetektor aus der Tasche holen. Im richtigen Timing legte ich die Ringbox blitzschnell unter meinen, vorher schon in die Box gelegten, Rucksack. Es war ein riskantes Manöver, aber es klappte ganz knapp. Der am freundlichst wirkende Sicherheitsmitarbeiter, der durch das Röntgenbild meines Rucksacks jetzt alles wusste, was ich eingepackt hatte, war nun, zusammen mit Dennis, in mein geheimes Vorhaben eingeweiht. Ich glaubte, von ihm einen flüchtigen Blick, der mir Mut mitgeben sollte, bekommen zu haben. Vielleicht gab er mir aber auch aus einem ganz anderen Grund diesen Blick. Er wollte nicht nochmal in den Rucksack schauen und so schnappte ich als erstes die Ringbox und steckte sie in den Rucksack.

Wir reisten, wenn auch nur kurz, in ein Europa fernes Land und mussten deshalb noch durch eine Passkontrolle. Der Polizist in seiner Kabine nahm unsere beiden Pässe entgegen und gab mir meinen, ohne wirklich drauf zu schauen, wieder zurück.

„Kenn ich Sie?", fragte der grauhaarige Polizist mit Brillengläsern, die einem Flaschenboden ähnelten.

„Ähh was?", antwortete Aileen. „Ich hatte eigentlich noch nie so wirklich mit der Polizei zu tun. Woher sollten wir uns kennen?"

„Ich weiß nicht", kam vom Polizisten und er knetete sich die Stirn. „Wissen Sie, ich habe nicht oft das Gefühl, bei den tausenden Fotos, die ich mir in einer Woche anschauen muss, dass ich hier und da eine Person kenne. Lustig, wenn dann mal wirklich jemand aus der Familie durch meine Kontrolle kommt", sinnierte er vor sich hin. „Aber bei Ihrem Bild habe ich ein ganz anderes Gefühl." Leicht unangenehm war es mir, dass wir schon so lange für diese Kontrolle brauchten, deshalb sendete ich ein paar Störungssignale an den Polizisten, um seinen nachdenklichen und nostalgischen Blick in die eigene Vergangenheit zu unterbrechen. Aus ganzer Kraft hustete ich mir die Lunge aus dem Körper.

„Oh Mark, alles gut?", fragte Aileen, während sie mir auf den Rücken klopfte. Der senile Polizist war endlich aus seinen Gedanken befreit.

„Jaja, alles gut, danke", antwortete ich.

„Es tut mir leid, dass ich Sie unnötig hab warten lassen. Ich wünsch Ihnen einen angenehmen Flug", gab er mit einem freundlichen und ernstgemeinten Lächeln von sich.

Endlich im Flugzeugsitz angekommen, war ich beeindruckt von der Größe. Das Flugzeug hatte zwei Zweierreihen und eine Viererreihe in der Mitte. Wir saßen beide, Aileen zwar völlig aufgeregt und nicht wirklich ruhig, nebeneinander in einer Zweierreihe. Mit Eile wurden die ersten Snacks von den Flugbegleitern ausgeteilt und noch während wir zu unserer Startbahn rollten, wurden uns die Sicherheitsvorkehrungen erklärt. Als hätte der Pilot darauf gewartet, endete das Video mit den Sicherheitshinweisen und er schob die seit Minuten wartende Maschine auf eine ohrenbetäubende Geschwindigkeit hoch. Über sechs Millionen Einzelteile brachten uns beide auf 340 km/h, ehe wir abhoben, drückte uns ein heftiger Seitenwind kräftig zur linken Seite rüber. Die Maschine vom Typ 747-400, so stand es auf dem Monitor, der für meine spätere Ablenkung und Unterhaltung sorgen sollte, machte eigenartige Geräusche, als wir in der Luft waren. Es knarrte und knackte, die Turbinen gaben sich alle Mühe, um uns in der Luft zu halten, die Flugbegleiter räumten schon fleißig, in ihren sogenannten Galley-Küchen, die Trolleys von vorne nach links und wieder zurück nach rechts. Die Dame zwei Reihen vor mir war schon durch die ersten zwanzig Minuten von ihrem ausgewählten Sommer-Blockbuster. Schweiß quoll durch meine Hände und ließ sie eiskalt werden. Landung in sieben Stunden und fünfundfünfzig Minuten. Scheiße! Jetzt hätte ich Lust auf Bier oder Schlagsahne. Musik hören? Hatte ich überhaupt meine Kopfhörer eingepackt? Ich wollte jetzt auch nicht aufstehen, konnte ich auch noch gar nicht, die Anschnallzeichen waren noch nicht ausgeschaltet worden. Warum guckten die drei Typen da so ernst durch das ganze Flugzeug? Die heckten doch bestimmt was aus!

„Mark. Beruhige dich", flüsterte Aileen zu mir und nahm meine eiskalt gewordene Hand und massierte sie durch. „Wollen wir zusammen einen Film schauen? Ich habe Lust auf sinnlose Gewalt, du auch?"

„Na, geht so. Vielleicht doch etwas, wo am Ende kein Flugzeug von innen zerbombt oder zerschossen wird."

„Na gut", sagte sie traurig und nahm sich eine Decke aus meinem Rucksack. „Also dann die romantischen Komödien, an die sich, nach zwei Jahren, keiner so wirklich erinnern kann."

„Ja!", haute ich raus und schlug sachte mit der Faust auf unsere Armlehne. „Genau die brauch ich jetzt, um mich abzulenken. Nimm am besten die erste Komödie, wo auf dem Plakat das baldig glückliche Pärchen mit verschränkten Armen und Schulter an Schulter gelehnt sich frech anschaut."

Der erste Film war gerade am dramatischen Höhepunkt angekommen, unser Abendessen sah schlimmer zugerichtet aus als die verzweifelte Hauptdarstellerin im finalen Akt. Beides war am Schluss ganz okay. Eine Müdigkeit machte sich in mir breit und ich schlief, während Aileen voll Freude ihren ausgewählten Actionfilm schaute, ein und wachte, mit ein paar Momenten zwischen drinnen, erst wieder auf, als das Flugzeug nur noch eine Stunde vom JFK-Flughafen entfernt war. Nun teilte ich plötzlich die Aufregung von Aileen. Ich spürte ein Kribbeln in den Beinen, bei dem Gedanken, in wenigen Stunden der Freiheitsstatue entgegenzulaufen und den Schreien der Möwen und einigen New Yorker Dialekten zu lauschen. Ich wollte sofort los.

„Hey na? Schon gesehen, wir sind gleich da", sagte Aileen zu mir.

„Ja, voll krass. Hab fast den ganzen Flug geschlafen", gab ich zurück, während ich mir die Augen durchknetete. Mit einer Zahnbürste bewaffnet stürmte ich die nächstgelegene Toilette und wurde erst ganz wach, als ein Luftloch die Maschine um mehrere Meter nach unten fallen ließ. Ich war noch zu müde, um panisch zu werden, also ging ich einfach weiter und nahm mir einige Minuten, um mir die Zähne zu putzen und mir mit dem eigenartig riechenden Wasser vom Waschbecken das Gesicht zu waschen. Zurück am Sitzplatz ging Aileen kurz auf die Toilette und als sie wieder zurückkam, erklärte ich ihr, was ich mir als nächstes ausgedacht hatte. 15 Stunden in der Stadt, die angeblich niemals schläft, oder war das Los Angeles? Zwei von unseren drei Piloten landeten selbst bei einer nebeligen Sicht das Flugzeug sicher und sanft auf den Landebahnen des JFK-Flughafens. Dass ich sie am liebsten alle drei zusammen umarmt hätte, behielt ich für mich und gab ihnen nur zum Abschied beim Verlassen des Flugzeuges ein abgeklärtes *Bye bye*.

„Oh mein Gott, wir sind in New York! Whoho!", schrie Aileen und zog in unseren ersten Sekunden auf amerikanischem Boden die Aufmerksamkeit der Border Control auf sich.

„Hey, ganz ruhig, Aileen. Pass auf, wir sind noch nicht durch die Border Control."

„Oh, okay. Stimmt, das ist hier etwas strenger, nicht wahr?", meinte Aileen zu mir und fühlte sich ein wenig schuldig.

„Ja. Bleib einfach kurz ein bisschen cool. Wenn wir durch die Grenzkontrolle sind, können wir zusammen ausrasten."

Ich wollte auch mehr als ausrasten. Nicht zu wissen, ob wir durch die Kontrolle kämen und die Aufregung bei der Vorstellung, gleich auf die Knie fallen zu wollen, um Aileen einen Antrag zu machen, machten mich mürbe. So sehr war ich in den Gedanken versunken, dass ich gar nicht mitbekam, dass wir nach mehr als einer Dreiviertelstunde endlich zu unserer Befragung gerufen wurden.

„Hey guys, how are you?", sagte ein gelangweilter Officer der Border Police mit einem, in den Gaumen gesprochenen, New Yorker Akzent. „So, how long are you planning to stay?"

„Only 15 hours", antwortete ich ihm kurzangebunden mit ernster Miene.

„What? You're kidding, right?", lachte er laut vor sich her.

„No. It's a …", fing ich an zu reden und überlegte kurz, was ich ihm darauf antworten könnte, ohne vielleicht von der Einreise abgelehnt zu werden. „It's a special trip." Aileen stand zwar direkt neben mir, aber beobachtete das Geschehen nur stumm. Sie hatte immer noch die Decke aus meinem Rucksack um ihren Hals. Oh fuck! Mein Rucksack! Sie hatte sich die Decke aus meinem Rucksack genommen. Hatte sie dabei den Ring entdeckt? Sie könnte ihn nur kurz gesehen haben und während ich fünf Stunden neben ihr schlief, hätte sie voll Neugierde sich in aller Ruhe durch meinen Rucksack wühlen können.

„Here you go", sagte der Border Police Officer. „Have fun in New York City and don't fall anywhere asleep where it's illegal to sleep."

Es war … alles ganz schön knapp … vielleicht wusste Aileen schon wirklich was … puh, mir stecken die Gedanken beim Laufen fest … noch anderthalb Kilometer … vielleicht wusste sie wirklich schon, was passiert und war deshalb immer stiller und ruhiger geworden.

Keine Fläche ohne einen Werbeschriftzug, überall war die moderne Architektur eines weltbekannten Flughafens zu erkennen, der amerikanische Dollar wurde überall herumgereicht und ich war nur unter meinen Scheuklappen-Gedanken gefangen. Wann und wo wäre der beste Zeitpunkt, ihr den Antrag zu machen?

„Wo jetzt lang, Mark?", fragte mich meine hoffentlich baldige Verlobte. Mir blieben nicht mehr viele Möglichkeiten, es war schon kurz vor 5 Uhr nachmittags.

„Brauchst du zufällig auch eine richtige Mahlzeit?", fragte ich sie und zückte mein Smartphone. Aileen sprang vor Freude in die Luft.

„Jawohl, bitte eine richtig dicke, amerikanische Mahlzeit und am besten bitte so viel, dass wir davon noch zwei Tage was riechen können, wenn wir wieder zuhause sind."

„Äh, wie meinst du das?"

„Na wegen - also ich meine, ach vergiss es", sagte sie und wedelte ihren Kommentar mit einem Lächeln und den Händen weg. Dennis hatte mir geholfen, ein paar Restaurants und Anlaufpunkte rauszusuchen, jetzt musste ich nur noch ein Passendes aus meiner Liste finden. Pancakes oder Pizza?

„Also, hast du Lust auf dicke, fette, amerikanische Buttermilch-Pancakes mit Schoko-Creme-Bananen-

Erdbeeren-Topping und dazu Speck und Eier?" Sie holte zum Einschlagen aus und schrie: „Ja Mann!"

„150 Nassau Street", mehr brauchte der Taxifahrer nicht, um freundlich zu nicken und ehe die Autotür geschlossen war, fuhr er uns zu unserem verspäteten Frühstück. Jeden Moment, den wir nutzen konnten, um Energie aufzutanken, verbrachten wir in einvernehmlichem Schweigen. Erstaunt darüber, dass dieser stille Zustand auch dann noch erhalten blieb, als wir die ersten Wolkenkratzer der New Yorker Skyline sahen, musste ich daran denken, dass Aileen wahrscheinlich sehr genau wusste, was sie bald erwarten würde. Sie schien mir glücklich im Jetzt zu sein und aus gleich schweren Teilen traurig in der Vergangenheit festzuhängen.

Warum war sie … Oh endlich! Endlich aus diesem Wald heraus … ich kann nicht mehr … Fast 9 Kilometer geschafft. Nur noch eine gerade Straße herunterlaufen und ich komm aus der entgegengesetzten Richtung vor unserer Wohnungstür an. Warum war sie so still im Taxi? Wir waren verdammt nochmal in New York gelandet, der bekanntesten Stadt aus unserem Sonnensystem, den Stress und die Anstrengung mal beiseite gepackt, nagte etwas Trauriges an ihren Gedanken, da bin ich mir sicher.

Angekommen am amerikanischen Diner, bedankte sich unser Taxifahrer für sein gutes Trinkgeld und wahrscheinlich auch für die Ruhe, die wir in sein Taxi gebracht hatten. Schläfrig und mit eingerosteten Gliedern stiegen wir beide aus dem Taxi und mussten uns erst einmal strecken. Ein beengendes Gefühl hatte ich in dieser wirklich schmalen

Einbahnstraße. Das Taxi brauste los und gab einen rauchenden Gullydeckel frei. Wie aus einem typischen amerikanischen Großstadtfilm zog dieser quer über die Straße und gab uns auch eine kleine heiße Erfrischung und man roch sofort, dass man sich in einem anderen Land befand.

„Ah sorry. Ich häng gerade echt durch", gähnte Aileen vor sich her.

„Mir geht es gerade nicht anders", sagte ich zu ihr und glich zur Sicherheit den Namen vom Restaurant mit meinen Notizen ab. „Das ist es. Wir sind da. Jetzt lass uns mal ein wenig Zucker zu uns nehmen, damit wir die nächsten …", ich überprüfte kurz die Uhr an meinem Smartphone, „11 Stunden überleben."

„Ja, das klingt gut, mein lieber Mark", sagte sie und nahm mich von der Seite in den Arm.

„Du bist so putzig, wenn du so dankbar bist."

„Dafür kann ich doch nichts."

Ich streichelte ihr durch das jetzt noch dunkler wirkende Haar und war überrascht, wie frisch es nach so einem langen Tag noch war.

„Danke dir. Danke für diesen einzigartigen Trip." Aus Angst davor, mich zu verplappern, antwortete ich ihr nur mit einem stolzen Lächeln und wir liefen endlich gemeinsam in das Restaurant. Verwundert über den freundlichen Kundenservice, wurden wir an einen Tisch für zwei, direkt an eine große Scheibe mit Blick auf den anliegenden Park, gebracht. Es saßen nicht viele Menschen mit uns im Restaurant, eigentlich war es sogar fast leer. Überhaupt wäre hier ein geeigneter Ort, um ihr den Antrag zu machen. Nicht zu viele Leute, die ein mögliches *Nein* mitbekommen würden. Keine plötzlichen Sirenen, die meine Stimme schmälern würden, und ein sauberer Boden, um sich hinzuknien. Würden wir uns eigentlich erst wieder am Flughafen treffen, wenn sie *Nein* sagen würde? Ich konnte es mir zwar nicht vorstellen, dass sie mich nicht heiraten wollte, aber bis sie nicht *Ja* gesagt hatte, wäre einfach alles möglich.

„What would you like to order?", fragte mich unsere Bedienung namens Gazelle und schupste mich wieder zurück in das Hier und Jetzt. Reingestolpert sagte ich zu Aileen, die schon bestellt hatte: „Was hast du genommen?"

„Genau deinen versprochenen Buttermilch-Pancake mit Schoko-Creme-Bananen-Erdbeeren-Topping", sagte sie und grinste mich dabei voller Freude wie ein kleines Schulkind am ersten Schultag an. Fehlten nur noch die Zahnlücken. Etwas mundfaul zeigte ich nur zwei Finger zu der Kellnerin und sie nickte mit einem grinsenden, stummen *Okay* und machte kehrt.

Mein Fitness-Tracker macht seinen Job, vibriert fleißig zweimal hintereinander und zeigt mir eine eckige, futuristisch aussehende 9 an. Ich hätte nicht gedacht, dass mich ein 10 Kilometerlauf so … puh … beanspruchen würde. Wozu das eigentlich? Wovor habe ich versucht wegzulaufen? Was ist das Problem? Ich würde am liebsten laut schreien, aber ein grimmiger Blick auf den Asphalt der Straße muss erstmal ausreichen.

# 9 K

Die Pancakes kamen auf den Tisch und sahen exakt so aus wie auf den Bildern der Speisekarte.

„Woah krass", sagte Aileen verblüfft. „Schau dir mal diese dicke Schokoschicht an. Da drinnen ist doch noch ein zweiter Pancake versteckt." Sie zückte ihre Gabel mit der einen Hand, nahm das Messer in die andere. Die Ringbox, mittlerweile in meiner Hosentasche, wo man sie dank meiner bequemen Hose nicht erkennen konnte, nahm ich in die Hand, aber holte sie noch nicht raus.

„Also wirklich. Das ist nur Schokolade. Pure, dickflüssige Schokolade", sagte sie, während sie ihren Mund mit Beeren, Bananen, Schokolade und zwei Gabeln voll Pancakes vollstopfte. Ich wollte es so sehr, Aileen soll meine Frau werden, dachte ich mir und nahm die Ringbox langsam aus meiner Hosentasche und drehte sie unter dem Tisch nervös mit einer Hand um sich selbst. Der schwarze Samtstoff fühlte sich schon ganz aufgewärmt an. Na los, gib dir einen Ruck und dann schaffst du das, befahl mir mein Gehirn. Doch wie bei einem Bungeesprung machte man selten selber den Schritt nach vorne und fiel bewusst in den freien Fall, der sich, auch wenn wir es vorher wussten, nur halb so schlimm anfühlte. Oft brauchen wir nur einen kleinen Schubs, um uns zu erinnern, was wir wirklich wollen, um unser Ziel vor Augen nicht zu verlieren. Für mich wäre ein kleiner Finger, der mich nur ganz leicht an der Schulter berühren würde und mich von diesem Stuhl schob, ausreichend gewesen. Aileen, immer noch im Paradies des amerikanischen Essens versunken, während meine Hand die Ringbox schon zum dreißigsten Male drehte, langsam, aber sicher war ich wie versteinert. Da vibrierte mein Smartphone. Kurz kräftig mit den Augen geblinzelt und mit der freien Hand das Teil aus der Tasche genommen und auf das Display geguckt. Es war eine Nachricht von Oliana, es ist doch schon nach Mitternacht bei denen, was will sie denn jetzt, dachte ich genervt und öffnete die Nachricht: „Hey kleiner Bruder. Hab gerade Dennis neben mir im Club auf seinen Drink warten sehen und na ja, was soll ich sagen. Ich wünsch dir viel Erfolg mit dem Antrag ;-) Du schaffst das schon, du hast ja auch den acht Stunden Flug überlebt, also schaffst du das auch!!"

Jemand schubste mich gerade den Abgrund hinunter. Das Smartphone packte ich wieder in meine Tasche und fiel mit eiskaltem Blick vor Aileen auf die Knie. Der erste aufregende Moment war geschafft, das Bungee-Seil spannte sich durch und nahm die erste Aufregung raus. Aileen hatte ein schockiertes Gesicht, während sie ihren Mund leerkaute. Endlich konnte ich diese Ringbox, so wie man es sich vorstellt, öffnen, sie schnappte zu mir gerichtet auf, sodass nur ich den Ring sehen konnte. Peinlich berührt, als hätte ich beim Bungeesprung in die Hosen gepinkelt, drehte ich die Ringbox mit einem lächelnden Seufzer zu Aileen um und fragte sie: „Willst du mich heiraten?"

Der einzige Moment, der für jeden … ich hätte mal Wasser zum Joggen einpacken sollen … der für jeden Mann nicht schnell genug vorbei sein kann. Warten auf die Antwort, auf eine Reaktion, eine Entscheidung, die extrem viel Kraft hat, alles Vergangene und Kommende einer Beziehung zugleich für immer zu verändern. Man befindet sich vor zwei Türen, eine strahlend weiß für die glückliche, verheiratete Zukunft, die andere ausgeblichen schwarzgrau und mit Schrammen übersäht für das Ende einer glücklichen Ära. Die ersten auffindbaren Emotionen in den Augen werden einem die passende Tür öffnen und den Einstieg erleichtern, nur man läuft nicht rein, sondern fällt tief hindurch und kann nie wieder aus der selbst erzwungenen neuen Welt heraus.

Es war zwar keine Uhr in der Nähe, um die Trägheit eines Sekundenzeigers zu sehen, aber das brauchte ich auch gar nicht. Die Antwort war zwar *Ja*, aber die Sekunden, in denen Aileen innerlich mit sich im Konflikt stand, wurden mir gerade bewusster denn je. Es waren zwei Sekunden, für die sie zu lange gebraucht hatte, um zu antworten.

„Ja! Natürlich will ich deine Frau werden", schrie Aileen mit freudig tränenden Augen, die schon längst ihre Wangen runterliefen. Sie zog mich zu sich nach oben und wir umarmten uns. Im ersten Moment spürte ich in mir eine Erleichterung, direkt danach kam das eigenartige Gefühl in mir auf, etwas falsch gemacht zu haben. Durch welche Tür war ich gefallen? Sie schloss mich in eine feste Umarmung ein. Sie schluchzte und gab sich ihrer Gefühle hin. Weinend ließ sie mich keine Sekunde los und gab sich ihrem Herzen hin. Schockiert von ihrer Reaktion und immer noch total erstarrt, nahm ich sie nun endlich in den Arm.

„Aileen, ist alles gut?", fragte ich mit einer dunklen Befürchtung in der Stimme.

Sie weinte weiter vor sich her. Die wenigen Menschen, die im Restaurant waren, einschließlich unserer netten Bedienung, stierten schon mit ihren Blicken zu uns rüber. Genauso wie ich wussten sie nicht, welche Art von Tränen es nun wirklich waren. Aus dem Fenster zählte ich die Grünphasen der Ampeln, viermal sind sie grün geworden und durch den Countdown unterhalb des Ampelmännchen wusste ich, dass zwei Minuten verstrichen waren. Wir lösten unsere Umarmung und setzten uns wieder auf unsere Stühle. Gazelle, unsere Bedienung, brachte ein paar Servietten und ich bestellte eine heiße Schokolade für Aileen.

„Mark, es ist wirklich alles okay … ich … ich … glaube, ich habe das einfach vergessen, dass wir noch nicht verheiratet sind. Wir sind all die Jahre schon innig miteinander zusammen und leben wie ein 50 Jahre lang verheiratetes Ehepaar."

Bullshit! Was sie da in dem Diner in New York gesagt hat, war eine Lüge. Ich muss es wissen, jetzt! Was ist wirklich ihr Problem? Die letzten Kräfte press ich, wie aus einer Zahnpastatube, aus meinen Muskeln heraus und gebe ihnen ein Ziel, um das es sich zu kämpfen lohnt. Ich renn so schnell, dass der Wind meine Haut kühlt, ich eine prickelnde Gänsehaut bekomme und ich das Gefühl habe, in einen kalten See gesprungen zu sein. Ich muss an mein Fußballspiel denken, eine ähnliche Geschwindigkeit bin ich damals mit eingegipstem Arm gerannt. Zu meinem Kopf spreche ich: „Hey Hirn!", und es antwortet prompt: „Ja, was möchtest du?"

„Spiel *Love Reign o'er Me,* aber nicht die Version von *The Who*, die weiß selber nicht, welches Genre sie sein möchte."

„Alles klar, Mark! Ich spiel dir nun *Love Reign o'er Me* von *Pearl Jam.*"

So viel Wut auf mich selber lodert in mir auf. Frust über die verpassten Möglichkeiten, aufrichtig und ehrlich mit Aileen über das beschissene Hochzeitsthema zu reden. Meine Beine sprinten mit dem doppelten Takt der Musik weiter, ohne dass mein Oberkörper davon weiß. Am Ende der Straße sehe ich eine Baustelle, die mich meines Fußgängerweges berauben will. Warum wollte ich jemals unsere Beziehung wegen einer Hochzeit aufs Spiel setzen, wir haben so viele Geschichten erlebt. Die Geburt von zwei Töchtern, einen Dreier mit einer Wildfremden, der Urlaub mit Hannah und Lewin. Mit der Gewissheit, dass die Straße frei ist und mithilfe eines blitzschnellen Schulterblicks gebe ich auf dem glatten Asphalt nochmal richtig Tempo. Meine Lunge versucht mit der körperlichen Anstrengung mitzuhalten, versagt aber kläglich und es kommt nur ein lautes Röcheln aus meiner Kehle herauf. Ich beiße voller Kraft und Zorn die Zähne zusammen und rudere mit den Armen in Richtung Ziel. Klebriger Speichel legt sich auf jede freie Fläche in meinem Mund, ausgespuckt mit hasserfüllten Augen fliegt er in schmierigen Fäden gegen die Blätter eines Busches und hängt dort schwer an den Blättern hinunter.

Ich sehe den nur leicht von der Sonne veränderten Hauseingang und knalle mit voller Geschwindigkeit gegen die Haustür und drücke mehrmals hintereinander die Klingel. Keine zwei Sekunds später fällt mir der Schlüssel unter dem Fußabtreter ein. Die Matte mit dem Fuß weggetreten und den Schlüssel freigelegt, hebe ich ihn hoch und krame den richtigen Schlüssel hervor, als auf einmal der Summer für die Tür los brummt. Durch die Haustür gesprungen, breche ich all meine Rekorde beim Erklimmen der vier Etagen und komme mit einem pochenden Kopf oben vor unserer Wohnungstür an. Aileen öffnet mit Pia auf dem Arm die Tür.

„Wer war der Polizist am Flughafen? Woher kannte er dich? Was war mit der Frauenärztin? Warum hat sie ausgerechnet wegen dir vor Freude geweint? Warum?", frage ich sie völlig außer Atem an dem Türrahmen hängend.

„Was? Woher?" Ihre Augen erstarren zu einem frostigen Blick. Pia lächelt durch mein, fast schon verrücktes, Auftreten auch nicht mehr.

„Jetzt sag schon! Was ist los?" Ich schlage zum Satzende gegen den Türrahmen und sehe auf meinem Fitness-Tracker eine Meldung, dass ich meine 10K mit einer Zeit von einer Stunde und achtzehn Minuten beendet habe.

# 10 K

Der Wetterbericht kündigte für die nächsten Tage ein lang-
anhaltendes Unwetter an. Heute Abend sollte es erst ein
starkes Gewitter geben und danach kämen drei verregnete
Tage. Schon den ganzen Tag über war ich alleine zuhause.
Niemand rief nach mir oder wollte etwas von mir. Nach unserem gemeinsamen Frühstück telefonierte ich fast zwei
Stunden lang mit Isi. Wir beide regten uns über die
kommende Schulwoche auf, planten beide, dass wir die
letzte Doppelstunde Französisch nicht brauchen werden
und schwänzen sollten. Immer wieder fragte sie mich, ob
ich heute bei ihr schlafen würde, aber jedes Mal musste ich
ihr aufs Neue erklären, dass ich morgen meinen
Hausaufgabentag hatte. Sie nahm diese Antwort auch
dieses Mal wieder weniger zufrieden an.

Fernsehen war immer ein guter Zeitvertreib. Zum
Geburtstag, vor drei Monaten, hatte ich endlich meinen
eigenen Fernseher bekommen. Zufrieden darüber, dass ich
die Sendezeiten meiner Lieblingsserien schon auswendig
konnte, wusste ich genau, welchen Sender ich wann

einschalten musste und was während der Werbepausen auf anderen Kanälen lief. Länger als mir im Nachhinein lieb war, schaute ich eine Comic-Serie nach der anderen. So langsam waren mir auch die Serien mit echten Schauspielern ganz lieb. Heute Abend wollten wir noch alle zusammen einen Film gucken. Hatte ich nach fast dem ganzen Tag vor dem Fernseher jetzt irgendwie keine Lust mehr drauf. Vielleicht sollte ich heute schon mit den nervtötenden Hausaufgaben anfangen. Mehr als zwei Fächer würde ich heute auch nicht mehr schaffen. Motivationslos und ermüdet schloss ich lieblos zwei Fächer ab. Weniger für morgen.

Dem hektischem Ruf zufolge lief der Film schon seit einigen Minuten, aber im Wohnzimmer war keiner zu finden. Ein wenig verwirrt überlegte ich, wo noch ein Fernseher stand. Der Lösung nicht mal ansatzweise näher gekommen, irrte ich durch die drei Etagen in unserem Haus. Warum ich auch durch die Fenster nach draußen schaute, war mir unbegreiflich, aber dadurch sah ich zum letzten Mal unseren wunderschönen, weiß gestrichenen Holzzaun in der roten Abendsonne glänzen. Die dunklen Regenwolken grollten schon ganz leicht hörbar in unsere Richtung. Am Horizont unserer Straße sahen sie wirklich bedrohlich aus. Der erneute Ruf nach mir gab mir endlich eine Antwort, wo sich der dritte Fernseher in unserem Haus befand. Ich stürmte mit wahnsinniger Vorfreude auf allen vieren die Treppe nach oben in das Schlafzimmer meiner Eltern. Mit einem übermütigen Sprung stürmte ich das robuste und altgewordene Ehebett. Meine Mutter war an diesem Tag leicht gereizt. Sie erwiderte keine einzige Neckerei, die ich ihr als lieb gemeinte Geste gab. Umso mehr spürte ich die kräftigen Hände meines Vaters, die mich ununterbrochen am ganzen Körper kitzelten und schubsten, sodass wir gar nicht mehr auf den Film achteten. So oft ich mich auch an diesen Tag zurückerinnere, den Namen vom Film weiß ich bis heute nicht. Kissen flogen durch die Gegend und die Decken wurden wie leichte Tücher durch das Schlafzimmer geworfen. Meine Mutter verließ mit einer schlechten Laune das Schlafzimmer und schloss die Tür hinter sich. Ein Gefühl, ihr wehgetan zu haben, drückte kurzzeitig meine Stimmung in ein unangenehmes Empfinden, wurde aber schlagartig von meinem Vater unterbrochen, der mich hochhob und durch das Schlafzimmer trug und durch die Luft drehte, dass mir der Kopf rot anlief. Er legte mich unter die Bettdecke und streichelte mir liebevoll durch mein Haar. Sein Atem wurde schwerer. Die rauen Schwielen an seinen Händen untersuchte ich gerade, als auf einmal seine andere zittrige Hand meine Brust berührte. Es war nicht das, war gerade passierte, dass mein Gesicht rot werden ließ, sondern die Angst, was jetzt noch passieren könnte. Sie machte sich erst in meinen Fingerspitzen, dann in den Händen und wenige Zeit später im ganzen Körper breit. Ich atmete tief ein, wollte all den Mut in mir zusammennehmen und der eigenartigen Situation ein Ende bereiten, da legte er seine übelriechende Hand auf meinen Mund. Seine Augen veränderten sich bösartig, als wäre er aus dem schönsten Traum gerissen worden, musste er nun mich dafür bestrafen, diese Schandtat begangen zu haben. Alles ging so schnell. Geschrien habe ich, sodass mir die Luft wegblieb, geweint habe ich, sodass mir die Augen austrockneten. Am Hals packte er mich und warf mich auf den Bauch. Meine Hose zerriss er wie ein Taschentuch, ich strampelte und zappelte, konnte nun endlich laut nach meiner Mutter schreien. Die Tür öffnete sich, aber blieb nur einen Spalt-breit geöffnet. Da sah ich sie, diese blauen, nichtsnutzigen Augen meiner Mutter. Sie wusste es, mit ihrem Blick gab sie mir zu verstehen, dass sie sehr wahrscheinlich schon heut Morgen gewusst hatte, was mir vielleicht heute passieren würde. Sie wusste schon seit einigen Jahren, welches Mons-ter sie eigentlich an ihrer Seite hatte, vielleicht auch schon länger. Hasserfüllt, mit weit aufgerissenen Augen schrie ich die schlimmsten Beleidigungen durch die Bettdecke hin-durch, in der mein Gesicht halb vergraben war. Während ich schmerzende Qualen erlitt, die nicht mit meinen seeli-schen Wunden zu vergleichen waren, schrie ich nicht nach Hilfe, ich schrie auch nicht mehr meine Mutter an, ich schrie und betete nach einer Erlösung. Niemand kam. Ein letzter Versuch der Befreiung wagte ich, aber gegen die Kraft mei-nes Vaters, der über mir lag, hatte ich keine Chance und als Antwort meines Widerwillens nahm er mich hoch und warf mich erneut auf das Bett, sodass ich die restlichen Minuten in Qual auf das Hochzeitsbild meiner Eltern auf dem Nacht-tisch blicken konnte.

„Aileen!", sage ich mit einer leisen, zittrigen Stimme. Wir sitzen in der Küche. Es ist noch früh am Morgen. Die Kinder schlafen gerade. Mir ist schlecht.

„Meine Mutter kam kurze Zeit später in den Raum ge-stürmt und bedrohte meinen Vater mit einem Küchenmes-ser." Ruhig, aber bei weitem nicht weniger verletzt, erzählt sie weiter: „Sie hatte die Polizei gerufen, um ihren eigenen Ehemann verhaften zu lassen. Meine Mutter erzählte den insgesamt fünf Polizisten alles, einen davon haben wir kurz vor unserem New-York-Flug am Flughafen getroffen. Noch bevor er damals was sagte, hatte ich ihn schon längst erkannt. Alle Gesichter, die ich an diesem Tag gesehen habe, haben sich in meinem Kopf eingebrannt und werden für immer dortbleiben. Meine Mutter nahm selber auch eine Mitschuld auf und wurde ebenfalls verhaftet. Mein Vater hatte seit Jahren eine dunkle Seite in sich entwickelt. Jahre zuvor half meine Mutter meinem Vater, seine krankhafte Perversion zu befriedigen. Ohne dass ich es in meiner Kindheit mitbekam, hatte mein Vater erst meine Cousinen zu anderen Dingen genötigt, und mit mir nahm er sich das, wonach es ihm in seiner krankhaften Gestalt am meisten bedurfte. Ich weiß bis heute nicht warum."

Von der immer noch schmerzenden seelischen Wunde krümmt sie sich mit einem weinenden Gesicht in ihre Hände. Ich nehme ihre zittrigen Hände und führe sie um meinen Hals, damit sie mich umarmen kann. Kurz bevor sie in ein krampfhaftes Weinen fällt, nehme ich sie fest in den Arm. Es dauert eine Zeit lang, bis sie sich beruhigt und weiterreden kann.

„In den nächsten Tagen kam Oma Edith aus Griechenland, um mich von der Polizeistation abzuholen. Sie änderte sich sofort von Grund auf, beendete ihr altes, freies Leben mit ihren Reisen durch die Welt und nahm sich dem letzten Kapitel meiner Erziehung selber an. Ob sie es nur für mich tat oder als Zoll für ihre verurteilte Tochter, weiß ich bis heute nicht genau. Wahrscheinlich ist ihre Tochter für sie auch an diesem Tag gestorben. Jedenfalls hat mich dieses Ereignis verändert, das Bild, was ich auf dem Nachtisch gesehen habe, das vergilbte, altgewordene Hochzeitsfoto meiner Eltern, bringt mir bei jedem Anblick eines

Hochzeitskleids, was ich auch nur in Filmen sehe, diese schrecklich kalte Angst zurück in Erinnerung. Allein die Vorstellung, verheiratet zu sein, nimmt mir die Kraft aus den Knochen, den Antrieb, leben zu wollen. Meine Eltern waren verheiratet und ein Zusammenschluss aus krankhaft und boshaft. Ich habe einfach Angst. Angst davor, dass eine Hochzeit eine kranke Person aus mir macht. Wie ein Virus, der in meinem Kopf über Jahre hinweg keimt. Ein dunkler Albtraum, der von Nacht zu Nacht realer wird. Eine immer größer werdende schwarze Substanz breitet sich in diesem Traum über der bunten und fröhlichen Welt aus und macht sich bereit, alles zu verschlingen. Solche Gedanken plagen und verfolgen mich seit jeher."

Nicht wirklich zu wissen, was ich nach dieser Geschichte überhaupt denken soll, versuche ich, mich mit weiteren Fragen abzulenken.

„Warum hast du mir es jetzt erst erzählt? Irgendwann wusstest du doch, dass ich dich eines Tages heiraten möchte?", frage ich mit einer verletzten Stimme.

„Ich konnte mir nicht einmal vorstellen, überhaupt wieder zu lieben. Überhaupt einen Freund zu haben, war zu dem damaligen Zeitpunkt eine eigenartige Vorstellung. Der Tag, an dem wir uns zum ersten Mal getroffen haben, auch ein verregneter Tag, kannst du dich noch dran erinnern?"

„Ja, klar. Ich kam dir gerade mit dem Fahrrad entgegen und habe dich fast überfahren."

„Es war der Tag meiner ersten psychiatrischen Behandlung. Meine damalige Ärztin sagte in meiner allerersten Sitzung zu mir: *„Vergessen Sie es! Stoßen Sie es ab. Nehmen Sie diese schmerzhaften Erinnerungen und zertreten Sie sie mit wütendem Geschrei. Gehen Sie nachher nach draußen und fangen Sie* *wieder an zu fühlen.*" Sie atmet tief durch und nimmt sich ein Taschentuch und schnaubt sich leise die Nase. Pia und Lea müssten gleich aus ihrem Mittagsschlaf aufwachen.

„Als ich auf dem Ehebett meiner Eltern lag, bettelte ich um Erlösung. Es warst du, der mir an diesem Tag half, ein neues Leben zu beginnen und die grausamen Erinnerungen zu zertrampeln. Von dem ersten Moment an, wo wir uns sahen, warst du derjenige, der mir seit Wochen das erste Lächeln gab."

„Ich? Echt? Das weiß ich gar nicht mehr. Was hab ich zu dir gesagt?"

„Nachdem du dich ewig bei mir entschuldigt hattest, dass du mich fast überfahren hast, erzähltest du mir ganz stolz, dass dein Pipi manchmal aussieht, als wäre es Fanta und würde auch manchmal nach Cornflakes riechen."

„Oh Gott, wie peinlich", sage ich und fasse mir dabei an die Stirn. Aileen laufen erneut Tränen über die Wangen, aber diesmal vor Freude.

„Es war so dumm und eklig und kindisch zugleich. Ich war einfach froh, nach all den ernsten Gesprächen mit Polizisten, Jugendämtern und Ärzten wieder über solchen Blödsinn lachen zu können."

„Aber warum erzählst du mir das alles erst jetzt? Und was war das mit deiner Frauenärztin, warum ist sie damals so gerührt von uns gewesen?"

„Es war Angst. Angst davor, wieder viel zu sehr das Thema aufleben zu lassen. Meine Therapeuten rieten mir, erst mit dir darüber zu reden, wenn ich dazu bereit wäre. Jetzt denke ich, war das ein idiotischer Rat. Die Frauenärztin war dieselbe, die mich nach dem Akt meines Vaters untersucht hat, und ich schätze, sie war einfach nur glücklich. Glücklich, dass ich dich gefunden habe und glücklich darüber, wie es mir nun geht", sagt sie und nimmt meine Hand.

„Es tut mir so leid, Mark! Wirklich. Ich wollte es dir immer erzählen, aber ich wusste, dass wir danach nicht mehr dieselben wären …"

„Es ist okay, alles ist gut. Wir haben es jetzt geschafft …" Plötzlich bricht sie erneut in Tränen aus. „Was ist mit deinen Eltern? Wo sind sie?", frage ich vorsichtig.

„Ich weiß es nicht und ich will es auch nicht wissen." Ihre Augen werden dunkel und voll Zorn erfüllt. „Wahrscheinlich noch im Gefängnis oder tot gesoffen. Ich will es einfach nicht wissen. Für mich sind sie gestorben. In dem Schlafzimmer meiner Eltern habe ich sie mit meinen Schreien getötet. Ich bettelte nach meiner Erlösung, nach meiner Befreiung." Aileens Augen starren geradeaus, an mir vorbei. „Sie haben mit dem Vergehen an mir sich selbst in eine Schlucht geworfen, in der sie immer noch fallen, tiefer und dunkler, Minute für Minute. Stunde für Stunde und Tag für Tag entfernen sie sich weiter von mir, raus aus meinem Gedächtnis, bis sie irgendwann nur noch eine vernarbte Wunde sind, wo man nicht mehr weiß, woher sie stammt."

Nach dem Heiratsantrag bin ich eindeutig durch die schwarze Tür gefallen, unsere Zeit zu zweit ist langsam, aber sicher, so wie Aileens Albtraum, mit einem größer werdenden Schatten überzogen worden. Zusammen können wir nun diese schwarze Tür verlassen und durch die weiße Tür gehen. Es ist nicht leichter, keinesfalls, aber langsam und ständig können wir unsere Welt wieder mit Farbe füllen, auch ohne eine Hochzeit. Ich kann endlich ausatmen. Fast die ganzen 10 Kilometer über bin ich auf derselben

Strecke gelaufen, obwohl mir der Weg unbekannt war, erst zum Ende habe ich meinen Mut genommen und wieder dieselbe Strecke eingeschlagen, bin aber über Stacheldraht und Mauern geklettert, die mich kurz vorher viel zu stark eingeschüchtert hätten. Aileen hat mir endlich Antworten auf Fragen gegeben, die man nicht mit einem *Ja* oder *Nein* hätte beantworten können, das ist ihr bewusst gewesen, aber Angst hat sie auch auf einen leicht geteerten Weg getrieben, den sie nun auch wechselt. Wir klettern nun zusammen über Stacheldraht und Mauern.

Das Wasser kocht schon seit einiger Zeit über. Lea, Pia und Aileen spielen im Kinderzimmer und sind zum Glück gerade für zehn Minuten mit sich beschäftigt. Ich springe, gelöst von den Klauen meines Smartphones, zum Herd, stelle die Temperatur runter und schiebe den Topf von der Herdplatte.

„Wo sind die Nudeln?", schreie ich durch die Küche. „Hallooo?!"

„Auf dem Esstisch, du Nase", schreit Aileen zurück.

„Alle?"

„Ja, wir haben alle Hunger", sagt sie mit einer schelmischen Art.

„War ja nur eine Frage", antworte ich und hebe unschuldig die Hände hoch, obwohl sie mich nicht sehen kann. Ich nehme die Packung Nudeln und sehe den runden Aufkleber für morgen im Kalender.

„Müssen wir morgen schon wieder zur Therapie?"

„Ja, müssen wir. Und komm diesmal nicht zu spät! Oma Edith holt die Kinder ab und bringt sie hierher."

„Puh, ja okay", sage ich mit einer Schwerfälligkeit, bei der man unschwer meine Meinung über den Termin morgen lesen kann.

„Hey, was ist?", schreit Aileen und kommt aus dem Kinderzimmer angerannt und stellt sich zu mir an den Herd. „Wir haben in dem ganzen letzten Jahr so gute Fortschritte gemacht. Jetzt lass uns auf keinen Fall damit aufhören."

„Jaaaa", flüstere ich schuldig zu ihr. Sie nimmt eine Knoblauchzehe von der Küchenablage und wirft sie mir an den Kopf.

„Hey?! Wofür?"

„Dafür, dass du bis oben hin voll mit Kacka bist!", sagt sie und lacht wie ein kleines Mädchen. Ich nehme zwei Schritte zurück und greife nach einer Küchenrolle aus dem Wandschrank.

„Woho, mach mal langsam", schreit Aileen und kichert dabei. Ich werfe und treffe sie natürlich und ehe wir uns beruhigen, sieht die Wohnküche aus, als hätte jemand ein richtiges Abendessen gekocht. Überall liegen Zwiebeln, Basilikumblätter, Putztücher und alles garniert mit mehreren Lagen Küchenrollen. Eine letzte Kartoffel werfe ich zu ihr, aber sie weicht aus und ich treffe aus Versehen das Radio.

„Ah verdammt!", schimpfe ich mit mir. „Geht das Ding noch an?" Aileen fummelt kurz an den Rädchen und das typische Radio-Rauschen ertönt.

„Na klar, das alte Teil kriegt man nicht so schnell kaputt."

„Na, dann möchte ich jetzt Musik in meinen Ohren", befehle ich ihr mit einer adligen Art.

„Ja, mein Meister", antwortet sie mit einer kratzigen Stimme. Es ertönen mehrere sanfte Gitarrenklänge, gefolgt von einer Sängerin, die mehr spricht, als singt. Aileen hört still der Musik zu, sie ist schon längst in den Gedanken versunken. Sie bemerkt gar nicht, dass ich mich an sie heranschleiche. Ich greife nach ihrer linken Hand und führe sie auf meine rechte Schulter, halte ihre andere Hand in meiner Hand und lege meine zweite Hand auf ihren Rücken. Wir tanzen. Leicht und glücklich schaukeln wir durch den Dreck der Küche. Eine winzig kleine Träne schleicht sich die Wange von Aileen herunter.

„Och Mensch. Bei jedem romantischen Film oder Song fängt Klein-Aileen an zu weinen", flüstere ich in einem spöttischen Ton zu ihr.

„Ach, hör auf", erwidert sie und gibt mir einen kurzen Schlag auf meine Brust.

„Aua!"

„Hast du verdient. Ich bin das letzte Jahr einfach nur so glücklich, wie ich noch nie in meinem ganzen Leben jemals gewesen bin." Wir drehen uns langsam wie ein Kinderkarussell auf der Stelle und ich sehe unsere beiden Verlobungsringe an dem Kühlschrank hängen. Heiraten werden wir wahrscheinlich nie. Durch das letzte Jahr haben wir uns ein ganz anderes Bündnis der Liebe erschaffen.

„Wie heißt der Song?", fragt Aileen neugierig. Ich nehme meine Hand von ihrer Schulter und zücke mein Smartphone, um ihre Frage zu beantworten.

„Das ist *Candy* von *Kate Bollinger*."

„Wenn wir irgendwann mal heiraten, dann ist das bitte unser Lied für unseren Eröffnungstanz", sagt sie verliebt zu mir.

„Willst du da dann auch nur so rumschunkeln?"

„Ach Mark. Du unromantischer Möchtegern-Jogger", sagt sie mit sanfter Stimme und legt ihren Kopf auf meiner Brust ab. „Vergiss morgen früh dein Wasser nicht, sonst schaffst du nie deine 10 Kilometer in unter einer Stunde."

„Ja doch! Und jetzt sei still. Das Lied ist bestimmt gleich vorbei."

# ENDE